ヘンダーソンスケール

【Henderson Scale】

タイトルのヘンダーソン氏とは、海外のTRPGプレイヤー、オールドマン・ヘンダーソンに因む。

殺意マシマシのGMの卓に参加しつつも、奇跡的に物語を綺麗なオチにしたことで有名。

それにあやかって、物語がどの程度本筋から逸脱したかを測る指針をヘンダーソンスケールと呼ぶ。

エーリヒ
Erich

「じゃあ、約束を
忘れないようにしてあげる」
甘く耳を撫でる言葉に、
馴染んでしまった怖気が奔る。
「目を閉じて……」
マルギット
Margit

「変よねぇ、
普通子供だったら
魔法を覚えられるっていったら
目ぇ輝かせて喜ぶのに」
アグリッピナ
Agrippina

自分の弟子だというのに、
何とも他人事のような
感想だ。
エリザ
Elisa

想像していた物より
数段最悪の情景がそこにあった。

「彼女が……」

「ええ、そうよ。
わたくしが助けてあげたかった
もう一人の同胞」

ヘンダーソンスケール

【 Henderson Scale 】

- -9 : 全てプロット通りに物語が運び、更に究極のハッピーエンドを迎える。
- -1 : 竜は倒れ、姫は国元に帰り、冒険者は酒場でエールを打ち合わし称え合う。
- 0 : 良かれ悪かれGMとPLの想像通り。
- 0.5 : 本筋に影響が残る脱線。
  EX）シナリオの導入になるべきイベントが見過ごされる。或いはPCによって意図を読み違えられ全く違う方向へ流れる。
- 0.75 : 本筋がサブと入れ替わる脱線。
  EX）ちょっとした導入の小話に全員が本気になり、冒険の目的地が変わる。
- 1.0 : 致命的な脱線によりエンディングに到達不可能になる。
  EX）いいだろう、ヘタレな依頼人が婚約指輪の材料を取りに行く依頼を出したのは君らも理解してるな？　何故そこで「コイツを鍛えて取りに行かせよう」という方針になる？　その方がドラマチック？　君らハンドアウト読んだか？
- 1.25 : 新しいセッション方針を探すも、GMが打ち切りを宣告する。
  EX）筋力ボーナスが5もあれば大抵の女はオチる、と。私は彼女が泉の女神の涙を欲しがってると情報を伝えさせたよな？　なぁ？
- 1.5 : PCの意図による全滅。
  EX）わかった、確かに頑張って冒険者顔負けなくらいマッチョにレベリングしたヘタレがフラれたのに憤るのは理解する。かといって攫うか寝取るかで方針が分れてPvPを始めないでくれ。
- 1.75 : 大勢が意図して全滅、或いはシナリオの崩壊に向かう。GMは静かにスクリーンを畳んだ。
  EX）サブGMを名乗る奴が生えて一部NPCを動かさないと間に合わないくらいに卓が盛り上がったのはGMとしても嬉しいよ。だがそこでどうして貴族の家に討ち入りしようという方針になるんだ？
- 2.0 : メインシナリオの崩壊。キャンペーンの終了。
  EX）GMは無言でシナリオを鞄へとしまった。
- 2.0以上 : 神話の領域。0.5～1.75を経験しつつも何故かゲームが続行され、どういうわけか話が進み、理解不能な過程を経て新たな目的を建て、あまつさえ完遂された。
  EX）拳で語り合った貴族とヘタレの間に分かちがたい友情が生まれて彼は叙勲され、ついでに貴族の妹を嫁に貰って義兄弟になりめでたしめでたしと。で、私はこの無駄になったシナリオを大人しくしまって君たちのチケットに署名してやらないといけない？　マジで？

Aims for the Strongest
Build Up Character
The TRPG Player Develop Himself
in Different World
Mr. Henderson
Preach the Gospel

CONTENTS

Aims for the Strongest
Build Up Character
The TRPG Player
Develop Himself
in Different World

Author
Schuld

Illustrator
ランサネ

【Munchkin】

①自分のPCが有利になるように周囲にワガママをがなりたてる、聞き分けのない子供のようなプレイヤー。
②物語を楽しむことよりも自分のキャラクターのルール上での強さを追求する、ルール至上主義者なプレイヤー。和マンチとも。

序章

TRPG

テーブルトーク ロール プレイング ゲーム

【 Tabletalk role-playing game 】

いわゆるRPGを紙のルールブックとサイコロなどを使ってアナログで行う遊び。

GM（ゲームマスター）と呼ばれる主催者とPL（プレイヤー）が共同で行う、筋書きは決まっているがエンディングと中身は決まっていない演劇とでも言うべきもの。

PLはPC（プレイヤーキャラクター）をシートの上で作り、それになりきってGMが用意した課題をクリアしつつエンディングを目指す。

現在多数のTRPGが発行されており、ファンタジー、SF、モダンホラー、現代伝奇風、ガンアクション、ポストアポカリプス、果てはアイドルとかメイドになるイロモノまで多種多様。

抗(あらが)いようのない絶望を軽い段差を乗り越えるような気軽さで踏み越え、彼(か)の人は私たち兄妹の前に現れた。

きっちりと結い上げられた銀色の長髪。薄柳と紺碧(こんぺき)の金銀妖眼(ヘテロクロミア)。黄金比に従って顔の部品を配した美貌は芸術品の如(ごと)く、いっそ嘘臭(うそくさ)いまでに整っている。

その身に纏(まと)うは今まで見たことも無い上質な生地の装束。夕日を照り返して美しく輝く深紅のローブには、沈んだ赤の刺繍糸(ししゅういと)で複雑極まる刺繍が全面に施されている。

何より目を惹(ひ)くのはヒト種(メンシュ)にはあり得ない笹穂(ささほ)形の長い耳。髪の間より覗(のぞ)くそれは、見間違いようのない長命種(メトシエラ)の証(あかし)。

長命種(メトシエラ)は幻想物語のなかでもトールキンの『指輪物語』で一際有名で、以後の国産ファンタジーにも頻出するエルフとよく似た種族である。

寿命をもたず――単に凄(すさ)まじく長命というだけのこともあったか――病に煩わされることもなく、魔法に秀でているが肉体的に劣る訳でもなく、そして殺されぬ限り全盛のまま生き続ける。そんな人の羨望を全て煮詰めたような種族エルフと長命種(メトシエラ)は極めて近い生命体である。

生まれながらにして魔法の適性を持ち、全盛に至らば肉体より老いと衰えという概念は抜け去り、病に煩わされることもない、生物として完璧といえる仕上がりは人類種の最高峰(ハイエンド)と賞する他はない。

初めて聖堂で彼らの存在を知った時、こう思ったものだ。チートかよと。

そして今、正しく同じ感想を抱いた。

「で、お話聞かせてくれるかしら」

ぱちんと指が打ち鳴らされること二度。一度目で死を深く意識された黒い球が幻のように掻（か）き消され、二度目で人攫（ひとさら）いの魔法使いそのものが消えた。たった一つ指を鳴らす、それだけの簡単な動作で私には乗り越えられないと思った大敵は、まるで最初から存在していなかったかのように消えてしまった。

どこか遠くに飛ばされたのか、はたまた〝文字通り〟に消されてしまったのかは分からない。

ただ、彼女がとてつもなく熟達した（ハイレベルの）魔法使いであるということだけが分かった。

銀髪の魔法使いは薄柳色の左目を覆う片眼鏡（モノクル）の位置を直し、じぃっとこちらを見ている。

いや、正確には私の妹（エリザ）を。

「その半妖精（チェンジリング）、どこで捕まえてきたの？」

そして言う。まるでシャーレの上に乗せられた微生物を見る研究者のような目をして。

「半……妖精……？」

何を言っているのかよく分からなかった。エリザは私の妹だ。それは間違いない。

そして、このケーニヒスシュトゥール荘（しょう）にて生まれ育った両親はいずれもヒト種（メンシュ）。ヒト種（メンシュ）同士が番（つがい）になれば、生まれてくるのはヒト種（メンシュ）だけ。突然変異で全く違う種族が生まれてくることはない。

「この年齢（サイズ）まで育ってるのは随分珍しいわね。何か目的でもあって育ててたのかしら？」

私は赤子の時期だったのでエリザが生まれた時の記憶は無いが、それでもずっと一緒だった。何より現代の病院と違って、私の兄妹は全員が豊穣（ほうじょう）神の神官によって実家で取り上げられている。取り違えようがないのだ。

「こっちに来てから長いけど久しぶりに見たわ。見たところ取り込み中だったみたいだけど、素材の奪い合いになったの？　随分懐いているみたいだし、貴方（あなた）の所の子だったのかしら」

なにより、一体誰が見間違えよう。この、母をそのまま幼くしたような顔つき、私と同じく受け継いだ金の髪。そして父とよく似た琥珀（こはく）の瞳。私達（たち）家族全員が並んで、血のつながりが無いと判断する者など何処（どこ）にも居（お）るまい。

いや、そんなこたぁどうだっていい。気にくわないことが一つ。

「言うに事欠いて人ん妹に捕まえたとか素材とか何様だテメェ耳長がコラ」

私の可愛（かわい）いエリザに虫や小動物みたいな扱いをするとはどういう了見だ。戦闘によって意識が高ぶっていたこともあり、命を助けられたことも忘れて荒っぽい啖呵（たんか）が口を吐（つ）いて出た。

人生で使ったこともない田舎スラング混じりの汚い言葉。習得して以降ずっと舌に馴染（なじ）んだ宮廷語が吹っ飛ぶほどの怒りに頭が沸騰する。

それと同時、ぶつんと何かが切れるような音がした。目の前がふっと暗くなり、膝から力が抜けていく。

「あら」

「あにさま!?」

闇に沈む視界の中、妙に柔らかなものに体が受け止められるのを覚えた。

自分の血の臭いに混じって鼻腔を擽るのは鈴蘭の香りだろうか。

消えていく意識の中、エリザの泣き声だけが妙に頭に響いた…………。


【Tips】長命種。寿命を持たず、全盛を保ち続ける人類種の最高峰。優れた魔力、秀でた肉体、衰えぬ知恵を有する彼等を殺すのは圧倒的な暴力と、時間という名の濁流による精神の摩耗だけである。

　それ故、長命種に科せられる刑罰として無明の水牢へ閉じ込めるというものが存在する。


ランベルトは荘の祭りの中でも完全に酔いきることはなかった。彼自身の責務というのもあるが、長い戦場暮らしが彼の中から深い酔いを奪い去っていたのだ。

どれほど酒を飲もうと意識の一端は常に警戒を続けてしまう。和やかに皆が酒杯を交わし、馬鹿騒ぎに興じる平和極まる祭りの広場であっても。

だから狩人の娘、マルギットが血相を変えて広場に駆け込んできた時も直ぐに動くことができた。他の者が宴(うたげ)に浮かれてへべれけになって腑抜(ふぬ)けている間も。

荒い息の中から吐き出される、人攫い、荘の外れ、林の近くという言葉だけを聞いた彼は酒杯を放り投げて即座に駆けだした。

荘の自宅――彼だけは代官から与えられた官舎ではなく、立派な一軒家に住んでいる――に飛び込んで武装を手にする。

具足を身につけている暇はないので帷子(かたびら)だけを着込み、手甲も時間が惜しいため手袋だけを手にねじ込む。そして、幾度も共に戦場を踏破した愛剣を引っ担ぐ。

文字通りの押っ取り刀で外に出た時、意外な人物と鉢合わせになった。

「どうした、ヨハネス」

血相を変えて後を追ってきたのは荘の農民、さっきまで楽しく酒を飲んでいたヨハネスであった。

「武器を！　俺にも武器をくれ！」

彼もまたマルギットから話を聞き、慌ててやってきたのだった。

人攫いに連れ去られたのは他ならぬ彼の娘であり、その足止めをしているのが末の倅(せがれ)なのだから。

その説明を聞いたランベルトはほんの数秒だけ逡巡(しゅんじゅん)した後、家に引き返して槍(やり)を手に取った。

これが他の男であれば、俺がなんとかしてやるから落ち着いて家に居ろと説得したことだろう。

だが、自分と同じく〝宴の中でも酔いきらない〟同類であれば、子を守るために戦う権利があると思ったのだ。

槍を受け取ったヨハネスを連れて件の場所へ走り出す。そして、そこで待っていたのはなんとも予想外の光景であった。

散々に荒れた隊商の野営地には壊れた木箱や樽、こぼれ落ちた商品が散らばり、その合間で大怪我を負った男が数名取り残されている。

酷い有様の中央に陣取るのは、倒れ伏したエーリヒに縋り付いて大泣きするエリザ。

それから、二人を見て困り果てる一人の長命種であった。

「……ああ、親御さん？」

事態を測りかねて向かい合った二人は、結局お互いの困惑した顔しか見つけ出すことができなかった。

ただ、緊急事態であることだけは確かであり、わずかな目配せによって父親であるヨハネスが問いを投げかけることとなった。

「あの、何処の御家中のお方でしょうか。私はその子達の父親でございます。一体何が起こったのでしょうか？」

何はともあれ、あの長命種は庶民ではなさそうだった。細やかな刺繍が全体に施された深紅のローブは見るからに上質なものであり、ヨハネスでは家を質に入れたとして袖一本分も買えるか怪しい品。

丁寧に結い上げた髪には同じく上質な装飾品が編み込まれており、身につけている片眼鏡も貴種でなければ使わぬような品。

なによりもたった一言であっても洗練された教養が滲む上流階級向けの女宮廷語を聞き違えるはずもない。人生で遠間に見かける以外に縁など生まれようもない殿上人であることに疑いの余地は無かった。

「御家中、というほどのことはないわね。三重帝国魔導院の魔導師よ。払暁派、ライゼニッツ学閥の研究員、アグリッピナ・デュ・スタール」

極めて気軽な調子の名乗りであったが、デュの称号を耳にした瞬間、二人の庶民は迷うことなく地面に膝をつき武器を置いた。

全うに生活をしていれば誰もが知っている。家名と貴族位を持つ者の権力を。それが帝国に比肩するセーヌ王国の貴種が名乗る貴族位であれば尚更。

唐紙一枚あれば斬り捨てようが差し障りなし、と言われる薩摩の下級郷士よりは三重帝国臣民の命は全うに扱われているが、それでも貴種の機嫌を害して無事でいられるはずもなし。

ただでさえ複雑としか思えぬ事態の中、武器を持って現れ跪くでもなく誰何する無礼を問われれば言い逃れのしようも無かった。

しかし、泣きわめく娘や気絶した末の倅を見て微妙そうな表情を作る貴種は、何が起こってたかなんて私が知りたいわよとぼやいて心底面倒くさそうに頭を掻いた。

それから気を取り直すように煙草(たばこ)を一服してから言った。

「とりあえず、屋根のあるところでお茶くらい出してもらえない？」

あまりの発言にあっけにとられた男二人であるが、言葉の意味をやっと脳細胞が理解すると、彼等は慌てて走り出した。

一人は荘で一番整った名主の家に茶の用意をさせるため。

もう一人は息子と娘を担ぎ上げ、貴人を案内するために…………。


【Tips】名主。荘の中でもまとめ役として一段高い位にある有力者であり、代官から信任篤(あつ)く家名を持つことを許された者。平時は荘を指揮し、収穫時は徴税官を補佐するなど荘の運行を代官に代わって行っている。

少年期

十二歳の春

一

ハンドアウト

【Handout】

　ゲームプレイに必要な前情報。キャラの大雑把な背景や指針を前もって説明することで、シナリオの方向性を担保するもの。セッションの方向性を示すため用意されることもあれば、全く無軌道なこともある。

　ただし、世の中にはどれだけ丁寧に用意してやっても無視する奴がいる……。

妙に酸い香りが鼻から飛び込んできた衝撃で目が覚めた。

「ああ、起きたわね」

驚いて周りを見回せば、いつの間にやら私は寝台の上にのせられていた上、隣には何事か薬入れを手にした長命種（メトシエラ）の姿がある。

些（いささ）か疲れた様子の彼女は薬入れを懐に仕舞うと、けだるげに具合はどう？　と問うてきた。

恐る恐る起き上がれば、泣きたくなるほど軋（きし）んでいたはずの肉体には殆（ほとん）ど痛みはなかった。口の中こそ歯が何本かへし折れているが、幸いにも乳歯だったので生え替わるだろうからよしとしよう。生え替わりが終わっている門歯周りだったら絶望ものだが。

酷く疲れがのしかかっているのか肉体が重い以外に気になるところはなかった。強いて言うのであれば、骨の二～三本折れているのが当然という状態だったのに全く痛くないのが不気味というところだろうか。

「……ここは」

確かめるように呟（つぶや）いてみたが、見回せば直ぐに荘（しょう）の名主の家だと気付いた。こんなきちんとした寝台のある客間を備えた家は、荘に一軒しかないからだ。

そして心底億劫（おっくう）そうに脇に置かれた椅子に座る女性を見て思い出す。激昂（げきこう）するあまり昏倒（こんとう）してしまったのだと。

「痛むところは？」

「いえ、特にございません」

「そう、よかったわね。肉体操作系の術式ってあんまり得手じゃないのよね……ああ、大して時間は経っていないから安心なさいな。精々日が沈んでちょっとしたくらいよ、まだね」

何やらおっかないことを宣いながら銀髪の魔法使いは薬入れを懐へしまい込むと、指を一つ鳴らしてどこからか煙草盆を取り出した。刻んだ煙草葉や灰皿を一つに纏めた、螺鈿の装飾が施された白い漆器の箱は見るからに値打ちもの。そんな箱から取り出される煙管も黄金の吸い口や装飾の施された火皿の豪華さといったら、一本あれば我が家が数軒買えそうなほど。

……あれ、私、勢いのあまりとんでもない人に暴言吐いた？

「さてと、どこから教えたものかしら」

怠惰な雰囲気とは対照的に繊細な手付きで煙草を火皿に詰めた長命種の女性は、火をつける事もなく吸い口を咥えると不思議なことに細い煙を一筋吐いた。火の一つくらいなら、指を鳴らす必要もないのだろうか。

「本来私が説明するのもなんだけど、貴方のご両親に説明させようにも難しいことは分かって貰えなかったのよねぇ」

「はぁ……」

しかし、結構な雑言を吐いたと思うのだが気にした様子は全くなかった。明らかに下に見られていることは確実だが——当たり前のことなので腹も立たないけれど——筋を通そうとしている意図が読めない。

「というより一番不思議なのは貴方なのよね。どうして気付かないわけ？」

質問の意味が分からず首を傾げてみれば、彼女は私と同じく首を傾げてみせた。

「これだけの魔力を内包していて？　どうして目が開いていないわけ？　嘘でしょう」

顔を近づけてしげしげと観察してくる様は、プレパラートの間に挟まれた標本を眺める研究者のそれだ。少なくとも一個人としての興味を私に抱いているわけではないのが、所作と言動の端々からありありと感じ取れた。

「一度も魔力の流れで肉体が乱れたことはなくって？　抑えがたい衝動とか、耐えがたい頭痛に悩まされるようなことも？」

「……いえ、一度もございませんが」

「妙ねぇ……」

一応気遣っているのか煙を直接吐きかけられはしなかったが——それにしても、妙に甘くて良い匂いの煙だな——嫌に無機質な目が気にかかる。翠と碧の目は人を見ている目をしていない。

なるほど、これが長命種の嫌われる所以か。本で〝あまり評判はよろしくない〟と何層にもオブラートに包んだ表現がされているが、単に長命故の傲慢さでもあるのかと思ったが……確かに、この目で見られて気分の良い生き物はそういまい。

「普通、貴方ほどの魔力があれば、魔法使いとしてある程度は目覚めているはずなのに」
たしかに私は基礎構築の一環で、将来的には魔法も使えたらいいなぁ位の軽さではあるものの〈魔力貯蔵量〉と〈瞬間魔力量〉を半ば惰性ではあるが鍛え続け、今では〈佳良〉に達している。

しかし、独覚の魔法スキルの不安定さを嫌い、依然として魔法に覚醒するようなスキルはとっていないのだ。

これは、ある意味私の欠点といえる。この領域に至れば〝普通なら取得する〟スキルを私は基本的に自動では取得しない。あくまで〝覚えられますよ〟と通知されるだけで、後は自己裁量で熟練度を消費し取得するのだ。

別にこの仕様にケチを付けはしないとも。だからこそ、魔力が平均より高まり、通常なら何かしらの独覚に目覚める所で私は魔法を覚えずに済んでいる。

とはいえ、欠点を裏返せば利点となる。普通の人間なら知らず知らずの内に取る、どうでもいいスキルや特性分の熟練度を節約できるのだから。〈悪徳〉カテゴリの〈小狡い思いつき〉だの〈下らぬ窃盗〉なんぞに熟練度を盗られないことで、私は他人よりずっと効率よくステータスを伸ばせているのだし。

ただ、私の魔力は平均より上レベルの設定なのだが、どうしてこうも不思議がっているのだろうか。ああ、いや、ヒト種の魔法使いは少ないらしいから〈佳良〉でもヒト種という枠組みでみたら結構な魔力量になるのか？　てっきり人類種としての普通に比して〈佳良〉と評価されていると見ていたが、魔法使いとして妥当な量の〈佳良〉だとしたら不思議に思われても仕方がないか。

仮説に過ぎないが世界には不思議が多い。この辺りを細かく解説してくれるファンブックが真剣に欲しくなってきた。

「ま、珍しいものを見つけたと思えばいいでしょう」

甲高い音を立てて煙管が灰盆に打ち付けられて灰が捨てられる。次の煙草を詰めながら、魔法使いは口の端をつり上げる邪悪な笑みを浮かべた。如何にも深淵にして深慮たるエルフ然とした見た目ではあるが、親しんだ幻想小説の彼らとは決定的に違うのだと強制的に分からせる、外連味に溢れた笑顔であった。

「真実というものをきちんと教えてあげましょう」

本で見た内容が更に思い出される。長命種はエルフとよく似ているけれど、決定的に違うところを持っている。

彼女たちは節制と健康が大好きな自然主義者ではなく、文明の申し子という点だ。

無知の無明を祓うために高楼を築き上げ、知識欲の副産物によって生まれた文明に浸り、豪奢な晩餐を好むバリバリのシティーボーイ&ガール。簡素な木造より石造りの荘厳な建物をよしとして、発展した文明に耽溺する〝新しい物好き〟の探求者が長命種の本性だ。

尽きぬ寿命に倦まぬよう、彼等は揃いも揃って娯楽と勉強、そして享楽に目がない浪費家なのである。

それ故、ヒト種と比べて数が少ないにも拘わらず、選帝侯家なる三重帝国の皇帝を任命する権利を持った七つの名家に二家も長命種が名を連ねているのだ。

「改めて言うと、貴方の妹はヒト種じゃないわ」

また頭に血が上りそうになり、口が無意識に開いたが、言葉が出るよりも早く長命種の白魚のような指が私の唇に添えられた。話は黙って最後まで聞け、そういうことだろう。

大人しく口を閉じれば、少しは賢いようねとでも言いたげに鼻が鳴らされる。そして、信じがたく、同時に受け入れがたいことを告げられた。

「貴方の妹は取り替え子なのよ」

今、彼女はなんと言ったか。取り替え子？　私の可愛いエリザが？

取り替え子とは、前世でもイングランド地方に残る言い伝えで、ヒトを羨んだ、あるいはヒトの子を欲した、またはヒトに悪戯を目論んだ妖精が行う〝子供を拉致し、代わりに自分の子供を置いていく〟という一種の神隠しだ。

往々にして子供にも親にも悲劇しか運んでこない話で、多くは障害を持った子供の理屈付けであったのだろうと推察されるが、こちらの世界では趣が異なる。

というのも、妖精がガチで存在しているからだ。そう、私がもっと幼い頃に兄と探したコインは、隣の老人が語った与太ではないのだ。

妖精は相として肉体を持たない生命体で、人類種とも魔種とも亜人種とも異なる、人類ではない存在だ。いわゆる個我を持った現象とも解釈されており、普通の人間には見えないと言われる。

　これを見る事ができるのは、幼い故に自我が未確立で〝他〟との境界が曖昧な子供と、特別な目を持つ魔法使い。そして一部の種族だけと私が読んだ本には書かれていた。

「妖精はね、時折肉を持つ生き物の腹に宿って生まれかわることがあるのよ」

　しかし、そんなことは本に書いていなかったぞ。

「幸せな家庭や子供に憧れて、誰かの所に生まれたがる。そんな妖精の魂が肉を持って現世に生まれ落ちるため、取り替え子は発生する……これは妖精から直(じか)に聞いた話だから本当のことよ」

　何を言っているのか理解できなかった。あの子が、七年間見てきたエリザがヒト種(メンシュ)ではない？

「ただ、結構無理してやってるみたいでね、生まれたばかりの取り替え子は言葉が遅かったり、妙に病弱だったり色々と不具合を抱えてて死ぬことも珍しくないのよ」

　心当たりは嫌と言うほどあった。エリザが私に懐く理由は、それにあったのだから。何度も風邪をひき、その度に薬を買ってきたり家族全員で看病したことを覚えている。そして、今も年の割に幼いことも事実だ。

「あと、妖精は金髪碧眼(へきがん)が大好き……あなた、覚えはあるでしょう？」

　ああ、私の母、ハンナは金髪碧眼だ。私も同様に。

「その子は半妖精なのよ。そう間もなく魔力にも目覚めると思うわよ？　ぼちぼち多感な時期になれば、精神の昂ぶりに合わせて妖精特有の力が喚起されるはずだから」

思い当たることは幾らでもある。態々こうやって説明するということは、彼女も確信があって口にしているのだろう。こうなってくるともう子供を騙くらかして遊ぶのとは訳がちがってくる。

それに身を以て実感している。エリザには不思議な力があることが。

大きな熱量を伴った白い光、私を倒すことに焦れた魔法使いが使った術式が解けて消えてしまった理由はなんだろう。単純に失敗したのではないはずだ。失敗したのであれば、最初からあんな魔法なんて無かったように消えることはないと思う。

現に目の前の彼女が似たようなやり方で恐ろしい黒い魔法を打ち消しているし、魔法が霧散したことに魔法使いは驚いていた。失敗したことに対する驚き方ではなかった。何故魔法が消えたのかを驚いていたのだ。

だとすれば、あの魔法は打ち消されたと考えるのが妥当だ。

魔法がかき消された時、私は確かに聞いている。エリザが私のことを呼び、振り絞るような大声を上げていたことを。声をかけられるのと殆ど同時に魔法は霧散していた。

私の命が助かったのは偶然でも敵の失敗でもない。エリザが助けてくれたのである。

何かが変わろうとしていた。今までの生活が劇的に変わってしまうほど重要なことが。

だが。そう、だとしても。

「で、それが何か？」

家族とは単なる血縁によって生まれる関係ではない。思い合い、認め合うが故に家族なのである。血によって家族は紡がれるが、血が全てを作り上げるのではない。

だとしたらエリザが半妖精であろうと小鬼であろうとも、私達の家族であることに何ら変わりはないはずだ。

言い切った私の言葉に長命種は憮然とし、理解しがたいものを見るような目をした。そして何らかの感情を追い出そうとしているかのように頭が乱雑にかき乱される。

「ヒト種って別種を養子に取る文化はなかったわよね？」

「養子云々は関係ありません。絆の問題です」

再度の断言に彼女は大きく溜息をついてみせた。

「両親も同じ事をいいましたか？」

半ば確信を抱ける問いを投げかければ、かすかに眉尻が上がった。どうやら驚かせてやることに成功したらしい。

私が目が覚めるまで数時間は経っているという。その間に両親には既に私にしたものと同等の説明がなされている。故に彼女は私の両親に説明させることを諦めたのだろう。言ってはなんだが此処は田舎なのだから、お偉い人々の文化や風俗とは無縁である。説明されたって早々理解は及ばない。

だからこうやって面倒くさそうにもかかわらず、私に直接説明している。私を巻き込む意図は分からぬものの、確信できることは一つ。

両親はエリザを自分達の娘であるとしてがんと譲らなかったのだ。

皆で慈しみ、苦慮しながら育てた娘、その出生の秘密が多少分かった所で全てがひっくり返るか。生まれたばかりなら揺らぐこともあろうが、私達には確かに積み上げてきた時間がある。

「自信満々に言われるとなんだか腹が立つわね。小生意気な餓鬼は出世できないわよ？」

「生意気を申し上げているのではございません。絆を信じているだけでございますれば」

絆ねぇ、と呟く長命種。そういえば、長命種は個人主義が強く、独り立ちしたら親と四半世紀も手紙のやりとりさえしないこともある、なんて記述もあったな。それこそ貴族として家を意識しなければ、家名すら名乗らないこともよくあるとか。

「故国の方じゃ迫害されてたと思うんだけど……国一個違うだけで大分変わるのねぇ」

やはり、この辺の出身じゃないために文化的な家族観の差異に悩んでいるらしい。国が変われば家族も変わるのは普通だろうに。それこそ、同じ国であっても地方と都心でも有様が全然違うというのに。それを理解していないあたり、この人は本当に家族の機微に興味がないか、経験がないかのどちらかなのだろうなぁ。

「まぁ、絆云々はいいわ。それはそれとして法律が変わるわけでもなし」

「法律……？」

「そう、法律。貴方の妹が半妖精であることはご理解いただけたかしら？」

首肯してみせれば満足そうに彼女も頷き、まるでできの悪い生徒にものを教えるよう一言一言を含めるように投げかけてくる。

「半妖精は多感な時期が近づくと膨大な魔力に目覚めるのよ。それこそ、放っておいたら危険なくらい強力な力に」

言い含められるまでもなく簡単に想像がついた。あれほど強大な魔法を意志の力だけで打ち消して見せたのだ。成長して魔力が更に膨れ上がったらどうなってしまうかなど、深く思案を巡らせるまでもない。

国としては自然発生した危険物を捨て置くことはありえない。税を取り忠誠を預かる側として当然の対策を取る。

「下手をすれば小さな荘なんて跡形もなく消し飛ばすくらいのことはできるでしょうね。あの幼さにしてはすさまじい魔力量だったもの。かなり格の高い妖精が入ったみたい」

それほどうらやまれる家庭だったということかしら、と顎に指を添えて考え込む彼女に妹がどうなるかを問うた。何においても重要なのはそこだ。

最悪のことを考えるのであれば……。

「殺気はしまっておきなさいな。悪いようにはしないから」

いかん、つい考えが漏れてしまっていたようだ。最悪、色々なことを〝なかったこと〟にしてエリザを連れ逐電する必要もあると思っていたから。

「安心なさいな、きちんと説明してあげるわ。魔導のことで嘘は吐かないし。魔導師には縛りがあるのよ」

なにせ魔法関係で詐術を労して地下のものを惑わせれば、最悪首が飛ぶこともあるんですものと魔法使いは笑った。

いや、魔導師（マギア）……？　聞き慣れない名乗りだな。

「ともあれ、魔法的に不安定で危険な生物は国が管理することになっているわ」

理解はできる。だが納得はしたくない論法ではある。家（うち）のエリザは確かに天使だが、聖四文字の所みたいに都市を焼いたりはしない。ただ世界で一番可愛らしいだけである、異論は受け付けない。

それでも危険性を捨て置けないことは呑（の）み込もう。私だって彼女が望まぬ力を暴発させ、大事な人を傷つけて泣くところは見たくない。

「ただ、国がそれを引き取れば検体にされてしまうでしょうね。あの年齢まで育った半妖精なんて珍しいから引く手あまたでしょうよ」

あまりに物騒な単語に全身の毛穴が開くような気がした。

検体、文字通り実験の材料にされるのだろう。魔法という技術の全てが解明されている訳でもあるまいし、その深奥に近づかんと非人道的な実験をしていても不思議はない。むしろ、人の命が現代と比べて薄紙のような時代なら、法律で〝よし〟とされれば何だってするだろう。

事実、罪人や他国の捕虜、あるいは奴隷を使って目も当てられない実験をしてきた例など歴史を紐解（ひもと）いていけば枚挙に遑（いとま）はないのだから。

「よければさっさとバラされて資料行きってところでしょうけど、悪ければ悪いほどどうなるか……」

「脅しは必要ありません。私程度に態々お時間を割いていただいているということは、なにか望むことがおありなのでしょう？」

つまらない脅しは要らぬとも。欲するというなら私に差し出せる限りのものは差し出すつもりだ。むしろ、望むものがあるからこそ、こんな小童相手に彼女も面倒極まりない説明をしているのだろうから。

エリザが心穏やかに生きていけるためならば、何だってしてやるとも。四肢や臓器の一つを寄越せと言われたとしても、手前でえぐり取って包装して叩き付けてやっても構わない。

私は兄貴なのだ。エリザを守ってやると誓ったのだから何の後悔があろう。

「いいわね、分かりやすくて中々好みよ？　じゃ、順を追って説明するけど、半妖精が危険なのは不安定で魔法を上手く扱えないから、暴発させてしまう危険性があるからなのよ」

「……では」

「ええ、魔法を扱うことを覚えて、危険でなくなればいいだけの話よ。危険ではない自我ある生物、かつては臣民であったものを害するほど帝国は狭量じゃないみたいでね」

絶望的な状況の中、一筋の光が差し込んでくるようだった。よくある話なら、どれだけ危険度を抑えようが人間でないなら実験体にするという研究機関も多々見られる中、なんと有情な方針であろうか。

　ただ、どうやって覚えろというのだろうか。それこそ独学で魔法を覚えさせて、もう危ないことはありません！　と主張して終(しま)いとはいくまい。それでは安全性を担保するものがなにもないのだから。

「私が貴方の妹を弟子に取るわ。そして養育し、一端の魔導師(マギア)にする。暴発する危険がなければ、市民権は回復しました真っ当な生活に戻れるでしょう」

「それはとてもありがたいですが……」

「まぁ、見返りの話よね。別にそこは大して気にしてないのよ」

　豪儀なことを宣(のたま)う長命種(メトシエラ)だな。見返りはいらないだなんて。ただ、格好良いことを言うならもうちょっと体裁とかを気遣った方が良いと思うのだが。煙管(きせる)を燻(くゆ)らせながら、心底どうでもいいわとばかりに振る舞われていれば胡乱(うろん)にしか思えんよ。

　第一、今までの発言を鑑みれば善意や慈悲で厄介ごとを抱え込むタマじゃないのは一目瞭然だ。これは予想というよりちょっとした予言なのだが、なにかろくでもないことを腹に抱えているに違いない。

「有り体に言って金には困ってないし、困る予定もないのよね。なによりフィールドワークを終えられるなら金なんて全く惜しくないし」

　一度は言ってみたい台詞(せりふ)である。こちとら困窮していないが田舎の人間なので大金になんて生まれてこの方縁が無いからな。

……って、今なんて言ったこの人。フィールドワーク？

「ただ、軽々に弟子を取ることもできないのよ。魔導師（マギア）は魔導の無秩序な拡散を嫌うから、正式に弟子にして養育するなら学費が必要になるわ」

質問を挟む間もなく言葉を続けられてしまった。なかったことにする気か？

いや、それよりも気になったことがあるから、先にそっちを片付けてしまおう。

魔導師（マギア）とは一体なんなのか。

魔法使いや魔術師という言葉は聞いたことがある。だが、魔導師（マギア）という言葉は全く聞いたことがない。それに弟子に取るというのは子弟間契約であり、それこそ金なんぞとらずとも目的を果たせるなら当人の胸三寸で如何様（いかよう）にでもごまかせるのではなかろうか。

「あー……そっから？　田舎ってみんなこんなんなの？」

妙に呆（あき）れられてしまったが、知らぬものは知らぬのだから仕方がなかろう。

そもそも私は御身がどういった所属かどころか、名前すら知らぬのだから。

素直に問うてみれば、また説明が面倒だと言わんばかりに煙を吐いて彼女は魔導院なる国立の研究機関と、そこに所属する魔導師（マギア）なる存在を語ってくれた。

三重帝国魔導院とは、三重帝国の建国と同時に設立された魔法・魔術の学術的研究機関であり、国が認めた優秀な魔法使い達の塒（ねぐら）である。帝都に本部を持つ魔導院は全ての魔法技術の〝理論〟を蒐集（しゅうしゅう）、管理する組織であり、帝国で唯一公式に魔法を扱うことを許された部門だという。

魔導院に認められた魔法使いは市井の者達とは一線を画する達人揃いであり、十把一絡げの術者とは異なる位階にあるとして魔導師と名乗ることを許される。魔法をただ使うのではなく、魔法の道を導く者としての特別な階級だそうだ。

いわゆる国立の大学みたいな所だろう。そして魔導師とは国家資格が無くても名乗れる胡散臭い民間療法士とは異なり、難関無比の国家試験をくぐり抜けた者だけが名乗れる医者のような資格だと思われる。

そんなものが帝国に存在しているとは知らなかった。

魔導院は国が認めたたった一つの公的に魔法を扱う組織であり、魔導師は半分官僚に近い存在だそうだ。彼らは魔法が野放図に拡散することを嫌い、未然に防ぐため多額の学費がなければ魔法を学べないようにしている。

ああ、私が祭りで指輪を貰った老翁。彼も似たようなことを言っていたな。つまりはこういうことなのか。

とはいえ別に三重帝国も市井の魔導師をそこまでガチガチに拘束している訳ではない。商売をするのも好いたようにすればいいし、研究も度を超さねば勝手にやればよい。後進を育てるのも分をわきまえれば目こぼしされる。全てを管理しようとすれば、結局多くの物を取りこぼしてしまうと帝国はよく分かっているようだった。

しかし、危険因子である半妖精となれば話は違う。国が認めた魔導院が正式に安全な魔導師（マギア）として成長したと認めねば意味がないと長命種（メトシエラ）の魔法使い……いや、魔導師（マギア）は言う。

「貴方の妹は生きるために魔導師（マギア）にならなければならない……けれど、その前提はかなり重い」

学費が如何ほど必要になるのかと問えば、魔導師（マギア）は煙草（たばこ）を燻らせながら軽い口調で宣った。

　魔導院に伝手（つて）なく入学するには三〇ドラクマが必要となり、弟子入りでも最低は一五ドラクマは取るように定められていると。

　まるでちょっとした買い物の、それこそコンビニでコーヒー一つ買うような気軽さで値段を教えてくれたがとんでもない額だ。農民が一年で稼げる額は全額でも五ドラクマ前後であり、畑が広く副収入を持つが故に裕福な家でも七ドラクマ程度。

　ましてや兄夫婦のために離れを増設した今、我が家を逆さに振った所で斯様（かよう）な額が出てくるはずもなかろうて。

　それが倍どころでは済まないとは……。帝国が魔導の拡散をどれほど重く見ているかがよく分かる値段設定であった。

　しかも彼女は〝定められている〟と言った。武器や酒のように国が定めた公定価格として〝下限値〟が定められた上での金額。つまりより高名な魔導師（マギア）に師事するのであれば、これ以上の額が必要になるという。

「まぁ、私は下限の年一五ドラクマで全然いいんだけど」

「ね、年!?」

驚愕のあまり凄い声が出てしまった。ちょっと待ってくれ、一括払い込みじゃなくて年額!?　ということは三年通えば四五ドラクマ、六年通って九〇ドラクマ!?　逆さに振るどころか家人まるごと売り払っても全く足りないぞ!?

金額の重みにくらりときて昏倒しかける私を奇妙なものを見る目で見てくる魔導師。ああ、これはきっと私が驚いた理由をいまいち理解できていないな。生粋の貴族には庶民の金銭感覚など分かるまい。それこそこの時代であれば、缶コーヒーを飲んだことがない、なんて漫画のネタが可愛く思えてくる格差だろうよ。

「……まぁ、ちょっと足りないわよね？」

「一年働いて納税も擲ち飲食さえ断っても半分に満たない額を〝ちょっと〟と形容していいなら仰る通りかと」

「ええ？　平民って今そんなもんなの？」

やろう、ぶっころしてやる！　と一瞬で頭が沸騰しかけた。落ち着け、貴族というのは文字通り住んでいる世界が違う生き物だ。こんなことで激していたら脳の血管が何本あっても足りないぞ。

「収入云々はいいとして、それを解決する提案を一つしてあげる」

ああ、やっときた。本題に入ろうというのか。

態々私のような田舎の取るに足らない小倅一人、それに魔導院のご立派な魔導師様が時間を割いてまで説明するには、何か目的があってのことに違いなかろうよ。

「貴方、私の下で丁稚をする気はないかしら？」

「丁稚……ですか？」

唐突な提案に口をぽかんと開けてしまいそうになった。

丁稚制度なる時代がかった働き方が三重帝国にはある。いや、中世初期から盛期頃と思しき政治体制と思えば全く時代がかっている訳では無いのだが、ともあれ私からしたら中々に古くさい働き方だ。

丁稚制度とは、親の許可を得て商店だの工房だのに子を預けて労働させる制度であり、都市部の次男以降の身の振り方としては有り触れたものだ。雇用主が物事を吸収しやすい子供の内に仕事を仕込み、衣食住を確保する代わりに一人前になるまでは無給という分かりやすい年季奉公である。

尤も、信頼できる紹介がなければ拾って貰えることは希なので、誰でもできるという訳ではないが。

「そう、丁稚。その契約報酬として貴方の親にお金を支払うんじゃなくて、右から左へ妹の学費として納めて貰う……というのはどうかしら」

大変お得な提案だと思うけれど？　と外連味たっぷりに魔導師は笑って……いや、嗤ってみせた。

たしかにお得、いや、破格といっていい。これといって見るべき所のない痩せた田舎の餓鬼を誰が年額一五ドラクマで雇うというのか。それこそ代書人などの立派な技能を持った人間が代官などに雇用されてようやくという値段だというのに。

明らかにおかしな、警戒すべき提案だ。裏があるどころか疑わしさの塊としか言い様がなく、だまして悪いがなんてTRPGの依頼に有りがちな展開が待っているどころではない。

だが、この状態で私に首を横に振る権利があるだろうか？

いや、ないとも。どれだけ怪しかろうと、エリザが助かる可能性が僅かとてあるのであれば、断ることなどできはしなかった。彼女が無事に大人になることができるなら、好みを千々に割かれることになろうと否とは言わない。要求されたなら、面白半分で四肢をもがれようと、眼球を刳り抜かれようと受け入れるとも。

布団をめくって寝台から降り、椅子に座る魔導師の前に跪いた。精一杯、忠実な使用人に見えるように努力して。

「ご提案、有り難くお受けいたします」

「そ、良い子ね」

満足げに頷いて長命種の魔導師は細く長い煙を吐いた。そして思い出す。

「恐れ入りますが、お仕えすることになる御身のお名前を伺ってもよろしいでしょうか」

問われてようやく気付いたのだろう。私は名乗っていないし、彼女も名乗っていない。

要は貴種として最初から念頭に無かったのだろう。下々の者に自分の名前を教える意味も、ましてやその他大勢である我々の名を覚えることも。

ややあって彼女は煙管から灰盆へ燃え尽きた葉を叩き落とし、足を組み替えながら億劫そうに名乗った。

「私はアグリッピナ。アグリッピナ・デュ・スタール。三重帝国魔導院の正規研究員で払暁派のライゼニッツ学閥所属。以後よろしく。えーと？」

なんとも剣呑な名前だと思った。歴史の中でも口汚く罵られる大悪党の一人、その生母と同じ名前とは。続く肩書きの意味はまだ分からないけれど、きっとどれも大したものなのだろう。

「エーリヒです。ケーニヒスシュトゥール荘、ヨハネスの末息子のエーリヒ」

だが、どうあれ構わない。エリザが生きるためならなんだってしてやろう。悪党と斬り結ぶのと比べれば、丁稚奉公のなんであろうか。

私は仕えるべき主に跪いたまま深々と頭を垂れた。

「そ。じゃあエーリヒ、そこそこに仕えなさいな。私は私のやりたいようにやるから、貴方は貴方の目的の為にやれることをやればいいんじゃない？」

決して忠誠心からでなくとも、形さえ整っていれば良いだろう。

相手もそう考えている手合いのようだからな…………。


【Tips】丁稚制度。働き口と労働の流動性を保ちつつ、大きな変動を防ぐために考え出

された制度。同様の制度が過去の日本にも根付いており、丁稚から手代となり番頭へ出世していくことはままあった。帝国においては、未成年が合法的に働く数少ない手段でもある。

アグリッピナ・デュ・スタールは衛星国家群を挟んだライン三重帝国の西方に位置する隣国、セーヌ王国に生を受けた若い――あくまで長命種基準で――長命種の一人である。古く尊き血の称号と家名を持つ貴族であり、フォレ男爵位を併せ持つ父は旧き名家の一員として恥じぬ広大な領地を治めていた。

しかし、領地を持つ長命種であるにも拘わらずスタール卿は旅道楽として知られる。領地を一門の家令に任せて諸国を回っていることが殆どで、王が召集しようにも何処にいるかさえ分からぬほど方々へ出歩く悪癖の持ち主である。

最長で二〇年も故国の地を踏まなかったことがあるといえば、その道楽っぷりを窺い知ることができよう。また、王朝が替わるほどの内乱も三年間にわたる旅行でスルーし、帰国後に「え？　王が替わった？　いつ死んだんアイツ？」と久方ぶりの参内にて口にしたとの逸話が残っているほどだ。

当然の様に彼女は放浪癖を持つ家族について諸国を回る嵌めになり、王国において貴族位を持つにも拘わらず、一五〇年にわたる人生の殆どを王国で過ごしたことはなかった。

そして、彼女は長命種の成人である一〇〇歳を迎えた折、貴族位なんぞ知ったことかと言わんばかりに帝国の魔導院に籍を置いて独立した。これは彼女が帝国の食事を気に入り、気候が一番肌に馴染んだからである。

それを止めず「ふーん、気に入ったならいいじゃん」と軽く流し、家人に「善きに計らってやれ」と莫大な仕送りを命じた親も親であるが、そこはよしとしよう。

長命種とは、何処まで行ってもそんな種族であり、ヒト種を始めとする定命の感覚で論じるのは徒労に過ぎないのだから。我々がアリの働き方を理解できぬよう、永劫の時間を持つ長命種にとってヒトの価値観など理解できようはずもない。

ともあれ、斯様な経歴を持つ彼女は、成人するまでの反動か「いや、もう旅はいいわ」という自堕落を極めた性格をしていた。

父が糸の切れたタコのような存在だとすると、彼女は重厚な漬物石と言うべきか。

なにせ長命種特有の優秀な消化器系のおかげで〝排泄の必要がない〟という特性を活かしに活かし、七年間も魔導院の大書庫から一歩も出ずダラダラ読書を続けたという傑物だ。

普通の人間であれば狂するに余りある環境をむしろ望んで作り出し、浸りきって悦に入る長命種は果たして正気と形容してよいものか。

のみならず、最後の二年間ほどは〝本の配置を覚えたから〟とぬかして、読書室へ勝手に持ち込んだ寝台の上から一歩も動かず生活したという。

長命種とは本当にこういった生き物なのである。気に入った物に耽溺し、ただそれを追求していれば他の一切を擲っても全く平気という生態は、むしろ尋常の生物からすれば壊れているとしか言い様もない。

ただ偏に求めるまま。若き長命種は最高の環境を全霊で楽しんだ。

しかし、その楽園は長く続かなかった。如何に海外の有力貴族の子女相手とはいえ、書庫内においては絶大な権力を誇る司書連の堪忍袋の緒にも耐力限界というものが存在したのである。

傍若無人極まる生活に「多額の献金と写本の供与があったから……」と耐えていた司書連もついには激怒し、長い問答と最終的な実力行使によって追い出された彼女は、きちんと割り当てられた工房で生活するようになった。

が、それが生活を改める契機になったかといえば、断じて否である。そも、その程度で生活を改めるような殊勝さが長命種にあれば、彼等はとっくに他種族を駆逐して世界の盟主に君臨していたことであろう。

彼女は大書庫からの放逐以後、自身の工房に引きこもりの生活を始めた。引きこもりはどこまで行っても引きこもりに過ぎないらしい。

無論、魔導院はそんなに優しい場所ではなく、籍を置く研究家であろうと教授位を持つ講師であろうと、定期的に開かれる講義への参加や討論会で研鑽することを義務づけている。どれほど有名な教授であろうが、実家が有力な貴族であろうがこの原則は変わることなく、あまりに酷ければ位の剝奪や降格は普通に行われる。

魔導師とは単なる称号などではなく、魔導を追求し続ける者にのみ許された名であるが故。

最初の七年はスタール卿が魔導院に為した多量の献金と、外国貴族位の継承権者ということで論文の提出だけで教授会は彼女を目こぼししていたが、事件があると流石に甘い姿勢は見せられなくなる。

教授たちは論文の提出だけではなく、きちんと講義に出席し魔導院の研究者にふさわしい行動を取るようにきつく、それはもう迂遠な言葉遣いが求められる中で許される限り直裁にきつく言い含めた。

が、しかし、案の定彼女は態度を改めなかった。

講義の聴講は〈遠見〉の術式を使うか〈使い魔〉の目を通して行い、レポートや論文の提出は〈疑似生命〉の術式で、レポートそのものを鳥に変えて飛ばして送り出すという怠惰ぶり。挙げ句の果てには討論会では、リアルタイムで親紙と内容を同期する自作の羊皮紙によって参加するという究極の無精をしでかしたのだ。

正しく前代未聞である。

たしかに諸用で参加できぬ聴講生や研究者が、〈遠見〉や〈使い魔〉を運用して講義を聴講することはままあった。それを認めぬと本業を持つ者や、副業によって授業料を稼いでいる者が不便をするため認められていたことである。

ただ、それによって全てを賄う阿呆が現れるとは、さしもの聡明な教授陣としても思い至らなかったらしい。ここまでの怠惰と自堕落に時間を蕩尽する長命種は、彼女が初めてだったに違いあるまい。

何と注意しようとも一応は合法。これといって打開策もなく時間は流れていったが、流石に永きにわたる無精に彼女が所属する学閥の長に限界が訪れブチギレた。

直々に殆どロストテクノロジー扱いされる〈空間遷移〉にて隔離術式の守りが為されたアグリッピナの部屋へ訪問し、実地研究（フィールドワーク）に出るよう申しつけたのである。

旅の魔法使いらしく隊商に帯同して来いという命令に彼女は頑（かたく）なに抵抗を示したが、ついに学閥からの追放を持ち出されては折れざるをえなかった。学閥に属していないということは学生身分である聴講生時分ならまだしも、工房を構えて研究を続ける研究者身分としてみれば、魔導院において除籍されるに等しいほど不自由だからである。

単にちょっと行って終わりは許されない。学閥の長からの許可なしに帰参が許されぬ研究旅行に出て、どれほどの時間が経（た）っただろうか。

長い旅に倦（う）んで疲れたアグリッピナは、しかし一つの知啓を得た。

たしか、長い旅の間に弟子を得るような奇跡が起これば帰参せざるを得ないでしょうが、と長い長い出立前の説教で言われていたことを思い出したのだ。ただし、厳しい長は引きこもるため適当にひっ捕まえてきたような弟子を認めはするまい。

最悪、それなら普通に魔導院の聴講生身分として受け入れ、後の面倒は見てやるからもう一回行ってきなさいねくらいのことはやってのけるはず。

何かが必要なのだ。自分が責任を持ち、師として合法的に魔導院に座する名目が。

そして今日、都合良く自分の弟子にならざるを得ない存在を見つけた。

別に金はいいのだ。腐っても貴族、実家からの仕送りは律儀な一門から定期的に貰ってているし、論文の原稿料も随分と貯まっている。彼女はこれでいて、優秀な魔法使いであることに違いはなかったのだ。

ただ、人間性がどうしようもないほど発酵してしまっているだけで。

こうして大手を振って引きこもりに戻る術を手に入れ、彼女は大いに満足であった。合法かつ適切に魔導院へ、愛しき工房に戻れることがどれほど嬉しかったか。

それに、便利な小間使いまでもが手に入りそうなこともまた、彼女を上機嫌にさせていた………。

【Tips】魔導院には三つの身分が存在する。養成機構の〝聴講生〟、工房を与えられた〝研究者〟、そしてそれらを導く〝教授〟である。

聴講生と研究者は教授が開く学閥の下に所属することが一般的で、教授からの口利きを得ることによって研究資料の閲覧許可や研究費が与えられる。それも全て魔導院が教授達の連絡会によって運営され、内部人事や経理において三重帝国が直接口を出すことは殆どないからである。

少年期

十二歳の春

二

ルールブック

【Rulebook】

ルルブとも。TRPGの世界全てを書き記した本であり、ゲームで言う所のディスクそのもの。これを読み込み、囲むことでTRPGは成立する。基本的なルールからキャラクターの情報、冒険の舞台に至るまで様々な情報が列記される。

中にはPL側は読んではならないとされるページもあったり……？

様々な手続きを終えるのに丸一日かかった。

交渉の後、魔法で治療したとはいえ大怪我をしていたのだから寝ておけと寝床にねじ込まれ、煙草の煙を一つ吐きかけられると同時に深い眠りに落ちてしまった。

なんでも全体で大小五箇所の骨折があり、裂傷も多数、全身で打ち身になっていないところを探す方が難しい有様だったという。

それを一寝入りしただけで動けるように治したのだから、私が仕えることになったアグリッピナ氏は凄い魔法使い……じゃなくて、魔導師なのだろう。

目が覚めてみれば家には両親と荘の名主、そして聖堂の司祭から代書人までが詰めかけてすったもんだの大騒ぎであった。

やれ契約がどうのこうの、子供が働きに出るにしてはどうのこうの、エリザの処遇がどうのこうのと喧々囂々で結局サインをして血判を捺すまでに一日かかってしまった。私はこうして解放されたが、今でも大人達は顔役の家に詰めて更に細かい所の話を纏めているところである。

うん、当事者ぞ？　我、当事者ぞ？　と思わないでもないけれど、小難しい話に子供を介入させたくないのは大人としては普通か。仮に私が父の立場にあったとして、生臭い話になってきたら介入はさせないわな。

いやしかし、本当に大変なことになった。

いつか荘を出ることになるとは思っていたけれど、よもやこんなに早く旅立つことになるだなんて。それも妹を連れて、三重帝国の中心である〝帝都〟へ向かうことになるだなんて。

　PC(プレイヤーキャラクター)の経験表を振るにしても、ちょっとやり過ぎじゃないかね？　飛行艇事故にあったことがある、とかの方が数段マシに思えるとか、私のD6(六面体サイコロ)はちょっと出目がおかしくない？

「随分と大変なことになりましたわね？」

　唐突に声をかけられ、驚いて振り返れば、そこには険しい表情をした幼馴染(おさななじ)みの姿があった。

　真剣な表情、滅多にない不意打ちもかけずに話しかけてくること。滅多にないことに私は酷く打ちのめされたような気分になった。

「随分と気をもんで待っていましてよ。もう荘中で噂(うわさ)になっていますわ」

　ゆっくりと蜘蛛(くも)の足をうごめかせた彼女は静かに私の前に立ち、琥珀色(こはくいろ)の瞳を鈍く煌(きら)めかせた。

「ねぇ、お時間あるかしら？」

　それは問いというより、一種の命令じみた言葉であった。私はぎこちなく頷(うなず)き、差し出された手を取って歩き出す。とてもではないが、断れる気はせず、ましてや断ろうという気の湧かない声をしていたから。

　きっと、雌の蜘蛛に睨(にら)まれた雄の蜘蛛はあんな気持ちになるのだろう。そう確信させられる、底冷えがするような声音であった。

手を引いているのか引かれているかも分からない足取りで私達は一言も発することなく歩き続け、荘の外れ、小高い丘にやってきた。花が咲き誇っているでもなんでもない、本当に特筆するところのない丘だ。

精々、ここからなら私の生家やマルギットの家、いつも遊んでいた林がよく見えると言ったところだろうか。

丘の上で腰を下ろせば、彼女は半ば定位置と化した膝の上ではなく、正面に足を畳んで座った。丁寧に足を畳んで座る姿は猫が香箱を作っているようで可愛らしいけれども、今はそんなほっこりした感想を抱く余裕はない。

巫山戯たことをぬかしたならば、次の瞬間には唇の端っこから溢れている、ヒト種にはない鋭い犬歯が首に突き立てられそうな……そんな危うい雰囲気であった。

洗いざらい全部説明しろ、と彼女が持っているおっかない短刀を連想させる無表情が語っていたので、私は鉛を吐くような気分で全てを説明した。

エリザのこと、半妖精のこと、そしてこれからのこと。

感想をこぼすどころか相槌の一つすら打たず、私の説明を聞き届けた彼女は最後に今まで聞いたことのないほど重い溜息をこぼした。吐き出した息が私の心に染み込み、心底にて澱となって溜まってしまいそうな程に重い嘆息である。

「本当に大変なことになってますわね」

万感の意を込めた一言であった。色々と言いたいことはあるけれど、内容が多すぎて結果的に言葉にするのであれば、もう〝こう〟言う他なかったためにシンプルになってしまった言葉。

私が悪いわけではないのに、何故だか謝りたくなってしまうほどに重い重い一言だった。

「丁稚……それも魔法使いの下で帝都にいくなんて、予想以上にずっとずっと大変ですこと……エリザが攫われてしまった驚きが薄れてしまいましたわ」

頭痛を堪えるように右手で右目を覆い天を仰ぐ彼女になんと言うべきか。

私も同じ気持ちになっているからなんとも言いづらいのだ。

エリザが半妖精である事実を分かったつもりでも心情では未だに受け止めきれずにいるし、今のままでは〝検体〟として真っ当な人生を送らせて貰えないということにさえ現実感がない。

私は心のどこかで、今もこう思っているのだろう。

あまりにも現実感が希薄だから、これは全て冗談か疲れた脳みそが見せている何かで、もう一度目を閉じれば寝床の中で目が覚めるのでは無かろうかと。

そうすれば全てはいつも通り。エリザは体が弱いだけのヒト種の子供で、私も帝都に行く必要なんてない。ここで育って大きくなり、いつか私は冒険者になるため荘を出て、そして立派に育ったエリザの結婚式に参列するため戻ってくる。

こんな都合の良い夢を……ああ、夢だ、夢を見たがっていた。

ただ、そろそろ現実に返るべきだろう。これは良い夢じゃない。少なくとも寝床の中でも見ない方がいい部類の夢だ。

エリザは魔導師（マギア）の弟子になって帝都に行き、私は丁稚として同行し学費を稼がねばならないのだから。

「永遠に丁稚として仕えるわけじゃないよ。私だって魔導師（マギア）の従者として一生を終えるつもりはないから」

「でも一年かそこらで辞められるような仕事ではないのでしょう？　それこそ、必要になる金額を考えたら、普通なら一生と言い切ってもいいくらい」

気休めのように、自分を慰めるように吐いた言葉は現実が見えている幼馴染みの言葉に容易（たやす）く切り捨てられた。

まぁ、そうだよな。弟子入りに最低限必要な学費が一五ドラクマ。これだけでも我々庶民にとっては途方もない額なのだから。

ああ、一年だけだとしても想像できないほどの大金であるなら、卒業するまでにかかる費用がどれくらいかなんて夢にも見られないさ。

これは借りである。エリザの学費と諸経費を全て丁稚として働いて返す借り。エリザが一人前になるまで耐えれば終わり、ではなく、借り続けた借りを返すまで働き続けねばならない借り。

銀髪の鼻持ちならない魔導師（マギア）は言っていた。制度は変えられないから、きちんと働いて貰わねばならないと。

さて、丁稚の賃金が如何ほどか。私の生活費や宿代なんぞを差し引きすれば、しばらくは一文の稼ぎにもなるまいて。どうにかこうにか稼げるようになった所で、手前の生活費を自弁するようになれば雀の涙の如き額しか捻り出せまい。

積み上がる金貨の数は庶民では想像もできないほど膨大になろう。山を成す負債を考えれば、尋常の収入では確かに永遠に等しい。

さて、妖精は私達とは相が異なる生きた現象のような存在故、魔法云々の適性はヒトよりずっと秀でていよう。されど、ヒト種でも平均で五年は魔導院に通い、ようやく研究者として免状を受け取れると聞いた。ならば、仮に家の妹が天才だったとしても、飛び級などの制度がなければ五年は奉公せねばならない計算である。

それだけで学費は七五ドラクマにも上るわけだ。平民が人生を二桁ほどやり直してやっとこという金額である。

いやいや、とんだ丼勘定もあったものだな。どうあがいても、それだけでは足りまい。私は大学生をやっていた時期もあるから分かるが、学生というのは兎角金がかかる。なんといっても人はただ生きているだけでも飯を食い糞をひることで金を使うのだから、学生なんてやろうというなら尚のこと金が必要になるのは自明の理であった。

魔導院に制服があるか知らないが、魔法使いが揃って着るローブを仕立てる必要はあるだろうし、それ抜きにしてもエリザがこれから成長していく以上は服は絶対に取り替えてゆかねばならない。

この時代、服というのは我々が想像しているよりもずっとずっと高価だ。新品の服を買おうと思えば、差して質がよくなかろうと銀貨が何十枚も必要になるほど服は高い。布を織るにしても手間がかかり、死ぬほど手間がかかる布を大量に消費した上、技術料もかかってくるとなれば安価で片付かないと誰でも分かるだろう。

だから我々平民は基本的に古着を延々と繕いながら着るのだ。余裕の無い家だと、夏になれば冬服を古着屋に売って夏服を買い、冬になれば夏服を売って冬服を買うほどなのだから。

貴族の子弟や富農・豪商の子弟が通う場所ともなれば、相応に立派な服を仕立ててやらねばエリザが可哀そうだ。あんまりにも見窄らしければ、あっという間にいじめられてしまう。人が人を排斥する理由など、見窄らしいからの一つだけで十分足りてしまうのに、そこに半妖精というイレギュラーまで加わればどうなってしまうか。

考えるだけで腸が煮えくりかえりそうになるので、決して服の手を抜くことは許されなかった。

ああ、それと学校という制度を取っている以上は、教科書を避けて通ることはできまいて。

そして、この時代では服もさることながら、羊皮紙の本は目玉が飛び出るほど高価だ。私が山ほど買っていたルルブやサプリなんぞ比べ物にならないくらい高い。

一冊で二～三ドラクマは当たり前。金属や革の豪華な装丁が施されていれば数十ドラクマすることも珍しくなく、あまつさえ宝石なんぞで飾った稀覯本は所領に等しい価値を持つという。

そんなものを学科ごとに要求されたらどうなるのか。意識するだけで立ちくらみがした。

ついでに普段の生活をする金も必要だろう。人頭税なんぞは両親が持ってくれるだろうからいいとして、私の分の生活費も含めたら決して安くない金が出て行くはず。幾ら師は弟子の面倒を見るものといっても、あの適当極まるアグリッピナ氏の気質を見る限り、過度な期待はしない方がよさそうな気がする。

ともすれば長命種の価値観で「え？　毎日メシ食うの？」とか言いかねない。

「一〇年？　それとも二〇年？　ねぇ、何年かかるとお思いで？」

「……五年かそこらで上がれたらいいな」

私も働いている内に大きくなる。そうすれば副業を合法的に行えるようになるし、収入を学費に充てて繰り上げての返済も叶おう。

普通であれば一生かかっても返せるか分からない大金。だけど幸いにも私は普通とは言いがたい。未来仏より賜った権能をフルに活用すれば、金を稼ぐ手段の一つや二つひねり出して学費を稼ぐことだってできるはずなのだ。

エリザのためなら熟練度を惜しむような真似はすまい。熟練度を積むことで大事な妹の命がつなげるのであれば、私は何だってするとも。

しかし、前世では国立に通っていたので学費で困窮したことはなかったけれど、よもや今生の一二歳にして私学に奨学金で通う学生みたいな目に遭うとは思わなんだな。まぁ、嘆いても仕方ないだろう。全ては奉公先の胸三寸。あとは我が妹がどれくらい優秀かで決まるのだから。

「五年……ね。随分と楽観的ですわね？」

「頑張るつもりだよ。それくらいでさっさと上がれるように」

「それでも、五年も経ったら私、一九歳ですわよ？」

行き遅れと笑われてしまいますわ、とマルギットは唇を尖らせた。確かに帝国での結婚適齢期は一五～一七で、遅くとも一八には結婚するのが殆どだ。それを越えて相手がいなければ、行き遅れか行かず後家の誹りを受けても仕方がない。

私は発言の真意を敢えて問うような真似はしなかった。だって、無粋じゃないか。

分かっているさ、コネクションのベクトルが何処を向いているかなんて。とある東京なら、間違いなくハートマークだということくらい。

「……頑張るから」

「冒険できるような年で戻って来られて？」

「努力する」

「そう……」

彼女は呟くと、音もなく下肢を複雑に蠢かせ知覚する間もなく私の膝に乗り上げた。そして、夕日を剣呑に反射するヘーゼルの瞳で射貫くように睨んできた。

「誓えますこと？　きちんと丁稚を勤め上げて冒険者になると」

硬い言葉だった。何時もの言葉が愛撫のように脳味噌を触る声だとすると、これは心根に突き刺される楔のような声だ。ただ問うのではない、私の本意を取り出そうとする刃物のような言葉。

「ああ……誓うよ。折角準備したんだ。それなら、きちんと冒険者をやる。エリザも生きていけるように魔導院を出させる。どっちもやるよ」

なればこそ、私は真摯に答えた。刃を潜り込ませるまでもなく、ただ心の深い所から言葉を引っ張り出す。

私は決めていた。折角なんにでもなれるのだから、なりたいものになろうと。

惰性で冒険者になるのではない。それを決めて、皆がよいと思ってくれたから私は冒険者になろう。

そして、よい兄でもありたいのだ。エリザにとって、今までと同じく胸を張って兄だと呼んで貰えるような兄に。

これは私の素直な言葉だ。一二年、ケーニヒスシュトゥール荘のエーリヒとして生きた人間としての言葉であり決意。

私はこの決意と心中しなければならない。育てて貰った、愛して貰った一二年を無為にしないため。私として生きてきた七年を嘘にしないために。

その為なら、ストックしてきた熟練度だって惜しげもなく差し出そう。求められるなら家事炊事に全部振ってもいい。今のままでも、私は何とか剣士としてやっていける技量はあるのだから。

遠回りにはなるだろう。だが、私は私に嘘を吐かない。

成りたいようになるのだ。かつて憧れ、耽溺した遊戯の英雄の如く。

セッションの後は何時も気持ちがよかった。物語が形となり、生み出した人物に決着がつくのは何より楽しかった。たとえそれがバッドエンドであろうと、友人達と小汚い部室に集まって作ったものだから、楽しかったのだ。

だが、やっぱり一番気持ちいいのはキャラクター全員が目的を達し、大団円を迎えた時だ。その為に私達は顔を突き合わせて何時間も相談し、貴重な青春の時間を費やしてきた。

それと同じだ。生きるということにおいて何も変わらない。だから私は、為すべきを為し、なりたい姿を追いかけるのである。

それに未来仏も仰ったではないか。

汝の為したいように為すがよいと。

どっかの慣れ親しんだ邪神の物言いだが、これほど神からかけられて有り難い言葉はあるまい。有様を定められるでもなく、魂に従って好きに生きる赦し。

なんと解放感を覚える福音か。

ああ、そうだ。だから私はなってやるとも、冒険者に。

そして、エリザにとっての英雄に。

私はそれを証明するかのようにマルギットの瞳をじっと見返した。

どれほど見つめ合っていただろうか。夕暮れの優しい赤が薄らんでいき、曖昧な紫に変わりつつある。宵と昼が混じり合う時間、星々が勢いを取り戻しながら、弧を描く月が顔を出す。

ああ、あれは更け待ち月だ。私の前の家名と同じ、満ちていくのを待つ月。あの月のように、私も何時か丸く輝ければ良いのだが。

「そう……でも、貴方(あなた)らしいわね」

宮廷語ではない、自然な言葉で彼女は語った。決して目線は外さず、しかしてこわばっていた顔が色を思い出したように笑みを作った。

「なら、信じてあげる。他にいないわよ？　こんな優しい幼馴染(おさななじ)み」

「ああ、分かってる。ありがとう、マルギット」

きっと彼女は待ち続けてくれるのだろう。冒険に出る日を。

何故(なぜ)なら、彼女は私に嘘を吐いたことはないからだ。ただの一度も、つまらない冗談であったとしても。

ならば、私は約束を信じても甘えないようにしなければ。男はいつだって身勝手に思い込みがちだからな。彼女は何時までも自分だけを愛してくれているだなんて、都合の良い妄想を。

「冒険者になる時、必ず君を迎えに行くよ」

信じてくれるなら、私は真摯に約束を結ぶだけ。形の無い約束なんてものは無常だと思う人も多いだろうけれど、真面目に紡がれた約束は心の中に形を残す。余人がどう言おうとも、それだけは固く信じているのだ。

手を差し伸べるような誓約の言葉に返って来たのは、間近でなければ聞き逃してしまいそうなほど小さな笑い声。

それから彼女は不意に体を擡げると、首の後ろに手を回してきた。何時もやっているような体勢に移り、鼻と鼻が触れあうほどの間近に愛らしい彼女の顔がある。

小さくて可愛らしい小鼻、勝ち気で意思が強そうな瞳はとろけそうな笑みに撓み、口の端からぞろりと零れる犬歯が酷く剣呑であるのに愛らしさが溢れる唇。

造形一つ一つをとれば童女としか見えないのに、その全てが合わされば妖艶な年頃の女性の雰囲気を纏う幼馴染みと鼻が触れあう、いや、睫が絡み合うほどの至近で見つめ合う形となり、私は呼吸さえ上手く出来なくなってしまった。

「じゃあ、約束を忘れないようにしてあげる」

甘く耳を撫でる言葉に馴染んでしまった怖気が奔った。彼女の何時までも変わらない童女の声は、本当に脳味噌を擽られているような錯覚を抱いてしまう。

「目を閉じて……」

ああ、これはアレか、あのイベントか。マジか、マジなのか私。こんな甘ったるいイベント、前世ではなかったぞ。これはアレか、誇って良いのだな？　リア充の仲間入りだと誇ってよいのだな？　やったぜ今日はお赤飯だ。

などと錯乱していたのだが、一度唇に触れた吐息が何故か左に移動している。気がつけば、頬に顔の熱が移り、吐息が耳に触れた。

え、ちょっと待ってくれ、一体何が……。

「いっだぁぁぁ!?」

何の脈絡もなく激痛が耳を襲った。体を跳ね上げてもマルギットは首にしがみついて離れず、痛みの元に触れようにも彼女の頭が邪魔で触れない。

というより、激痛の源である耳たぶが唇にホールドされていてどうしようもない。

何？　何コレ、私何されてんの!?

混迷と激痛に彩られた数十秒の後、彼女はやっと私の耳を解放してくれた。そして、何事かと触れれば、耳はぬるりと唾液と血で濡れている。

指先に感じるこの小さな凹凸は……穴か？

触れれば分かった。小さな穴が左の耳たぶを貫通しているのだ。

「ごちそうさま」

ぺろりと彼女が舐め上げた唇には、私の血が付いていた。そして、殆ど沈みかけた陽光の残滓にヒト種よりずっと長い犬歯が煌めく。

どうやら、彼女は器用なことにアレで私の耳たぶに穴を穿ってくれたらしい。

あった。

「な、な……何!?　何で噛まれた!?」

「言ったでしょ？　約束を忘れないようにしてあげるって」

言って、彼女は耳たぶを庇う手を強引に払いのけると、未だ痛みを訴える耳たぶに異物を挿入してくる。一瞬手の中に見えたそれは、桜色の貝の原形を残して加工した耳飾りであった。

少女趣味なデザインの耳飾りは、これといって特別な品ではないように思えた。それこそ祭りの市で銀貨が一枚あれば買えてしまうような、子供が戯れに身につけられるような品だと思う。

昔からの持ち物ではなかろう。多分、今日私の話が終わるまでに露天で買い物でもしてきたのだろうか。いや、ずっと近くで待っていたようだし、そんなはずもないか。

「外しちゃだめよ？　これが約束の証拠……見る度に思い出して」

いやいや、耳飾りの出所なんてどうだっていいが、なんてことしやがる……そう思ったが……満足そうに微笑む顔を見て、怒りは一瞬で霧散してしまった。満ち足りた顔を見ていると、いっか、別に千切られた訳でもないしと思えてくるから不思議だ。

うん、狡いよなぁ、顔が良いって……。

世の不条理に思いを馳せていると、今度は別の何かが私の手に握らされていた。

みれば、それは細長い針だった。布ではなく革を加工する時に使われる太く長い針。一度強い酒精に付けられたのか湿ったそれは、消毒用の蒸留酒の臭いがする。

「じゃあ、お返しをちょうだい」

「は？」

そういって彼女は右耳を差し出してきた。

……ん？　ちょっと待て、おかえしというのは、もしや、私にもピアス穴を開けろと？

いやいや、あまりに倒錯的すぎるだろう。どんなプレイだ。

「はやく開けて？　貴方が私を忘れないようにしたのと同じで、私が貴方を忘れないようにするために」

髪を片手で掻き上げて留め、耳を晒したまま流し目で誘われると何故だか抵抗する気力が一瞬で失せてしまった。若干狂気を感じる誘いなのにこれほど艶っぽいのは、いくら種族差があるにしても狡いだろう。

「……我慢してよ。多分、めちゃくちゃ痛い。というか私は痛かった」

「ええ、いいわ。痛みを教えてくださいな？」

意味深すぎて心臓に悪いなぁ、おい！

乱打される警鐘の如き心臓をなんとか抑え込み、私は彼女の耳に針をあてがった。そして、一息に押し込めば、柔らかな耳たぶをあっさりと針が貫いて、緋色の血液がぱっと宙に舞う。

「んあっ……」

それは、混ざり合った陽光と月光を反射して、例えようもないほど美しいものだった。

　これまた悩ましい声を上げ、マルギットは針を抜き取られた痕を惜しむように、慈しむように撫でてみせる。流れる血液を止めるでもなく、彼女は私に付けたピアスの片割れを手に握らせてきた。

　これも一つずつ、ということだろう。

　似たような儀式を去年の秋に見たが、だとしてもちょっと倒錯的に過ぎるよなぁ、ほんと。

　まぁ……我が幼馴染みが幸せそうだからいいか。

　私はきっと、この曖昧な朱の中で微笑む、血染めの笑顔を忘れることはないだろう…………。

【Tips】男性が左だけを飾るピアスには〝勇気〟と〝プライド〟の意味があり、女性が右だけを飾るピアスは〝優しさ〟と〝成熟〟の意味を持つ。また、ピアスを分け合うことは〝別ちがたい絆〟を示す。

少年期

十二歳の春

三

サプリメント

【Supplement】

書籍の補足、追録の意。ひいては基本ルールブックに情報を継ぎ足す追加ルールブックを示す。PC達が追加で習得できる技能やアイテムを追加することは勿論、新たな冒険の舞台となる地域や手助けするNPC、立ちはだかる敵などが追加される。

世界が広がるので楽しくもあるが、野放図な拡大は時に混迷をもたらす。

夕暮れの丘、倒錯的なれど人生で絶対に忘れられないイベントをこなした後も私には安寧はなかった。

我が家のお姫様を寝かしつけるのには、大変な苦労が必要だったからだ。

それもそうだろう。七つの、しかも精神的にはそれより幼い気がある子供が訳も分からぬまま拉致されて修羅場に巻き込まれた挙げ句、二〜三日もしたら急に親元を離れねばならないと告げられて取り乱さないはずがなかろう。

幼く世界が狭い子供にとって、親と家族とは世界そのものなのだから。

確かに家の中で妹に一番懐かれているのは私だが、彼女は私以外のみんなも大好きなのだ。

父に抱き上げられてあやされると、エリザは弾けるような笑顔を浮かべるものだ。

母の料理も大好きで、大きくなったら絶対に手伝うんだとうるさいくらい。

上の三人の兄に気を遣われるのも大好きで、そんな時、彼女は本当のお姫様のように振る舞ってみせるのだ。

それに新しくやってきた、優しい義姉も同胞に劣らぬほど慕っている。今まで男が多かった環境に女性が増えたのもあるが、家事の合間に髪を弄ってもらうのが大層嬉しかったらしい。

まぁ、どちらかといえば今までは殆ど男所帯であったからな。少女らしい遊びは家の中だと皆無だったので嬉しさも一入だったのだろう。

それほどに慕った家族から引き離されることに、どんな理由があろうと子供が承服する筈がなかった。

それこそ月並みな物言いをすれば、まだ子供なのだから。

いくら私が付き添うからと言い聞かせ、自身の為なのだと総出で説得してもエリザは駄々をこね、叫び、泣き止むことはなかった。理屈が分からないからこそ子供と、言うのは容易いが、子供であった時分の思い出を持つが故に苦しかった。

察するに余りあるからだ。仮に己が同じ立場にあったとして、唯々諾々と見も知らぬ怪しい長命種に従って帝都に旅立てたであろうか。

今と同じ精神性を持っていれば、家の為、荘の安寧のためと理解はできるとも。

だが、私が正真正銘の七歳児であった頃を思い返せば断じて不可能であった。

皆、辛さが分かるからこそ宥めることに難航し、夜半を過ぎてエリザも体力が尽きたのか、やっと寝入ってくれたのである。

ただ、これは明日の朝も荒れそうだな。

もしアパートだったら相当な苦情が来そうな、我が家でも類を見ない激闘を終えた一家はクタクタだった。兄夫婦は体を引きずるように離れへ引き上げていき、次兄と三男はリビングデッドもかくやの有様で兄弟の部屋へと向かう。そして、戻ってこないことを見るに、エリザを寝床へ連れて行った母もそのまま轟沈したのだろう。

今、我が家の居間にはボロ雑巾のようになった私と父だけが残っていた。

「……何か飲みますか、父上」

「……ああ、そうだな……水屋から〝とっておき〟を持ってきてくれ」

椅子に体を投げ出すように座る父に問えば、そんなリクエストが飛んできた。

我が家の秘蔵の一品、父が食器棚の隠し蓋――横領する心配がない私には教えてくれた――に後生大事に抱えているのは、帝国北方にて愛飲されるライ麦で作る蒸留酒だ。最早時代考証が合わない品の存在に驚きを覚えることも殆どなくなってきて、私は透明なガラス瓶の中でゆれるそれを丁重に取り出した。

見るからにお安くない代物だ。一般的な流通が隊商の馬車に委ねられている現在、地方の品というものは目が飛び出るほど高価である。それこそボタン一つで北の果ての珍味から南方の珍果まで取り寄せられた二一世紀とは訳が違う。

現地で買うのと比べれば三倍以上の値は堅いだろう蒸留酒を父が嗜む時は二つきりだ。一つは何か良いことがあった時。一度酷い熱で寝込んだエリザが回復した夜、嘗めるように一杯を少しずつ楽しんでいたのを覚えている。

そしてもう一つは……何か耐えがたいことがあって、酔いたくなった時だ。

三分の一ほど残ったそれを差し出せば、父は小さなグラスで割ることもせず一息に呷ってみせた。

香りからして強い酒なのに、よくやる。いや、それくらいやらねば耐えられないのかもしれない。頼りがいのある父が何度不甲斐ないと口にしたか分からないくらいなのだから。

たった一杯では足りぬとばかりに再度酒精を呷り、三度目を注いだ所で手が止まる。

「エーリヒ、お前もやるか？」

そして、差し出された小口のグラスでは、微かな琥珀色を帯びた酒が揺れていた。つんと香るアルコール臭は、一二歳の味覚に合わないことは分かっているから普段なら遠慮したいものだが……。

私も呑みたい気分であることに違いはなかった。

一口呷ると、カッとする熱さと共に意外と癖のない味が胃へと滑り落ちていった。酸味が独特の後に残る味も悪くなく、舌がもっと大人になったら美味しく楽しめそうな風味だ。

「いい呑みっぷりだ。やっぱり俺の子だな」

父は笑ってグラスを取り上げ、もう一杯を最初と同じ勢いで干した。ただ、強い酒だ、何かつまみがあった方が良いだろう。私は冬の残りである干し肉を取り出すと、父は何も言わずに受け取ってナイフで削って食べた。

「……よもや、こんな事になろうとはな。因果な話だ」

酒精が潤滑油になったのか、口が滑らかに動き始めている。父は四杯目をやると、私に目線を合わせた後、しばし逡巡するように口を蠢かせ……やがて、静かに語り始めた。

「お前に聞かせたことはなかったな。実は俺が次男だったということを」

「……そうなのですか？」

まったくの初耳であった。

祖父も祖母も私が生まれる前に亡くなっており、唯一面識があるハインツ兄でさえ物心がつく前のことだったので、他からそういう話を聞く機会がなかったのだ。荘の中の親戚も態々そんなことを話す必要は何処にもないし、婿養子に行った叔父達や嫁に出た叔母達からも聞かされたことはない。

この長子相続が普通の世の中で、何故父は家を継いだのであろうか。

「ああ。兄貴は俺が……えーと、一八だったっけ？」

「いや、私に聞かれても」

アルコールで微妙に濁った頭で細かい数字が揮発したのだろうか、惚けたことを言ってから、ああ、そうそう、一八だったと勝手に満足して父は頷いた。

なんでも私が生まれる前に長兄にあたる伯父は、流行病で嫁御共々に逝ってしまったらしい。そして、それまで外で働いていた次男である父が急遽呼び戻され、この家を引き継いだそうだ。

伯父が逝ったショックか祖父母もあっと言う間に弱り、双子の兄達が生まれる少し前に旅立ってしまった。結果として、この家には私達家族だけが残ったのだ。

「だから、俺も理不尽な理由でやりたかったことを捨てざるを得なんだ辛さは分かる」

父は形のない何かを噛み砕き、無理に飲み干すように言った。

そうだろう。父にも子供だった頃があり、夢を追う少年や青年だった時期があるのだ。次男として部屋住みになっていないということは、半ば逐電する形で家をでるほどの何かがあったに違いない。

「俺はな、傭兵だったんだ」

「えっ？　父上が……!?」

　エリザが半妖精であった事実以上に驚くことなどこの世にはあるまいと思っていたものの、私の思い込みは一日とせずあっさり覆されてしまった。

　傭兵？　父が？　模範的で荘でも人望が厚い農家だというのに？

　三重帝国の地においても傭兵のイメージは他と大きく変わることはない。斬った張ったで得る金で口に糊をする専業軍人であり、自身の血と他者の血を混ぜて金貨を作り出す驚嘆場の住人達。

　確かに父は逞しいが、そんな肩書きが似合うようには思えなかった。

「七つの会戦と一五の小競り合い、三年でそんだけだな。兜首も二つほどあげたし、賞金もぼちぼち貰ってた。代官様から農地拡大権を買う金も、いくらかはそっから出てるんだぜ。ホルターを買ったのも、その時の伝手さ」

　今日は本当に濃い一日だ。知らなかったことや強烈なイベントが波濤の如く押し寄せてくるのだから。

　妹は実は半妖精で、幼馴染みからは耳に風穴を開けられ、ついでもって模範的な農夫だと思っていた親父は元傭兵？　勘弁してくれ、脳味噌が中毒を起こして昏倒するぞ。

「だがまぁ……弱った親父から泣きつかれるとなぁ、強く出られなくてよぉ。あんだけ痛かったげんこつ振るう手が、あんなんになってっとなぁ……」

遠い目をした父は思い出しているのだろう。自分が剣を置く理由になった、痩せ衰えたであろう祖父の手を。幾つもの豪腕をねじ伏せただろう傭兵の手が、痩せた農民の手に負ける理由は……何となく分かる気がした。

「……まさかお前に俺と似たことをさせるたぁ、夢にも思わねぇよ」

父にも葛藤があったに違いない。この時代の傭兵は野盗の親戚といえるほど野蛮ではあるが、専属軍人の穴を埋める半正規軍といえる程に組織化がなされた戦争のプロという側面も強い。冒険者が少数での行動を前提とするなら、彼等は密集軍での軍事行動を念頭に置いた集団であり、当然戦場で肩を並べる同胞との結束は固かっただろう。

それを置いて郷里に帰る苦悶は如何ほどか。昔を懐かしんでか、口調が荒れていく、いや、戻っていく父の姿を見れば察してあまりあった。

「すまねぇなぁ……お前にもやりてぇことがあるってのに……こんな辛い役目を背負わせちまうことになって……」

酒に浸りながら吐き出す泣き言が痛いほど心に染み込んできた。分からない筈がない。我が子が人生を賭けても返せるか分からない負債を負って、気に病まない親が一体何処にいるだろうか。

だが、だとしても。

「……私は、そうは思っていませんよ」

「あん？」

私の意志はマルギットに語った通りだ。私はなりたいものになりにいく。エリザにとって格好いい兄であることは、私の希望から決して外れていないのだから。

　それに負債は大した額にあるだろうが、詰んだ訳じゃあない。金なんて稼ごうと思えば幾らだって稼げる。悲観して涙に暮れ、謝罪に沈むには些か早いとも。

「私はエリザの兄です。妹に格好付けて、守ってやるのは兄貴の本望でしょう？　望んでやろうとすることで、どうして父上を恨みましょうか」

　笑いながら告げ、私はそろそろ行きすぎになる酒杯を奪い取り、中身を胃へ捨てて空にした。喉が強すぎる酒精に焼かれるようで、胃の中で熱く燃え上がるようだ。酒精の熱を脳にくべ、私は普段なら臭すぎて躊躇いそうな台詞を全く臆すること無く口にした。

「誰も悪くはないのですから。父上は勿論母上も、ましてやエリザだって悪くない。なら、誰も悪くないことで謝るのはやめましょうよ。私はただ、格好を付けに行くだけなんですから」

　恥ずかしがって、かけたいと思った言葉を呑み込むのはよくないことだ。妹に格好を付けるのが兄の本望なら、父を労るのは子の本懐であるから。

「ふっ、そうか、お前にとっちゃ格好付けか」

「ええ、そんなもんです。格好付けた後にやりたいことをやりますよ。やってみせます」

「ははは、そうかそうか」

そうか、と楽しそうに暫く続けた後、父は俄に立ち上がって暫く待ってろと言い居間から姿を消した。結構育てた〈聞き耳〉で気配を探る限り、地下の収納庫に向かったようだが。

はて、あそこには大した物はないはずだが。普段あまり使わない小物や、冷暗所で保管するのが好ましい食料の保管庫があるばかり。

スープが冷めるくらいの時間の後、父は何やら土に汚れた袋を持って帰ってきた。収納庫の床は土がむき出しなので、何か掘り出してきたのか。貴重品を土中に埋めて隠しているのは知っていたが、厳重に封をしていることから相当に大事なものだと思うのだが……。

「これをな、お前にやろう。独り立ちん時にくれてやろうと思ったんだが、今のお前なら早すぎるってこたぁねぇな」

袋から取り出したのは、油紙に包まれた一本の剣だった。拵えを外して、油を丁寧に敷いてさび止めが施されたそれは、正しく西洋の剣と言われて安直に思いつく姿。簡素ながらも蠟燭の光を反射し、誇らしげに輝くアーミングソードの威容である。

「俺が辞める前に使ってたもんだ。槍や盾、鎧は金に換えちまったが、こいつぁ俺があげた兜首からの戦利品でな。名残惜しくて持ってきたんだ」

売り払えばいい金になったてのによぉ、と嘯きながらも剣からボロ布で油を落とす手付きは慎重そのもので、実に嬉しそうだ。その上、丁寧に仕舞われていたこともあって酸化している所は微塵もない。油を塗布し、酸素に触れづらい土中へ埋めてまで保存することから、父の深い思い入れが窺（うかが）い知れた。

「神銀（ミスタリレ）の剣や魔剣とまではいかんが、中々立派な品だぜ。詳しくはないが、スミス親方が言うに模様鍛造だとかいう、上等な手法でできてんだ」

　この時は知らなかったが、後で聞いたところ模様鍛造とは複数の素材で積層構造を作る工法のことをいうらしい。日本刀と同じく芯金と外金の素材が違い、粘り強く曲がりづらく、そして切れ味に優れるという。

「あん時ぁお前は、この馬鹿親父がとでも言いたげな面してたが、俺ぁ本当に嬉しかったんだよ」

　あの時、とは秋祭りで据物斬りをやった時のことだろう。一ドラクマ相当の大金をぽんと祝いに放りだしたのは、当時の私にとって何やってんだ親父ぃ！　としか思えない暴挙だったが、なるほど、そうだったのか。

　確かに武によって身を立てていた自分の息子が、この世代が絶えるまで荘（しょう）で語られるような武勇伝を残せば、うれしさで箍（たが）が外れるのも何となく共感できた。

「だから、ちょっと嬉しくなりすぎて大盤振る舞いしちまった。ま、別に惜しいたぁ思っちゃいねぇがな」

　誇らしげに、楽しげに、自身を語られることのなんと嬉しいことか。気恥ずかしさで、私は薄くもはっきりした大人の笑みを形作る父の顔から目をそらしてしまった。

　これ以上見ていたら、泣いてしまいそうだったのだ。

「だから、こいつぁお前のもんだ」

剣の油を拭いきると、父はそれを私に差し出した。

拵えが外された刀身には、狼(おおかみ)の横顔を模した印が象眼されている。掠(かす)れて読みづらいが、刻まれた銘は……。

「……送り狼(シュッツヴォルフ)？」

「ああ、昔居たって怪異に肖(あやか)った銘だそうだ」

父が語るそれは、私も何かで聞きかじった事のある話だ。夜の道を付いて回る狼。非礼を働けばたちまちに食い殺されるが、礼を尽くす者や弱者を導くという怪異。

この剣は、それに肖って持ち主を待つ者の下へ送り返してくれるように願いを込めて打たれたのだろう。

……まぁ、結果は私の手に収まっているあたり、少し残念なことになってしまったが。

ただ、いい剣だというのは確かだ。拵えもないのに重心がしっかり据わっていることも分かり、ただ軽いのではなく〝使い易い軽さ〟をしているのが一瞬で分かった。剣とは自身の重さに速度を以(もっ)て物を断ち切る武器であり、その点を鑑みるにこれは実に優れた一品だった。

この剣なら、完全な神銀(ミスタリレ)製の兜でも断ちきれるような気がした。

「託したぜ。しっかりエリザを守ってやってくれ。お兄ちゃん」

最後に父はそう言って、丁寧に酒に栓をすると元の隠し場所へひっそりしまった。

「……はい」

そして、私は呑みすぎたとぼやきながら寝床へ引き上げる父に深々と頭を下げるのであった………。

【Tips】魔剣には三種類存在し、魔導鍛造と呼ばれる魔法によって純度を上げられた高硬度高靱性の単純に品質に優れる剣と、恒常的に魔法の強化を受けた剣、最後に魔法によって〝剣〟や〝斬撃〟という概念が擬似的に物体の相を持って顕現しているものが存在する。一般的には一番目か二番目、あるいは両方の性質を持つ物が魔剣として認識される。

目の前に一本の仮標的が佇んでいる。木製の胴体に使い古して役立たずになった鎧を着せただけの代物で、自警団が打ち込み稽古で使って、何百何千と斬撃をたたき込み続けたせいで随分と草臥れた姿を晒していた。

小札を重ね合わせたスケイルアーマーには乾ききった血糊がついていることからして、恐らくはこの荘に手を出した何処その某が残した品なのだろうが、こうなっては最早由縁を知ることもない。

確かなのは木製胴体の頑強性と、散々に打ち据えられながらも原形をとどめる鎧のしぶといまでの頑強性ばかり。

だが、これだけで十分過ぎた。

〝少なくとも、人間は鎧を纏った木より堅いことはないだろうから〟

「ふっ……！」

叫ぶでもなく、跳ぶでもなく、ただ素早くしなやかに剣を振るう。腕ではなく、剣は胸と脚で振るうのだ。全身の動きが一体化し、噛(か)み合った肉が大地を踏みしめ刃筋が立てば、振り下ろした剣は大地の支えを受けた剛剣と化す。

さすれば、たかが一二の小童(こわっぱ)が振るう剣でも、鎧を割断するに十分足りる。

剣はするりと的を抜けた。歪(いびつ)な手応えも痺(しび)れも残さず、ただ会心の一刀であったと残心のままに感じ入る。

そして、吹き抜けたそよ風に押され、たった今気付いたかの如く仮標的が滑るように胸のただ中より真っ二つになった。

送り狼、その名に恥じぬ牙のように鋭い切れ味であった。

「なんと!?」

早朝にたたき起こされたにもかかわらず、二日足らずで剣に拵えをつけた上で研ぎ直してくれという無茶な依頼を受け入れてくれたスミス親方が感嘆の声を上げた。

うむ、まぁこんなもんだろう。拵えのしっかりした良い剣を持ち、基本を守れば人間を両断するくらいは容易(たやす)い。

四年も鍛えに鍛え〈円熟(スケールV)〉まで高めた〈戦場刀法〉の技量と、積みに積んだサポート特性やスキルまで加わるとなれば当然だ。謙遜するのは大事だが、これは父が愛剣を継がせるに値すると認めてくれた腕前だ。

　今後私は未熟であることを自認しつつも、決して自分が〝弱い〟とは断ずるまい。

　私はこの手で妹を守り、父の思いを受け継いでゆかねばならぬのだから。決して彼らと、他ならぬ私の自負に泥を塗る真似だけはしない。

　そう固く心に誓った。

「かー……俺の目が変になった訳じゃねぇよな……？」

　拵えの調子を見なきゃなんねぇからな、と照れ隠しをしながら試し切りを見守りに来てくれたスミス親方が送り狼を見つめながら呟いた。

　熟練の鍛冶の目をして、歪みは愚か刃毀れ一つ見つけられなかったようだ。

「あんなモンぶった切って毀れも歪みもしねぇたぁ……尋常じゃねぇぞ」

　まぁ、普通は業物でも鎧ごと基部を両断なんてしない、というより〝できない〟だろうから、驚くのも無理はないか。剣とは本来、そういった使い方をする武器ではないからなぁ。私だって試し切りでもなきゃ、こんな無茶はしないとも。

　ただ、一度は全力を出して切れ味を試してみたかったのだ。

「おめぇ、実は武神の現し身だとか化身だったりしねぇだろうな？」

「まさか。私はエーリヒですよ。ケーニヒスシュトゥール荘の農民、ヨハネスの第四子です」

微笑（ほほえ）んで私は剣を鞘（さや）に戻す。特急仕事だというのに拵えの出来映えは流石（さすが）スミス親方といった具合か。研ぎ直した刃には小札の欠片（かけら）一つ、木片の一個さえ纏わり付くことはなく、納まる鞘はまるで合わせて作ったかのよう。

「私から言わせればスミス親方こそ鉄火神のご加護が篤（あつ）いとしか思えませんよ。かの神の御落胤（ごらくいん）だったりなさいません？」

「馬鹿野郎、背中が痒（かゆ）くなるような世辞を吐くんじゃねぇ」

清々（すがすが）しい気分だった。

さぁ、明日には出立なのだ。未（いま）だ泣きじゃくるお姫様を宥（なだ）めに行かねば……。

【Tips】技量を伴った剣はあらゆる障害を斬り捨てる。

ヘンダーソンスケール0.1

ヘンダーソンスケール0.1

【Henderson Scale 0.1】

シナリオに影響を与えない程度の軽い脱線。
しかし、時に小さな脱線から大きな脱線に繋がり、ヘンダーソンスケールが凄いことになることも……。

エリザはとても悲しくて辛かった。泣きすぎて喉が痛いのも、涙で目尻がふやけてヒリヒリするのも、声を上げすぎて手足がしびれるほど疲れているのもどうでもよくなる位に悲しかった。

ここまでお願いしたのに願いが叶わなかったことなんてなかったから。

これが酷いお願いをしてしまったのなら分かる。父様も母様もとっても優しいけれど、悪いことをしたらいつも叱ってくれていたから。

だけど、今回ばかりはとてもとても悲しくて訳が分からなかった。

父様に撫でて欲しい、母様にぎゅっと抱きしめて寝かせてほしい、ハインツ兄さんやミナお義姉さんから離れたくない、ミハイル兄さんとハンス兄さんとも遊びたい、輓馬のホルターの背中にも乗せて欲しいし、荘のみんなと会いたい。

それがそんなに悪いお願いなの？

彼女は理解できずにただ泣いた。感情が目から溢れきって、中身が空っぽになってしまうのではないかと不安になるほど泣きはらした。

今まで当たり前だった生活が全部なくなってしまうのが嫌で嫌で、怖くて怖くて涙が止まらなかった。

大好きなエーリヒ兄さんが一緒なのは嬉しい。ずっとエリザに付いてきて、守ってあげるからと抱きしめてくれるのはよかった。

でも、それはお家でもできるじゃない。

うぅん、お家だからこそ嬉しかったのに。

みんながいて楽しいお家で、優しいエーリヒ兄様が側に居てくれさえすればエリザは幸せになれるのに。

魔導院なんて嫌だった。変な事ばかり言う赤い服の人も嫌だった。魔法になんて興味はなかった。お家から離れてしまうくらいなら、もっと大きくて綺麗なお家なんて欲しくなかった。可愛いお洋服も大好きな氷菓子を毎日食べられるようになったって、家から離れるのだけはいやだった。

ただ、仲良くみんなで暮らしたかったのだ。あの素晴らしいお家で。

お父さんは強くて優しくて、お母さんは綺麗で料理上手で、お兄さん達は面白くて楽しくて、最近は沢山オシャレを知ってるお姉さんもできてとても幸せだったのに。

それにお家に住んでる沢山のお友達と離れるのも嫌だった。

真っ赤で可愛い暖炉に住んでる蜥蜴さんは、いつだってお家を守ってくれて、エリザが寒い時は近くに寄ってきて暖めてくれた。

庭にやってくる大きな黒いわんこは、怖いネズミや汚い虫を捕ってくれるいい子だった。

みんながお仕事で出かけていて寂しい時は、箒のように大きな尻尾で遊んでくれた。

お部屋の隅っこで見守ってくれている優しそうな小さな女の子も、笑顔でお話をいつまでも聞いてくれる真っ白なおじいさん達。

そんなみんなと離れるのも嫌だった。

だって、彼らはみんなエリザに優しかったから。

狭くて小さな認知によって作られる世界の中で、優しい家族や〝お友達〟は世界の全てといってもよかった。大好きな彼らと引き離されることは、魂をバラバラに引き裂いて二度と取りに行けない所へ持ち去られてしまうような心地だった。

幾ら大好きなエーリヒ兄様が一緒だとしても、幾ら父に聞かされて興味があった都会に行けたとしても、幾ら初めて見るくらい立派な馬車に乗れても嫌だった。

だが、エリザがどれだけ泣き喚いても、出立の日は来てしまった。

そうなると、あれだけ嬉しかった母が縫ってくれたおしゃれ着を着ても、滅多に食べさせて貰えない氷菓子を食べさせて貰っても、憧れていたミナお義姉さんの櫛を貰っても駄目だった。

「エリザ、大丈夫だ。私が一緒にいる」

いつだって幸せな気分にしてくれる兄様が抱っこしてくれているのに、どうしようもないくらいに嫌な気持ちにさせられる。だって、兄様はエリザを行きたくない所へ運ぼうとしているから。

「やだ、あにさま、いきたくない。ここがいい」

自分の足で歩けないことがこれほど恐ろしいことだなんて、エリザは全く知らなかった。離れたくないのに、これほど分かちがたく思っているのに家の扉が近づいてしまう。

「エリザのためなんだ」

強ばった兄の声は、まるで己に言い聞かせているように冷たく響いた。

エリザのため、とここ数日で何度も聞かされた言葉をお約束のように噛み締めて、初めて見る旅装に身を包んだ兄はエリザを一際強く抱きしめた。リネンの丈夫な旅着はゴワゴワして顔に痛かったが、兄の優しい体温だけが彼女の頼りだった。

でも、エリザのためというのなら、どうしてエリザがこんなに嫌がることをするのか、全く理解はできないままであった。

「いつか必ず、ここに戻ってこられるようにする。兄様が嘘をついたことがあるかい？」

そして、小さな彼女は兄と、その言葉に縋ることしかできなかった………。


【Tips】肉体を持つ生命とは〝相〟が異なる妖精や精霊と呼ばれる存在は、目に見えないだけで世界中に遍在する。


多くの荷物に囲まれて泣く末の娘を見て、見送る家族は忸怩たる思いでそれぞれ見送りの言葉を口にした。

母はエリザが好んでいた焼き菓子の袋を小さな手に握らせ、先の秋に嫁入りした長男の妻は綺麗だと気に入っていた愛用の櫛を髪に挿してやった。

長男は旅先で冷えぬようにと立派なケープを持たせてやり、次男と三男は森を駆け回って集めてきたのか末娘が気に入っていた木の実を革袋一杯に集めてきた。

そして父は、聖堂の司祭に口を利いて貰って手に入れてきたらしい遊歴神の護符を首から下げさせた。杖と靴を意匠とした聖印は薄い銀盤で作られており、これのために大枚を叩いたのだと一目で分かる品であった。

きちんとした奇跡によって祝福された、旅人であれば誰もが欲する護符のご加護も泣く子を黙らせることはできない。家人の足に、ドアに、塀に手を伸ばしてまでも家に留まろうとする幼子は、ついに兄の手に抱かれて豪奢な馬車に呑み込まれてしまった。

後に残るは無力感を噛み締め寂寥に浸る一家と、よく分からないとでも言いたげに胡乱な瞳で彼らを眺むる長命種が一人。

「まぁ、安心なさいな、我が家名の届く限りの庇護を与えるわ。きちんと弟子として迎え入れたのだし」

きっと彼女には心底理解できないのだろう。子のため涙を滲ませる親の心情も、離れる同胞を思う兄弟の気持ちも。

長命種とは元来そういった存在であるが故に。

彼らは情に薄く、肉体的な感性に乏しい。全ては永劫の寿命という濁流のような概念の中で、自身をすり減らさずにはいられないからだろう。

定命にせよ非定命にせよあらゆる生命は流転し、感情は気が付けば過ぎ去ってしまう。ただ心の中に一つ固めた興味を除き、長命種にとって他はどうでもいいことなのだ。

事実、アグリッピナも家族の情というものが理解できなかった。

別に父母から辛い扱いを受けたことはない。強いて言うなら出不精な娘を一〇〇年近く旅に振り回すのは十分な虐待と呼べるやもしれないが、なんだかんだいって諸国を回りつつ得た知識は錆びることなく脳の中で鋭利に輝いているので差し引きでいえば正と言えなくもないか。

それでも旅の間、親子らしいやりとりの思い出はない。

旅の途上で見た親子の如く膝に乗せられたことなどついぞ無かったし、己も寂しさを覚えて手を繋ぎたいなんて思考の端にすら掠めなかった。ましてや添い寝などしようはずもない。

交わす言葉は貴種としての儀礼を保ったものばかりで、家族故の飾らぬ率直さこそあれ世間一般で言う〝温かみ〟とやらはほど遠いもの。

アグリッピナは娯楽作品に造詣が深いため心理描写として理解し、それを面白く感じる感性は十分に育っていたが、己が現実で斯様な感情を抱きはしなかった。

父母と過ごした時間のなかで、微かにでも情と呼べる感情を探すのであれば……やっと出てくるのは一つの言葉くらいのもの。

「知という短剣を常に脳に忍ばせよ。これだけは何人も奪うことは能わぬ最後の武器だ」

旅の途上で魔法や魔術、政治に経済、あらゆる役に立つ知識を詰め込もうとする父がことあるごとに口にした箴言。彼自身の持論なのか、はたまた何かの引用なのかは分からなかったが、これだけは大人になった今でも深く刻まれている。

いや、思い返せば、この〝知〟こそが情なのだろうか。

普通、貴種の親というものは余程でなければ子供の教育などしない。優秀な学者を教師として雇い入れて任せるのが普通だ。

国をして〝計上し尽くせぬ〟と称する財の持ち主であった父であったなら、道楽旅に教師を随行させて養育させることも十分に能っただろうに。現に他の用事は大名行列の如く引き連れた従者達が行っていたのだから、教師の一人二人長い旅路に引っ張っていけない理由が無い。

だのにスタール卿は態々自身の手で娘を教育した。それも余人の手を一切介さずして。

なるほど、手前にも人並みに親子の情を感じられる物語があったではないか。アグリッピナは別れを惜しむ家族達を見て、そんな考えに至った。

なら、これから与える教育もまた、あの〝兄妹〟にとっては情となるのやもしれない。

「きちんと一端の魔導師にしてあげるから」

たとえどんな内容であろうと、どれほどに些細な発見であろうとも知らぬことを知るのは楽しい。自分にもまだ、世間一般の価値観でも〝普通〟と見て貰えるかもしれない感慨が湧き上がる程度のことでも。

このおかしみを噛み締めるため、アグリッピナは柄でもない言葉を残して馬車に乗り込んだ。後は魔法で練った術式を飛ばし馬車を走らせる。

さぁ、心待ちにした帰郷だ。二〇と余年の長い長い旅路が漸う終わる。こんな記念すべき日に面白い発見ができたのだ、きっとこれからも素晴らしい旅路が待ち受けていることだろう。

魔導師(マギア)は愉快さを無表情に押し込め、微笑(ほほえ)みの代わりに煙草(たばこ)の煙を一つ吐き出した…………。

【Tips】多くの長命種(メトシエラ)は長い人生に倦(う)まぬよう、深遠な思考の中に酷く刹那的で享楽的な影を孕(はら)む。

少年期

十二歳の春

四

NPC

【Non Player Character】

PCに対するPLではなくGMが操るキャラクター。コンシューマゲームとは違って人力で動いていると言えば動いているが、PLが操らないため便宜的にNPCと称する。

依頼のクライアントから情報源、道中を手助けしてくれる人物や物語の根幹に関わるヒロイン、果ては立ちはだかる障害など世界を彩る脇役であり端役にして敵役である。主人公一行だけで世界は成り立たないのだ。

魔法使いの弟子といったら格好も付くが、魔法使いの丁稚となると一言違うだけで何かガッカリ感が凄い。

私はそんな下らないことを無駄に豪奢な部屋の一画で、泣き疲れて胸の中で寝入った妹を椅子に寝かせてやりながら思った。

「んー、変よねぇ、普通子供っていったら、魔法を覚えられるっていったら目ぇ輝かせて喜ぶのに」

そして、そんな様を眺めるのは、これまた上等そうな藍色のローブを着込んだアグリッピナ氏である。自分の弟子だというのに、何とも他人事のような感想だ。

「七つの子供が親元を遠く離れると言えば、不安がるのは普通かと思いますが？」

「都市部じゃ五つで商家の丁稚になるのも珍しくないわよ？　お兄さん？」

からかうように言って、魔法使いは沢山の詰め物がされ、装飾まみれの一目で豪華と分かる椅子に腰を下ろす。下手すると、あの椅子一つで我が家一軒分くらいの価値はありそうだった。

「……しかし、凄いですね、これ」

揶揄を躱すために話題を変えてみる。里心で丁稚先から出奔する童子の心境を語った所で、彼女には理解できまいて。

今私が居るのは、小さなサロンを思い起こさせる一室だった。白い壁紙と洒落た丸いガラス窓、毛足の長い絨毯が敷かれ、揃いのテーブルと椅子が並ぶ様は〝ここが馬車の中〟

だと言われても信じられないだろう。

　街道の轍が切られた道と車輪が擦れるロードノイズはおろか、凹凸に乗り上げる不快な振動すら届かない。言われなければ、ここが代官館の喫茶室と紹介されて疑いを抱く人間がどれほどいるだろうか。

「そりゃあね、気合い入れたもの。なんで私がフィールドワーク如きで生活レベルを落とさないといけないの？　ま、これでも随分墜ちてるほうだけど」

　さも当然、とのように言い切って長命種は口の端を上げた。うん、何となく嫌われる理由が分かるね、ほんと。

「空間拡充の術式は構築が大変で、今は殆ど使える人間がいないから自分で覚えるのは苦労したわ。ま、維持費があんまりかからないのは、流石昔の長命種が考えただけはあると思うけど」

　この馬車はどうやら自慢げに語るアグリッピナ氏の手製らしい。なんでも七つの部屋を一台の馬車に同居させており、気分一つで切り替えられるそうだ。今居るような気楽に過ごすための茶室から、考え事をするための書斎、休憩のための寝室、果ては必要があるのかも分からぬ来客をもてなす客間から厨房まであるときた。

　至れり尽くせりの6ＬＤＫというわけか。昔、高級車を指して〝走る1ＬＤＫ〟などと揶揄することがあったが、それを数段上回る文字通りの所業をされると何とも複雑な気分だ。

だって、この馬車一台で我が家が二つは入るのだから。

本当に魔法使いというのはおっかない存在である。技術を飛散させまいとする理由がよくわかった。

まぁ、私の妹は、その技術を覚えるために家を出るのだが。

出立の日、私達は仕入れのため地方へ旅立って行く隊商から離れ——隊商主は貴重な随行魔法使いを必死に引き留めていたが、残念ながら実りはしなかった——アグリッピナ氏の不思議な馬車に乗って、一路帝都へ向かっている。

ライン三重帝国の首都たる帝都ベアーリンは三重帝国最大の都市……ではない。

確かに帝城や魔導院を始めとする三重帝国の中枢機能が集中してはいるのだが、定期的に主たる皇帝が入れ替わる都合も相まって商業と金融以外の産業は貧弱。主に参内するため別邸に住む貴族や彼等の下で働く使用人達、後は魔導院関係者を目当てにした商家が人口の多くを占めている為である。

三重帝国においては、大きな権力を持つ三皇統家と七選帝侯家が政治を動かしている。当然彼等に縄張りである所領があるのなら、一局集中型の都市が不要であると簡単に想像がついた。

各領邦の都市が領主の都合や土地柄に合わせて特化させられるなら、その権益を損なわせかねない一局集中の大都市など求められようはずもない。帝都はきっと、各々の力を削がないような生臭い政治的な理由を踏まえて造成され、今も聳えているのだろう。

そして私達は、そんな帝都の魔導院に向かって仕入れのために地方へ散って行く隊商に逆らって進む。途中で旅籠（はたご）を経由しながら進む旅程故——夜に無理矢理旅籠に寄る予定を立てているため、殆ど進めない日もある。ふざけんな——到着までは三月もかかるそうだ。着く頃には夏になるのかと考えると気が重いばかりであった。

「ま、窮屈だけど我慢なさいな。私がこれを何年我慢したことか」

これで窮屈とか言われたら、ベッドでギチギチの四人部屋で寝ていた私は一体。本当に生まれの理不尽ってのはあるものだな。

「さてと、で……エーリヒ」

「はい」

声をかけられれば、私はエリザから離れて神妙に控えてみせた。

精一杯出来た従僕をやってやろうではないか。私の名を呼ぶまでの一瞬の間、その間に薄れかけた私の名前を思い出そうとしたのだろうと察しても顔には出さないさ。

因（ちな）みに顔を合わせて四日目だが、名前を覚えて貰（もら）うのに結構時間がかかった。人の顔と名前を覚えるのが苦手と彼女は公言していたが、多分根本的に他人への興味がないだけなのではなかろうか。

「丁稚として働いて貰うわけだけど、今のままだと大分不便だと思うのよ」

「……はぁ」

不便と言われてもピンとこなかったが、主人の言うことに否と舌を囀（さえず）らせるのは得策ではないと思って肯定しておく。

ああ、それともアレかな、お仕着せがないとか掃除用具が無いとかか？　それなら確かに不便ではあるか。さしもの私も、何処(どこ)かの学校みたいに手で便所を掃除しろと言われたくはないしな。

「ってことで、ちょっとこっちにおいでなさいな」

ちょいちょいと手招きされたので寄ってみると、彼女は器のように丸めた右手へ呼気を吹き込み、何かぶつぶつ呟(つぶや)きだした。

そういえば、長命種(メトシエラ)は人間と違って魔法を使うための〝焦点具〟が必要ではない種族だったか。

なんでも聖堂にあった数少ない魔法関係の本を読み解くに、体内の魔力を放出する器官を持つ生命と持たない生命が存在するらしく、ヒト種(メンシュ)は後者であるため〝焦点具〟なる魔力を引き出す道具が必要になるそうだ。対して長命種(メトシエラ)は前者で、言葉や呼気に混ぜて魔力を放出できるため、〝焦点具〟なしで魔法が使えるそうな。

彼女が掌(てのひら)に吹き付けた呼気は、呟きに合わせて渦を巻いて光り輝き始めた。そして、一瞬収束したかと思えば、光の粒となって人差し指に集まったではないか。

「じゃ、ちょっと痛いかもだけど我慢ね？　男の子でしょ？」

はえー、きらきらしてきれい、みたいな頭の悪い感想を抱いていると、急にドキッとする言葉が飛んできた。何事かと真意を問う間もなく指が額に触れ……。

世界が割れた。

端的に言おう、地獄だ。

私はエーリヒとして生きてきて、結構な苦痛を味わったことが何度となくある。鉄の模擬剣でぶん殴られたり、高い木から落っこちたり、機嫌が悪かったらしいホルターに蹴っ飛ばされたりと農家の小倅が味わえる痛みの大半は経験していた。最近だと人攫いの外道から負わされた全身打撲の大怪我だとか、そんな痛みが記憶から薄れるほど鮮烈な痛みをもたらした〝犬歯で耳たぶに穴を開けられる〟なんてのが記憶に新しいか。

だが、これは今までに味わったありとあらゆる苦痛が〝蚊に刺されたような〟ものに思える苦痛だった。

頭蓋に金具がブチ込まれて強引に拡張される感覚と逆しまに、脳には万力で締め付けて圧縮されるような痛みが襲いかかる。同時に目の奥が赤熱して、意識できないはずの神経索であやとりでもされるような不快感までやって来た。

世界が回る、痛みが躍る、感覚が捻られる。自分という存在がミキサーと圧搾機に同時にかけられ、ついでにコンプレッサーで世界中にぶちまけられているような、最早苦痛と形容することすら生ぬるい何か。

永劫に失せぬ苦痛に苛まれるような錯覚に陥りながら、しかして現実では一瞬すら過ぎていないのだろう。私の〈雷光反射〉が激痛で誤作動したのか、眼前のアグリッピナ氏がみせる瞬きは驚くほどスローだ。

そして、この世全ての時間を濃縮したと思えるほどの瞬きの後、私を苛む全ての感覚が失せた。

「かはっ……!?」

ただし、その残滓で肉体は痙攣し、胃が蠕動して中身をぶちまけそうになった。主人の家の――馬車だが――床を汚す訳にはいかないので気合いで嚥下したが、あと少しで別れの前に母が気合いを入れてくれた朝食と再会するところである。

「はい、おめでとー、目ぇ開けたでしょ?」

苦痛が治まってきて、何をしたと抗議しようとした所、彼女の台詞に合わせて視界の端っこになれたポップアップが浮かんできた。

魔力資質に開眼しましたと。

「え……? な、これは……」

慌ててステータスに目をやれば、〈魔力貯蔵量〉と〈瞬間魔力量〉の何れにも開眼という追記がされており、今までうんともすんとも言わなかった魔法関係の特性が多々開放されていた。使うためのスキルはロックされている所が多くも、こちらまで開放されている。

これは、これは一体……。

「魔力に目覚めたのよ。ようこそ、魔導師の世界へ」

胸を張り「さぁ、褒め称えよ」とばかりにドヤ顔を決めるアグリッピナ氏。

……え、ちょっと待って……いいのこれ……?

【Tips】教練によって熟練度が蓄積することと同時に、人の手によって特性やスキルを開放されることもある。それによって熟練度は消費されない。


さて、痛みの名残と何をされたかよく分かっていない私に対し、アグリッピナ氏はさも当然の様に内輪、つまりは魔法使い界隈(かいわい)のことを説明し始めた。

「さて、魔導師(マギア)がどういう存在かは丁稚に誘った時に教えたわね？」

本来は外様(とざま)に教えることではないが、丁稚であれば当然知っておかねばなるまいと。

魔導院に属する一人前の魔法使いが魔導師(マギア)を名乗ることは聞いていた。これは〝魔法使い〟や〝妖術師〟と自身が明確に異なることを世に示すためである。

何故(なぜ)なら彼等は、必要とあらば魔法も魔術も場によって使い分けるからだ。その呼び方では、まるで魔法しか使えないようではないかと魔法使いあらため魔導師(マギア)は憤った。

そして、魔法と魔術は秘匿され秘蹟(ひせき)として扱うべき手段であるが、全く世に広がっていないわけではないのは既に語られていた通り。

魔法と魔術の厳密な違いも分からぬまま、独覚の魔法使いは世のなかで活計の道に自身の能力を役立てている。誰に教えられるでもなく目覚め、使い方を感覚で覚えながら。

なんでも魔法を使う才覚とは、基本的に〝一定の魔力量〟を内包すれば勝手に目覚めることが普通だという。そして彼等は往々にして独自で制御する術(すべ)を身につける。さもなくば、自身の魔力に食われてしまうから。

「魔法や魔術を使うと言うから複雑に思えるけれど、別段難しく考える必要はないのよ。元来人類には魔力が多かれ少なかれ宿っているものだから、体は当然、元から持っている力に順応した構造になっているわけ」

気怠げに吐き出された煙が人の形を取り、空中を歩いて行く。

魔力は元より人類全てが持っているもの。多寡や使用の可否こそあれど、全くの無はありえない。そして、元より持っている物を肉体が持て余すこともそうないのだ。

誰に教えられるでもなく赤子が呼吸し、乳を吸って大人になっていくように魔力に目覚めた人間は一定の所までは勝手に技術を覚えていく。成長につれて歩き出し、走り、飛び跳ねるようになるのと何ら変わらない。

「でもね、それじゃあ足りないのよ」

煙草がもう一筋吐き出され、のんびり歩いていた煙の横を軽快に走る人形となって通り抜けた。

「どたばた無様に足を動かしているだけなのと、頭を使って素早く走るのが全く違うように魔法も洗練されていなければならないのよ」

走ると一言で言っても、走ることの熟練度一つで全く意味合いは変わってくる。バランスもなく手足をバタつかせるのと理論だった姿勢を守った疾走で、目的地までの到達時間が全く違うように魔法・魔術にも効率があるという。

　ああ、私はそれを〝見て〟分かるようになった。

　走る煙に絡みつく光の帯と玉の無数の連なり。それが魔力であり、丁寧に編まれた魔力の塊を以て〝術式〟と為し、世界という布の目を飛ばしていることを。

　ドタバタ走る人形を模した煙には、酷く不格好で諸処に〝ダマ〟が目立つ術式が絡みついていた。一方で陸上選手の如く美しいフォームで走る煙は洗練され、一切無駄が見つけられない流るる水の如き術式が絡む。

　全く同じ結果をもたらす魔法であるのに、見ているだけで全く効率が違うと分かる。使っている魔力の量、術式を練る手間、発動にかかるまでの時間……魔法に目覚め、魔力を見ることができるようになった目が全て教えてくれた。

　おお、世界はなんと合理的で美しいことか。

「へえ、目覚めただけで分かるの。中々どうして」

　綺麗なフォームで走る煙を目線で追っていると、アグリッピナ氏は私を見て満足げに笑ってみせた。どうやら二つの同じ現象を引き起こした術式、その何れが魔導師として好ましいかに気付いたことに満足いったようだ。

「正直、貴方はかなり奇妙だったのよね。それこそ大人の体が出来上がっていて、どこにも不自由は無いはずなのに四つん這いで赤子みたいに這い回っているみたいな感じで」

　言われてみれば不思議でもない。魔法の才能は魔力が一定の閾値に至れば目覚めるものであるとするなら、ヒト種において〈佳良〉に至りながら、なんの魔法資質も持たぬ私はさぞ奇異に映ったことであろう。

私が未来仏より授かった福音の歪みとでもいうべきだろうか。どれほど掃除をしようが掃除のスキルを望まねば掃除が上手くならぬ私は、見ようによっては実に異質な存在である。

才ある者が目覚める魔導という領分において、その奇異さが特に目立ったからこそ私は目をつけられたのかもしれない。

「ただまぁ、奇妙とはいえ、単なる奇妙を超えることはなかったわね。呼び水となる魔力を少し流しただけで、目が開いたんですもの」

「目が、開く？」

聞き慣れぬ表現に問い返せば、アグリッピナ氏は魔導師質に目覚めることの慣用表現だと仰った。先ほどまで非魔法使いである私がきらきら光る魔力を見ることができなかったことから、実に直截で分かりやすい表現ではないか。

魔法の才は魔力が増えることでも開くが、ふとした切っ掛けで目覚めることもあるらしい。今のように人から魔力を流し込まれて眠っていた魔法資質が目覚めることもあれば、魔力の濃い場所――霊地や忌み地、聖地などと呼ばれる――に入り込んだ衝撃でも魔法の目は花開く。

……はて、そうなると疑問が一つ。

「貴方を軽々に魔法使いに目覚めさせてよかったのかって？」

口にする前に考えていたことを言い当てられてギョッとした。これといって表情を歪めた覚えもなく、精々が小首を傾（かし）げた程度だというのに。

うん、今後この人の前に立つ時は用心しなければな。ちょっとした所作から内心を読まれてはたまったものじゃない。

「教えたでしょう？　魔導師（マギア）という資格を掲げる必要があるのは、市井にて公に工房を構えようとする時や、貴方の妹君みたいな例外くらいだって。民草の中でも勝手に商売してる魔法使いなんて幾らでもいるんだから、元々魔力資質を持っていた人間が一人二人目を開いた程度でとやかく言われないわよ」

貴方を魔導院に入れて、正式に弟子にとるのでもなければね。そう外連味（けれんみ）たっぷりに笑いながら、煙を吐くアグリッピナ氏を見てやっとこ分かった。

この人、単にエリザを弟子にとるための口実として私を丁稚（でっち）にしたのではない。口実を満たすと同時に使いでの良い小間使いが欲しかったのだ。

「じゃ、これ読んどいて」

どこからか――本当に虚空から湧いて出てきたのだ――取り出した分厚い装丁の本を放り投げつつ笑う彼女は一体一つの石で何羽の鳥を落としたのだろう。落とされた一羽としては、実に微妙な気分にさせられる。

魔法に目覚められたのは嬉（うれ）しいとも。独覚カテゴリの効率が悪い魔法ではなく、発動も安定しアドオンを積めば私好みの〝固定値〟重視ビルドができそうな様々な魔法・魔術スキルや特性は今からデータを漁るのが抑えきれないほど感性を擽ってくれる。

けれど……けれどなぁ。

「貴方は私の丁稚だし。学費が必要ない程度に仕込んで色々やってもらうわよ。まずは最低限の家事からね」

雑事をさせる文字通りの丁稚として使われるため、魔法使いに目覚めたとあっちゃ素直に喜びづらいわ。

あの老翁が立てたフラグと、期待して待っていた五年間は一体何だったんだという気分にさせられるから…………。


【Tips】市井の者が認識するより〝魔法使い〟と〝魔導師〟の差異は大きい。代官から直接依頼を受けるのは専ら後者であり、屋号に魔法の文字を掲げることも魔導師にのみ許された特権である。それ以外の者は公的には〝モグリ〟でしかなく、単に締め付けすぎても碌なことにならぬため目こぼしされているに過ぎない。


魔法と言ったら何を想像するだろうか。

立ちはだかる敵を焼け焦がす紅蓮の一撃、戦列を成す雑兵を一掃する大海の波頭、巨大な敵を打ち据える絶対の雷鳴。ゲーム的にはこんな派手な攻撃魔法を連想する人が多かろう。

実際間違ってはいない。私が愛したＴＲＰＧも戦闘が発生するシステムであれば暴力的な魔法が紙面を賑やかに飾っていたとも。威力が高くとも特殊な技術がなければ平然と味方を巻き込むものが多かったり、コンシューマのゲームとは趣が異なり、見ているだけで想像力がかき立てられて実に面白かった。

いやぁ、効率のため炎に耐性がある前衛を固めて、誤爆上等で敵を吹っ飛ばすのは楽しかったな。

まぁ、必要があれば耐性がなくても普通に巻き込んで撃ってたけど。

そんな時に限って出目が爆発して仲間が――時に手前も――酷い目に遭って腹を抱えて笑った思い出はさておき、ＴＲＰＧは道中もロールするという性質上、便利で生活的な魔法も多々登場する。

某ドラゴンと迷宮の物語だと、活力溢れる食事を作り出したり、周囲の温度を適温に保ったりする「あー、これ現実でも欲しい……」と思う魔法が幾らでもあった。

他には一時的に顔を変えられるようなものから、水の上を歩けるようになるような、使えるだけでシナリオが幾つか機能不全を起こすような代物まで沢山。

取るに足らない、普通に使えば一点のダメージも与えられないような魔法がシナリオで輝きを見せる。ファンタジー系システムの魅力の一つ。

私が手渡された本には、斯様な魅力を放つ魔法が満載されていた。

ざっとめくるだけで素晴らしい本であると感覚的に分かった。掃除洗濯などの日常雑事は勿論、想定外の使用で悪さできそうな魔法まで目次を見ているだけで目移りするようだ。

何よりも理論を読むことで習得がアンロックされると共に熟練度が溜まるというクッソお得な仕様には恐れ入り、この本を聖典と崇めても良いくらいなのだが……。

家事が楽になる魔法一〇〇〇、とかいう気の抜けるタイトルは何とかならんのか。

初めて手にする魔法書にテンションを上げるべきかどうかが、「婚活のバイブル」みたいな帯がついてても不思議ではない表題のせいで微妙な気分にされてしまったが、知識欲に勝てない私は羊皮紙の分厚くて頑丈な頁を丁寧に手繰った。

魔法は世間一般において手軽な存在ではないが、この手の本が存在しているということは上流階級ではそうでもないようだ。何より解放された職業スキルなどを見やれば、魔導従士なる魔法・魔術によって奉仕する術を身につけた上級使用人の存在が示唆されているし。

つまり、この世界で執事とか家令ともなれば、凄い魔法使いということもあり得るのか。やっぱりお貴族様の世界は違うな。

さて、一〇〇〇と書いてある割に薄いなと思ったら、何を思ったか本自体が魔法的に圧縮されているのか、捲ると頁がべらべら続いて厚み以上の数がある。クソ、本旨はどこまでも庶民的な内容なのに無駄に高度なことをしやがる。

「とりあえず家事全般は任せるわ。手仕事の出来に満足できないから、身の回りはじぶんでやってたけれど、これも存外と疲れるのよねー」

手をひらひら振りながら、彼女は私にざっと読んで必要そうなのを見つけたら報告するように言いつけた。それから魔法の使い方を教えてくれるらしい。

いいのか本当に、あれほど重々しく思っていたことが、こんな気軽に教えられて。

とりあえず私は序盤の方にあった〈見えざる手〉という簡単な魔法を教えてもらうことにした。概略を読むに――古語だの宮廷語だのを多用した婉曲(えんきょく)な言い回しがあって死ぬほど面倒だった――形のない力場の手を伸ばして物を触る下位の魔法スキルらしい。

こういう魔法はシンプル故に色々と使い出があっていいと思ったのだ。家具の隙間に落っこちたスプーンに四苦八苦するような場面や、せめて手がもう一つあって押さえられたら楽になるのにと無い物ねだりする機会は人生で幾らでもあっただろう？

なにより、手を使わず物に触れることができるなんて、悪用しろと言われているとしか思えないじゃないか。

「ああ、これね……ヒト種(メンシュ)ってこれ教わらないといけないって不便よねぇ」

さらっと種族差の暴力種族特性でぶん殴ってきながら、アグリッピナ氏は私に術式の講義を始める。〈記憶力〉を高めてて自信があるからいいが、普通ならノートなりなんなりを用意してほしい所だな。後で頼んでみよう。

では、やっとこ〝魔法〟や〝魔術〟とはなんぞや、という話に入る。最初、この手の学者肌の人がする説明は型式張っててわかりにくいのではと不安になったが、アグリッピナ氏のそれは不安を裏切る実に分かりやすいものであった。

「世界というのはね、要するに神々が紡いだ無数の糸で織り上げられた布なのよ」

喩(たと)え話から始まる子供向けらしい解説。彼女はテーブルの上に置いてあった茶器の一つをつまみ上げる。

「たとえばこの蓋、私がこの蓋から指を放せば蓋はテーブルに落ちていく」

当たり前だと認識している万有引力の法則に基づく物理的事象は、この世界においては物理学ではなく神によって担保される。全ては神がかくあれかし、と世界の大本を作り出したから。

「支える物がなくなれば、物は天体へ向かって落下する。古老クリストフの提唱した概念、これを縦の糸とする」

さらっと話を流されたが、天体へ向かって物が落下すると言うことは、現状で普通に惑星球体説が採用されているのか。思えば惑星云々(うんぬん)の高尚な話を周囲の人間としたことはなかったし、聖堂にあった本にも科学的な物はなかったので意識すらしていなかったが結構高度だな!?

あ、いや、そうでもないのか？　地球でもギリシアの哲人達(たち)は惑星が球体であることに気付いていたし。アブラハムの宗教が暴走していないだけと考えれば別に……。

「じゃあ、振り子のように勢いをつけてから放せばどうなるか。当然、勢いがついた方向へ飛んでいく。これはウルソフのローベルトが解説した慣性力論に照らし合わせて横の糸とする」

思考に混ざったノイズを無視して話は進み、アグリッピナ氏は嫋やかな指につまんだ茶器の蓋を放り投げる。さも当然の如く、世界が正常であると保証するように蓋は床に転がった。毛足の長い絨毯でなければお高そうな茶器が傷物になるであろう行為を躊躇わずにやってのける金銭感覚にこそ恐れを抱きそうになった。

「世界はそんな縦の糸と横の糸が複雑に絡み合って〝あたりまえ〟を作っている。私達が使う魔法というものはね」

今度は茶器そのものが手に取られる。そして、一瞬の逡巡も無く投げ捨てられた、見るからに高価そうな茶器は……世界の当たり前を裏切り、羽が宙を舞うような軽やかさでゆるゆると床へ落ちていった。

「魔力を以て術式という編み棒や染料を作り出し、世界という織物の目を飛ばし、好みの模様に染め上げることなのよ」

先に床へ落ちた蓋へ寄り添うように軟着陸した茶器は、本来であればあり得ない事象を伴って欠けもせずそこにあるという現実をもたらす。やっていることは花火を上げるとか、虚空を爆発させて敵を打ち据えるといった分かりやすい事象ではないからこそ〝とんでもない技術〟であることがありありと示されていた。

「今のは魔法で世界を作っている縦の糸と横の糸をちょっとズラしただけのことよ。この茶器はゆっくり落ちる、そんな具合に世界を騙くらかしただけのこと」

実に高度な技術を分かりやすい喩えでチープにしてくれたものだが、深奥を覗くのが困難であると心の底から実感できた。

魔法とは科学とも絡み合った、実に高度な論の一つなのだろう。そりゃあデカい研究機関をこさえて、国中から天才をかき集めて人生を捧げさせようとする訳だ。

「対して科学は魔力の糸で世界の布、その一部を模倣しているようなものね。だから一度引き起こせばその場に残り続けるのよ。布が縮んでなくなってしまうまで」

ふわりと茶器が持ち上がり、最初の位置へと帰って行く。蓋が収まる細やかな陶器の音にかぶせるようにしてアグリッピナ氏は絵にして飾っておきたいほど様になる笑みを添えて仰った。

「ね？　簡単でしょう？」

んな訳あるか!!

一瞬キレそうになったが理性で感情を押し殺し、大変分かりやすい講義でしたと感想を伝えるにとどめた。そうして魔力の出し方や、魔力を操った術式の構築へ話は移る。

さて、世界を布とするなら、魔力とは体内に収められた編み棒や染料の原料であり、〈魔力貯蔵量〉に従って肉体に貯蔵され、〈瞬間魔力量〉という供給口の大きさにあわせて放出される。貯蔵量が多ければタンクそのものが大きくなり、瞬間魔力量の大小によって蛇口や消火ホースのような供給量の違いが生まれるというわけだ。

……これ、私はどっちも〈佳良〉にしてるからよかったが、どっちか一方だけが飛び抜けて優れてたらキツそうだな。世の中には、そんな可哀想な人もいるのだろうか。

「術式は頭の中で練るものだけど、イメージが難しいから補助として口語の呪文を唱えることもあるわ。動作が必要な術式もあるけど、基本は頭で練って焦点具から出すものと思っておけば間違いないから。もちろん、イメージが練れても呪文や動作、他には術式を刻んだ陣なんかがあれば、よりイメージが高まって威力が伸びたり、精度が増したりすることも否定はしないけど」

どうでもいい心配をしている合間にも講義は続く。なるほど、呪文や魔方陣は補助輪のようなものか。そして、一定の力量に至ればブースターにもなり得ると。

やっぱり単に格好良いから無駄に長い口上を唱えたり、空中をキラキラさせているわけじゃなかったんだな。つまり心の中の中学二年生が暴走してしまったとしても合法……？

「あとは、触媒なんかを使うこともあるけど……ま、そういう高度なのは追々ってことにしといてっと……」

「うわっ、ちょっ、なっ!?」

頭の悪いことを考えていると知ってか知らずか、唐突に彼女は私の襟に手を突っ込んできた。話に集中していたために反応が遅れ、胸元をまさぐる手を止めることは能わない。

そして、旅装から引っこ抜かれた手には、私が貰って以来ずっと首からぶら下げていた、あの老翁から貰った指輪が握られていた。

これ、普通にセクハラなのではなかろうか。私が女児だったなら、別の意味で薄くて高い本案件だぞ。

「ああ、何か持ってるなと思ったら、存外良い物持ってるじゃない」

紐に通された指輪を彼女はしげしげと見て、ぽつりと感想を零した。もっとよく見ようとして引っ張るので、首が絞まらないように動こうとすれば、動くまでもなく〝指輪が紐をすり抜けて〟細い指に絡まった。

「ふぁっ!?」

「今時珍しいわね、これ。どこで拾ったの？」

中々信じがたい光景に脳の処理速度が明確に落ちていく中、もつれる舌をなんとか動かして老翁とのエピソードを紹介した。アグリッピナ氏に関わって以降、物理法則を疑う現象が驚くべき気軽さで行使され続けるので神経がおかしくなりそうだ。

せめてもっとこう、聖堂の司祭様みたく荘厳な感じでやってもらえないだろうか。そうしてくれれば、脳味噌も自然と魔法なんだなと思って落ち着けるのに。

「太っ腹な魔導師がいたのねぇ……月の指輪なんて」

「月の指輪、ですか……？」

「素材が希少なのよ。といっても、希少なだけでそこまで価値はないのよね。ここ一〇〇年ほどは取り回しより、倍率重視だから」

簡単な魔法の焦点具としては便利だけど、と軽い評価を下し、彼女は指輪を私に返した。

魔法の杖の代わりに、これが焦点具として機能するらしい。

なんでも魔法の焦点具は魔力の通りをよくするため、面倒な手順を踏んだり、そもそもの嵩が大きかったりで、不便らしい。そういえば、あの老翁も明確に隠し持つのは不可能な杖を抱えていたっけか。

　この指輪では強力な術式の行使は難しいが、このサイズにしてはきちんと焦点具として実用に耐えるスペックをしているので太っ腹という評価をいただいたようだが……これは望外に良い物をいただいてしまったらしい。

　完璧に魔法戦士向きではないか。魔法の焦点具で片手が埋まらないのに、剣を持ったまま魔法を使えるとか最高だぞ。

　よし、一瞬で方向性が組み上がってきた。魔法と剣を使う魔法剣士ではなく、剣術に魔法を絡める魔法剣士スタイルでいこう。

　言葉にすればどちらも同じように思えるだろうが、実際の運用スタイルは大きく異なる。

　魔法と剣を使う魔法剣士は、中～遠距離で魔法を使い、近距離では剣を用いるスタイルというべきか。突撃の最中に槍を投げるローマ軍戦列の如く、接敵する前に魔法を叩き付けて相手を弱め、そこから魔法の補助を受けて斬り込むこともできれば、後衛が薄い時は後衛の代わりを務めることもできる両用魔法使いである。有り触れた型ではあるのだが、前衛としても後衛としても中途半端になりがちで実にビルドが難しかったのを覚えている。

　どうしたって器用貧乏になりやすいのだ。一心専念して戦士職を伸ばした相手には回避でも命中でも苦労させられ、育ちきらなかった肉体の柔らかさに涙する。その上、同レベル帯の魔法使いには戦士職に取られた経験点のせいで低く留まった魔法レベルに歯がみさせられる。

余程贅沢に熟練度を使うか、相当向いた種族でもなければ実用レベルでの完成は難しい。

対して、私が考える魔法も剣も使う魔法剣士というのは、いわゆる〝マルチアクション型〟と分類される魔法剣士であり、補助動作と呼ばれる軽い動作で小さな魔法を撃ちながら剣による攻撃を行うガチガチの前衛だ。魔法はあくまで添え物、最低限必要な物を習得して派手な攻撃魔法をぶっ放したりはしない、スタイルとしては遠い過去の宇宙にて光る剣を引っ提げてチャンバラしている連中に近い。

さりとてこっちがお手軽かと言われれば、全くそうでもないのだが。

魔法と剣士、どちらに偏重しすぎても専業の前衛に叩き潰される可能性を秘めている。この〝丁度良い塩梅〟を模索するのが実に難しく、データマンチの琴線を擽ってくるのだ。かみ合えば脳死で一本伸ばしした戦士を軽く蹴散らす数値をたたき出せるというのは、他に代えがたいカタルシスがあるからな。

……しかし、構築としてゲーム的に見ると、私は〈雷光反射〉でセットアップに行動した挙げ句、補助動作で魔法を一発かました上で通常の行動も残しているのか。割と性質悪いな、あんまりGMとしては相手をしたくない前衛のタイプだ。

開始と同時に味方へ補助をばらまいて、敵にはデバフを押しつけ、気が向いて射線が空けば後衛に呪文も叩き付けてくる性質の悪さは強さ以上に〝鬱陶しさ〟が凄まじい。

というか、システムによってはこういう小器用なのに強いのにいられるだけで、用意できるエネミーの幅が滅茶苦茶減るのが辛いんだよな……後衛にダイブして斬首戦術喰らうと、全ての予定が崩壊するし。

斃されないのは困るが、簡単に斃されすぎると困るのもＧＭの難しいところ。

ま、ＰＬの視点に移れば、ぶっ壊れたキャラでＧＭが頭を捻った戦術を完膚なきまでに叩きつぶすのは、最高に気持ちいいのだがな！　相手が嫌がることは率先してやりましょう!!

うん、マンチビルドっぽくて楽しくなってきたぞ。術式を練る、というイメージと魔力の構築を聞きながら、私は迷わず〈見えざる手〉を習得した。

しかし、教わりながら習得すると効率が凄いな。アンロックされるのは言うまでもないが、教えて貰うことで習得に必要な熟練度の軽減ボーナスがある上、ご丁寧に熟練度が上がるせいで普通に覚えるだけでもおつりが出てくる。この面においても、やっぱり私が受けた権能は狡いのだなぁ。

とりあえず〈基礎〉まで習得し、言われるがままに頭の中で術式を練った。体の中で今まで感知できなかった不思議な感覚が蠢き、一つの形を作っていくのが分かる。それが巡り巡って勢いを増しながら、左手の中指に嵌めた指輪から外界へ流れ出ていく。

きらりと光る光輝の帯となって焦点具からまろび出た術式は、与えられた法則通りに形を結んで効果を発揮した。

対象は首に通された、指輪をぶら下げていた紐。必要がなくなったから外そうと思えば、

〈見えざる手〉は念じたとおりに紐を外し、目の前にぶら下げてくれる。

　これが……これが魔法か!!

　シンプルでつまらない現象を引き起こしただけだが、単純なだけに効果の程が実感できて感激した。これが、これが追い求めてきた物か！

　おお、マジェスティック!!

「へぇ、一度で覚えるか……悪くないわね」

　宇宙的電波を感じさせる喝采を脳内で上げていると、意外なことにお褒めの言葉をいただいた。長命種(メトシエラ)からすれば感覚的に使えるたわいのない術式であっても、初めて使うヒト種(メンシュ)にとってはそうでないことを分かって……いや、教える側として〝考えた〟結果、今この時に理解したのだろう。

　彼女は私がスキルを習得しようとしている間、考え込むような仕草をしていた。つまり、私が〈見えざる手〉レベルの簡単な魔法でさえ使えないことを鑑みて、ヒト種(メンシュ)に物を教えることの難易度を測ったのだろう。

　そして、私は彼女の計算を少し超えられたらしい。

「えらいえらい……えーと、こうするもんだったわね？」

　不慣れな手付きで頭を撫(な)でてくれたアグリッピナ氏は、指導者としてのスタンスを模索しているようだった。台詞(せりふ)からして、本当に子供と接触するのが苦手というか、経験がないのだなと分かる。

……うん、ちょっと勝手な想像をしていたことを謝罪するとしよう。言葉にするのは流石にアレ過ぎるから、真面目に労働することによって。

別にあれだ、見直したとかではないのだ。ましてや久方ぶりに頭なんて撫でられたなぁ、とか感慨を抱いたりなんてしていないとも。

「じゃ、暫く練習してなさいな。夕方くらいには旅籠に着くでしょうし」

私は本読んでるから、と自分の世界に戻って行く彼女に頭を下げて、私も自分の世界に没頭することにした………。

【Tips】教えられることによって初めて習得できるようになることもあれば、必要とされる熟練度が割り引かれることもある。それは、魔法や学問などにおいて、より顕著である。

流石の小僧も習わぬ経ならまだしも、知らぬ経を読むことはできないのだ。

目が覚めた途端にぐずり始めた〝弟子〟と、彼女を必死に宥めようとする〝丁稚〟を見やりながら、研究者として魔導院の免状を携える才媛は、本に目を落としつつも多重で展開される高速の思考を回していた。

長命種が〝人類種〟のハイエンドと呼ばれる所以がここにある。

身体的なスペック、あるいは魔術的な才覚に限れば長命種に伍し、部分的に上回る存在は数多ある。

　大災と称される流行病により殆どの部族が滅びたが、未だ雲を貫く大霊峰に君臨する〝旧き巨人〟達。

　現世に降臨した神々の化身の血を継ぎ、呼吸の如く奇跡を起こす〝落とし子〟の血脈。

　現象として現世に固着し、自然現象を操る〝大精霊〟の柱。

　そして、神々の祝福なくば真の意味の破滅を迎えることはない〝吸血種〟共。

　これ以外にも単純な頑強さや魔法的資質を有する脅威は両手の数から溢れるばかり。むしろ〝首を落とすだけで死ぬ〟長命種など随分と穏当な方だ。

　だが、そんな連中に目の上のたんこぶとして種全体に疎まれながら、滅びるどころか未だに長命種が世にのさばっている理由がこれだ。

　長命種は生まれながらのマルチタスクなのである。二重三重にもつれ合わぬ思考を練り合わせ、体は雑事をこなしながらも遠大な思索を延々と続けられる。学者としても政治家としても、戦術・戦略家としてもこれほど恐ろしい事はなかろう。

　なにせ彼等は同時かつ多重に展開される、自己に内包した思考を演算することにより高い精度の予測を立てることができるのだから。常に頭の中で対論をつぶし合わせるディベートを行えるようなものだ。

　それこそ一つの分野に打ち込んだ、狂気的な偏執を抱く長命種の演算は最早未来予知に等しいという。

斯様(かよう)な存在に喧嘩(けんか)を売って、きちんと殺しきることの何と難しいことか。

彼女はそんな自身の特性を十全に活用しながら、兄妹の今後を一応は真面目に考えていた。

兄の方は、想像以上に物覚えがいいらしい。とはいえ、ケースとしては一つに過ぎず、彼の存在だけをとってヒト種(メンシュ)の学習能力における判断基準を向上させるには値しまい。なにより、あの幼げな妹が万全に物事を覚えられるようになるには、結構な時間が必要そうだ。

半妖精という本分を思い出す分にはいい。さすれば、自身に由来する属性の魔法は呼吸よりも自然に使いこなすはずだ。

だが、それだけではいけない。それだけでは足りない。それだけでは至れない。

魔導院は技術(テクニック)ではなく知(ロジック)を尊ぶ組織だ。理性によって制御され理論によって洗練された魔法こそを叡智(えいち)と呼び、次に伝える価値あるものとして認める。

決して〝ただ使える〟だけでは評価されない。生まれ持った巨大な力を振りかざすだけでは、赤子が手近に落ちていた棒きれを振り回すに等しい所業であり、それは新たな世代を育みはしないのだ。

偉大なる一が途絶えた瞬間に絶えるような物は必要ない。それは魔導院のみならず、三重帝国の総意と言えた。

社会に必要なのは華やかに咲いて散る一代限りの栄華などではないのだから。

持続し、発展し続けることこそが尊ばれる。さもなくば、互選によって選ばれる皇帝が統治するなどといった、君主制という本旨に全くそぐわぬ制度を持った国体が生まれるはずもない。

その有様を考慮すれば、ただ強力なだけの〝魔法使い〟を魔導院は望まない。その存在に決して〝魔導師〟を自称することを許さない。無垢なままでは、あの弟子は魔導院を卒業することは能うまい。

ああ、そういえば昔、自分の所へと乗り込んできて先天性の魔法を披露して威張り散らした阿呆が居たな、と彼女の完璧な記憶の端っこにへばり付く存在が湧き上がってきた。名前は何だっただろうか。長命種の記憶力は基本的に〝忘れる〟ということを殆どしないが、興味がないことは引き出すのに時間がかかるのだ。だから弟子と丁稚の名前をスムーズに引き出すのにも時間がかかった。

実際、あの男は結構な魔法の持ち主だった。アグリッピナをして成人するまで指さえかけられなかった〝空間魔術〟の一端に指を掛けた手腕は驚嘆に値する。時折こういった信じがたい爆発力を持つ個体が生まれるからヒト種も馬鹿にできないなと感じたことだけは直ぐに思い出せた。

ただ、言い換えるなら、彼は〝そこまで〟でしかなかったのだが。

身につけた高度な技術を論理的に解説することはおろか、先天的に恵まれた魔力に物を言わせて発展させすらしない姿勢にアグリッピナは興味を惹かれなかった。生まれ持った物を振り回すだけでは、獣とどれほどの差があろうか？

せめて、恵まれた魔法を用いるのに見合った大望でもあればよかったのだが、深遠なる魔導師(マギア)の目には稚気溢れる承認欲求以外映ることはなかった。これでは魔導院では箸にも棒にもかかるまいと呆(あき)れるばかりだ。

斯様な様でも多少はデータ取りや実務で魔導院の力になれただろうが、だとしても価値無しと判断するほど魔導院は〝極まった〟場所であり、〝行き着いてこわれた〟者が集うのである。

彼女としては懇切丁寧に説いたつもりであった。にもかかわらず折れず、しつこく食い下がる彼に紹介文を書いたのは偏(ひとえ)に面倒臭くなったからに他ならない。

結果は「くだらねぇ奴(やつ)を送りつけてくんな」との口汚い書簡だけで十分だ。

まぁ、それはいい。過ぎ去った話であるし、思い出すのに貴重な思考の領域を割くまでもない。あれだけの能力があれば市井で十分以上にやっていけただろうから、貴君のこれからの発展をお祈りしておけばよかろう。

彼女は自身の弟子を、先の愚物とは違ってロジカルな存在に昇華させねばならない。それが師の仕事であり、弟子を預かるという義務だから。

さて、文字を教え論文を認(したた)められる論理的かつ演繹(えんえき)的な思考を手に入れるに必要な時間は如何(いか)ほどか。

その長さを思うと……彼女は薄い笑みを浮かべずにはいられなかった。

だって、その間はフィールドワークに出ずに引きこもっていられるもの！

そう、義務を負う者は権利を得る。弟子の教育に専念するという名目で、色々な雑事から解放される権利を!!

割と畜生な発想をこねくり回しながら、彼女は自分を追い出した学閥の長が、一体どんな顔で帰参を迎え入れるのか想像すると楽しくて仕方がなかった。それこそ、一昨日に送った手紙の返事に刻まれた文字が無言で悔しさを語っていたから、きっと愉快なことになるだろう。

アグリッピナ・デュ・スタール男爵令嬢は内心でザマーミロと呟き、まずは何から手をつけるかと遠大にして精緻、そして死ぬほど下らない野望のプランを回すのであった……………。


【Tips】魔導院の最高位が〝教授〟であり、その連絡会が運営を司るには相応の意味と本質が現れる。

少年期

十二歳の春

五

コネクション

【Connection】

NPCの中でも公式、またはGMが用意する特殊な立ち位置のNPC。詳細な設定のみならずゲーム内でのデータも用意された、ただ存在するだけではなくシナリオに影響を及ぼせる力を持った人物である。

彼らは時としてPCの手助けをし、物語の導入役となり、場合によっては敵として矛を交えることとなる。

システムによっては名物キャラとして名を馳せ、出てくるだけで物語(セッション)の方向性を察せてしまうような有名人も?

一度拗ねた子供のご機嫌を取り戻すのは実に難しい。

私は疲弊のあまり鉛が詰まった袋のようになった体を引き摺り、旅籠に併設された厩の傍らに腰を下ろした。

いや、疲れ果てて体を投げ出したといった方が正確かもしれない。

別に丁稚として馬に餌をやったり馬車から荷物を運んだりで疲れはしない。その程度で疲労するほど、農家として鍛え十分に熟練度を費やした体は脆くないはずである。

単なる気疲れ……ことあるごとに癇癪を起こすお姫様を宥めるのに必死になりすぎた。

この旅籠は幾つか手近なのをスルーして寄ったアグリッピナ氏ご指定のお宿だが、上流階級向けなのか結構上等な仕様だ。それこそ宿泊費に銀貨が数枚飛び交うハイソな価格帯であり、別料金の食事も当然の権利のように銀貨でやりとりしていたあたり、我々庶民とは格が違うことが分かる。

食事さえ自弁するなら、木賃宿なら大判銅貨が一枚あれば二日は宿泊できるといえば、その豪華さも多少は伝わるであろうか。何にせよ金があって羨ましい話だ。

ともあれ、エリザの癇癪は食事の時に弾けた。私が身分的には丁稚だから、主人と食事を同席するわけにはいかないでしょうと遠慮したからだ。

本意はといえば、単純に食事の脂気が見るからに強く、あまり舌に合わなそうだったので逃げただけだが――前世も今世も薄味の家に育ったからだろうか――エリザにはそれがいたく気にくわなかったらしい。

正しく癇癪、感情の爆発としか形容のしようがない言葉を理解するのは難しかったが、唯一側に居る家族が同じテーブルに着くことさえできないのが彼女には理解し難かったらしい。

ああ、確かにエリザは家族みんなが揃う食事の時間を何より楽しみにしていたからなぁ。食事がてらテーブルマナーを仕込むつもりだったアグリッピナ氏も、あまりの泣きわめきっぷりに折れて同席を許可してくれた。貴種らしく表情を露骨に崩すことはなかったけれど、先行きが大変そうだと内心で思われていることが明らかで、少しだけ申し訳ない気持ちにさせられてしまった。

エリザを宥めながら、舌に合わない食事を美味しそうに食べるのは結構きつい。あと、エリザだけではなく私もテーブルマナーを仕込んで貰わないと拙いな。今日は他に客がいなかったからいいが、次は他の客に迷惑をかけることになりかねない。

主人の顔に泥を塗るようでは丁稚としてやっていけないではないか。

やっとの思いでエリザを寝かしつけ、私は解放されていた。家の主人はかなり気前がいいのか――シンプルに自分がゆっくり寝たいだけだと思うが――二部屋取ってくれているから気兼ねする必要はないのだが、どうにも寝入る気になれなかったのである。

「はぁー……しんど」

めっきり口にしなくなっていた独り言が溢れた。一人暮らししていた前世では、誰か見えない隣人と暮らしている勢いでぶつぶつやっていたが、常に誰かいた今世では口にする暇もなかったというのに。

エリザの事を愛しているのは事実だが、やはり堪えるものは堪える。少しずつ落ち着いてくれればいいのだが、ずっとこのままだと中々に辛いものがあるな。アグリッピナ氏も今日の晩には何か思い立ったのか援護射撃をしてくれるようになったが、それで懐いてくれるようになれば私にもエリザにもいい流れになるはず……。

師と仲が悪ければ、勉学が上手くいくはずもなかろうしな。

気を入れ直そうと空を見上げ……思わず昼間のショックが残っていて、目が誤作動を起こしてバグったのかなと思った。

月が二つあるのだ。

間を置いて浮かぶ月が二つ。一つは見慣れたほの白く輝く優しい月。祖国にて広く信仰される慈母の神格、夜陰神の神体。半ばから欠けた主神の妻である女神の横顔は、星々の従者に守られながら今日も変わらぬ美しさと慈悲の灯りを地に投げかけてくれている。

対して二つ目は……黒く、何処か不吉な色をした月だ。

ぽかんと空に穴が穿たれたような色は夜の闇より尚黒く、仮に新月の最も暗い晩であっても明白に分かるだろう異常な黒さをしていた。闇のようであるのに明るい、そんな矛盾した月。

二つの月は鏡映しで、白い月が満ちたのと同じだけ黒い月が欠けている。

あれは……あれは一体何だろうか。魔法使いの老翁に問われた、月は幾つある？　の回答がこれなのか？

じぃっと見入ってしまう不思議な魅力……ああ、そうだ、魅力のある月だった。空に開いた穴のような、全てを呑み込んだ洞のような、圧倒的な暴威を秘めたダム穴のような、そんな恐怖故に見ていたくなる謎の美しさがあるのだ。

このまま見ていれば天地が逆しまになり、落ちて行ってしまいそうになる魅力が。

恐ろしいのは、それを〝怖い〟と感じると同時に〝心地よい〟と感じてしまう、制御不能な感情が胸の裡に起こることだった。心の何処かで、あそこからは絶対に帰ってこられないと確信しているのに、落ちていくことを望んでいるみたいで……。

「あんまり見つめない方がよくってよ」

小さな、鈴のような声が聞こえた。愛らしい少女の声と、吐息に混ざる甘い香は肩口から流れてきた。

あり得ないはずだ。マルギットほどの手練れでも感知する〈気配探知〉が全く仕事をしないなんて。

しかして困惑して硬直することを体は拒否し、素直に反応してみせた。弾けるように前へ踏み出し、前進の勢いを着地した軸足を踏ん張ることで転換に利用。最高の速度と最高の効率で回転した私の視界に入ったのは、奇妙な少女だった。

この辺りでは見ない褐色の乙女だ。年格好と上背は私と大差ないようで、ただただ服のように体へ纏わり付かせた月光の艶を持つ長髪ばかりが目立つ。

なんだ、何だって私はこうロリキャラに縁があるのだ。

などと軽口を叩く余裕は、実はない。

だってアレだろう、見るからにやばそうだ。こんな不気味な月夜に気味が悪い月を眺めていたら、それに言及してくる存在が現れて、あまつさえ熟練の狩人でも中々欺せない私の感覚を掻い潜ってバックを取ってくる。

絶対に普通の存在ではない。

「……傷つくなぁ、折角警告してあげたのに」

腰を低く落として臨戦態勢に入る私を見て、少女は凜々しくも愛らしい顔をへにゃっと崩した。おいこら、髪の毛を弄ぶ姿は乙女らしくて大変よろしいが、色々よくないものが見えてしまっているからおやめなさい。

「……どちらさまかな?」

腰を浅く落とす警戒の姿勢を崩すことなく問うた。声をかけるということは悪意はなさそうだが、残念ながらこの世界において悪意のない行動でも人は容易く死ぬ。特に私のように完成していない子供は。

そして、魔法使いとして覚醒したからこそ感じることができた。彼女が秘めた膨大な力の波長が。いや、彼女自体があふれ出る力そのものなのだ。

「わたくし? わたくしは妖精。夜闇の妖精よ、初めまして愛しの君」

「妖精……?」

名乗られてみると、その印象は彼女の姿に妙にマッチしており、頭にするりと浸透するかの如く受け容れられた。幼いながらも扇情的な肢体、闇夜の下で淡く輝く黒褐色の肌、白い月の一部を奪って作ったような髪、そして何より鳩血色の大きな瞳が人類種ではありえない圧倒的な存在感を放っている。

「驚かせたのなら謝るわ。素敵な金髪をみていたら、ついね？」

悲しそうな顔をころりと笑みに塗り替えて、彼女は暗がりから一歩を踏み出す。月が落とした厩の影から、月光の下へ這い出てくると妖しい美しさが一層強まった。

「髪……？」

「ええ、妖精はみんな金髪碧眼が大好きよ？　特に貴方のはいいわ。男の子なのに柔らかくて、甘い匂いがするもの」

すっと踏み込まれる一歩はあまりに自然で、出足も着地も全く認識できなかった。目には間合いが詰まったという事実が映っているのに、脳味噌が認識できていないという曖昧にして模糊な有様。

とっくに腰の裏に据えた、作業用の短刀で十分斬りかかれる間合いに入ったことを〝頬に触れられる〟まで、私はついぞ認識することが能わなかった。

「っ……!?」

「ね？　踊りましょ？　月が綺麗ですもの、愛しの君」

ひやりとした、体温が低いマルギットを知っていても尚冷たいと思う掌。形の良い指が頬を撫で上げ、慈しむように髪を掻き上げることを私は止められない。

いや、心の何処かで止めようとしていない……？

「さ、わたくしの手を取って？　そして……貴方のお名前、おしえてくださる？」

掻き上げられた髪の下、露わになった耳に口を寄せて彼女は囁く。私は無意識に口を蠢かせかけて……。

「そこらへんにしときなさいな」

強烈な突風を浴びて正気を取り戻した。

振り向けば、空間に古びた布が破れたような〝ひずみ〟が開いており、その縁に夜着姿のアグリッピナ氏が気だるげに腰掛けていた。昼間は丁寧に編み上げていた銀の髪を流れるに任せ、薄絹の蠱惑的な夜着を飾る姿は、幻惑的な月の下では一幅の絵画の如く映る。

「この子は私の丁稚なのよ、仕込み始めたところなのに連れてかれたら困るわ」

剣呑に彼女の周囲を緩やかに巡る黒球は、恐らく戦闘用に練った魔法の産物なのだろう。今の私程度の知識では「はえー、なんかすっごい」としか認識できないが。ただ、肌にビリビリくる魔力の質からして、穏やかな魔法のはずがあるまいて。

似たような物を人攫いの魔法使いにぶつけられそうになったが、アレが可愛らしく思える威圧感が尋常のもののはずがないわな。

「あらあら……折角の夜なのに無粋な長命種ね」

それを前にしてのんびり構える妖精の格が底知れない。私の髪を弄びながら、黒い少女は鈴を転がすような笑いを零した。

暫しの間。大気が魔力で焦げる音だけが夜気の中で木霊し、大きな力に挟まれた私は凄まじく居心地が悪く、心臓が縮み上がるような時間を過ごす羽目になった。これ、全速で離脱してなんとかなるだろうか。

しかして、逡巡の内容を実行に移すまでもなく、彼女は離れていった。またさっきの過程を測りかねる歩法で……私の髪に何かを残して。

「興が冷めちゃった……また会いましょ？　月が綺麗な晩に」

笑い声だけを残して、妖精は闇にけぶるように溶けていった。そして、後に残るのは沈黙ばかりである。

「ったく……資質があったとはいえ、即日ってのはね……見えるようになった当日とか勘弁してちょうだいな」

よっこらせ、と荘厳さの欠片もないかけ声と共にアグリッピナ氏は空間のひずみから降り立ち——よく見たら裸足だが、脚が微妙に地から浮いている——髪を面倒臭そうに掻き毟った。

「あ……ありがとうございます？」

ただ、何が起こっているか測りかねている私としては、どうしても語尾が上がり気味になってしまうのだが。助けられた……のだろうか。

「ヒト種は妖精のお気に入りなんだし、気をつけなさいな。連れてかれたらえらいことんなるわよ」

「えらいこと……？」

恐る恐る問うてみると、永遠にあの妖精（アールヴ）と明けない薄暮の丘で踊り続けることになる、などとゾッとしない答えが返ってきた。

やっぱりヤベーヤツじゃねぇか！　私の周りに集まるロリっぽいのは、全部キワモノになる呪いでもかかっとるのか!?

「殆（ほとん）どのヒト種（メンシュ）には妖精（アールヴ）が見えないのよね。魔法使いとしての〝目〟があっても、精神性によっては見えないことが殆ど。だから、見えて話せるのを見つけたら嬉々（きき）として絡みにくるのよ」

何だその目が合っただけで喧嘩（けんか）売ってくるRPGのモブ敵みたいな挙動は。というか、私は種族全体から攻略対象として見られている……？

「なによりねー、金髪はねー……おまけに碧眼だしねー……」

たしかに最初に会った時、エリザのことと絡めて妖精（アールヴ）は金髪碧眼が大好きとは言っていたが、そのレベルとは聞いていないぞ。拉致監禁されるとか洒落（しゃれ）にならん。ヤンデレは創作として見ているから好物なのであって、我が身に降りかかるとなれば話が全然違うんだぞ。

「まぁ、妖精（アールヴ）との付き合い方はきちんと教えてあげるから、今日はもう寝なさいな。隠（なばり）の月の勢いがまだ強い晩に、未熟な魔法使いがウロウロするもんじゃないわ」

「隠の月……？」

「空に浮いてる黒い月のことよ。あれはね、月の陰。月が陽光を反射して輝くのなら、あれは月に反射した形無き魔力が虚ろなるままに形を結んだ、矛盾した虚数の月。月に捨てられた月の名残は人の身には毒でしかないわ」

夜闇の空より尚暗く、洞のようにぽっかり浮かぶ月の正体がそれだった。

隠の月、虚ろ月、虚数物質、様々な呼び方があるが深奥に触れた魔導師達でさえ、その詳細は分かっていないという。

確実であることは、衛星として空に浮かぶ月と対照の満ち欠けをし、満ちれば魔が勢いを増し、欠ければ減衰すること。あれは魔術的要素の要たる月の双子として空に浮かんでいるのだという。

「今日はもうさっさと寝なさい。起きた時、寝床に騎士様がいないことに気付いたお姫様が泣き出す前に。じゃ、もう眠いから寝るわ……」

おやつみー、と気の抜ける言葉を残し、アグリッピナ氏は背中に向けて倒れてゆき、出た時と同じく口を開けたほつれにダイブして消えた。挙動から見るに、あの先は寝床に繋がっているにちがいない。

「……いいな、アレ」

現実逃避的に呟いて、ふと髪に何か挿されていたことを思い出した。そっと手をやり抜き取ってみれば、手の中には一輪の花があった。

黒に近いほど濃い紫の花弁も可憐な、蕾を綻ばせた薔薇である。縁に微かな赤みが差した立ち姿は美しくも妖しく、あの少女の似姿ともいえる。

また因縁のあるアイテムを押しつけられてしまったな。これ、多分捨てたら酷い目に遭う系のヤツだよなぁ、絶対……。そもそも捨てられるのか？

私は自分の色々なフラグに思いを馳せ、吐息に陰鬱な気持ちを混ぜて吐いた………。

【Tips】妖精にとって花は深い意味を持つ。また黒い薔薇の花言葉の一つに「あなたはわたしのもの」という物があるが、三重帝国において文化的な意味での花言葉はまだ生まれていない。

翌日、一行は旅程を変更して昨日と同じ旅籠に逗留していた。

それもこれも、春先の不安定な気候により春雷も賑やかな豪雨が帝国南方を襲ったからだ。豊穣神が目覚めた事に対し彼女の夫に当たる風雲神や、夫婦神の間に生まれた諸神が高ぶりすぎて言祝ぐ宴を大規模にし過ぎたようである。

視界が悪く、馬が嫌がることもあってアグリッピナは急ぐ旅でもないから、と出立を取りやめた。なにより神々が高揚している最中を出歩くのは、何処の地域であっても褒められた行為ではないから。

彼女は気候神群の宴から逃れるよう結界を張った静かな部屋にエリザ一人を招いていた。

　第一回目の講義の開講である。

　文机（ふづくえ）に座ったエリザは見るからに不機嫌ですという表情を崩さず、傍らに立つ師を胡乱（うろん）そうに見ていた。兄と引き離されて、ご機嫌が斜めを通り越して直下降で負の境界面を突き破っているらしい。

「さてと、じゃあちょっとシンプルなお話をするわ。やる気が出るお話」

　しかし、そんな態度を意に介することなく、アグリッピナは朗々と歌い上げるように話し始めた。

「貴女（あなた）、妖精（アールヴ）は見えてるのよね？」

「あーるぶ……？」

「ええ、妖精（アールヴ）、あるいは精霊ね。暖炉に潜み火を守るトカゲ、家に潜み守る童女や老翁、あるいは庭を駆け回る黒い犬……貴女にしか見えない、でも貴女にとても優しい隣人」

　違うかしら？　と問われ、エリザは初めて素直な態度を示した。こっくりと首肯してみせることで。

「おともだち」

「ああ、そう、お友達ね。それでエリザはお兄さんのエーリヒが大好きよね？」

　今度の問も首肯するのは簡単、いや当たり前の問いだった。迷わず何度も頷（うなず）く彼女は、隣に兄がいないことを思い出して泣きそうになった。お家（うち）から離れて寂しくてしかたないのに、大好きな兄からも引き離されてはどうしたらいいかも分からない。

人攫いに放り込まれた馬車の中で目覚めた時と同じくらい不安になる。このまま放っておかれたら、死んでしまいそうになるくらい。

「どうやらね、エリザがお兄さんを大好きなのと同じで……そのお友達もお兄さんが大好きみたいなの」

「えっ⁉」

「真っ黒くて白い髪をした子に見覚えは？」

数秒悩んで、エリザは素直に答えることにした。何故だか、嫌いだったこの女性の質問を無視しては、自分にとって致命的な損失になるような気がしたから。

「……しってる。たまにね、いじわるするの。よるおそくまでおきてちゃだめよって。でもね？　でもね？　よるのこわいおといれにね、ついてきてくれたりもするの」

夜闇の妖精もエリザは知っていた。同じ個体とは限らないが、彼女たちもまた世界中に存在するからだ。

「昨日ね、その子かは知らないけど、真っ黒くて真っ白い子がお兄さんを誘いにきていたわよ？　何処か遠いところに遊びに行こうって」

不安そうに語るエリザを焚き付けるように、アグリッピナは薄い笑みを作って煽る。

「だめ!!」

椅子を弾くように立ち上がり、摑みかかろうとする弟子を師は軽やかなステップで回避した。勢い余って転ぶ彼女を見下ろして、今にも泣き出しそうにぐずるのを止めすらしない。

「そうね、嫌よね……でもね、お兄さん盗られちゃうわよ？」

「やぁ……！　やぁ……！　エリザからあにさまとっちゃやぁ!!」

「そぉ？　盗られたくない？」

喉が裂けるのではと心配になるほど真に迫った叫び。ここに来て兄までいなくなってしまっては、エリザにはもう誰もいなくなってしまう。それが怖くて、不安で、頼りなくて、どうしようもできないくらい嫌だった。

「そう……なら、盗られないようにする方法を教えてあげる」

嫌を連呼し泣き叫ぶエリザの前へ、ゆったりと回り込んだアグリッピナは優しい声音で告げた。それは、とろみのある蜂蜜のような言葉であると同時に……。

「ほんと……!?」

「ええ、ほんと。私の言うことをキチンときいて、お勉強ができたらお兄さんはもう盗られないわ」

心に染み入る毒薬のような言葉であった。

「だって、貴女が守れるようになるんですもの」

優しく、しかし悪辣にも程がある言葉を受けてエリザはぽかんとして泣き止んだ。

なぜなら、兄様は彼女より強いから。いつだってエーリヒはエリザを助けてくれた。怖い時、苦しい時、辛い時、悲しい時、全部側で慰めてくれて、こわいこわい人攫いからも守ってくれた。

　今だって家を出て付いてきてくれている。

　でも、そんな兄様を自分が守れるとしたら。

　考えるだけで、胸と腹の奥が熱くなった。その感情の所以を彼女は知らないが、やはり蛙の子は蛙。たとえ肉の殻を持とうと妖精は妖精なのだ。

　最も愛する物を手の内にした瞬間を想像して、どうして燃え上がらずにいられよう。

「さぁ、手を取って？　立ち上がってお勉強をがんばりましょうか。お兄さんのために……ね？」

　差し出される手と微笑む長命種の間で目線をいくどか彷徨わせ、最終的に半妖精は手を取って立ち上がることを選んだ。そうすれば、きっと楽しいことが、素晴らしいことが手に入るに違いないと思ったから。

　これでぐずるのも泣くのも、少しはマシになるだろうと弟子に椅子を勧めながら、師は他人が見たら「うわぁ……」と漏らしそうな邪悪な笑みを浮かべていた。きっと、弟子として師の目的を助けてくれるよい関係が作れるだろう。

　五年か、一〇年か……じっくり時間をかけ、妖精を追い返せるくらいの魔導師になればいい。

　まぁ、結果的に丁稚がアレな目にあうかもしれないが……それは将来的なことだし、兄の責務の一つだろう。きっと、たぶん、そうにちがいない。これからの指導が楽になるための必要経費と言ったら、きっと快く受け容れてくれるだろうと畜生もドン引きな理論で魔導師は自分を納得させた。

隣の部屋で大人しく魔法の本を読み込んでいたエーリヒは、謎の悪寒とくしゃみの連発に風邪でも引いたかと首を傾げた……。

【Tips】半妖精は帝国法においてヒト種としては扱わず、戸籍からも除外される。

少年期
十二歳の晩春

一

コネクション②
【Connection】

　システムによってコネクションの仕様は異なるが、時にシナリオを大きく左右するほどPC達を強力に補佐してくれることもある。資金の提供、アイテムの貸し出し、本人の能力を活かした手助けまで。
　中にはコネクションと関係を深め、恋仲や宿敵となり物語に華を添えやすくするようなものもあるそうな。

神々の大宴会で足止めを喰らった日から一週間、あれ以降の旅程は出立の日の混乱がなんだったのかと思うほどスムーズだった。

エリザが不機嫌になってぐずることがなくなり、アグリッピナ氏に懐き始めた原因は謎だが、きっと師として何か上手いことやって学習意欲を擽ってくれたのだろう。

私達家族が立派になれるとか先生になれるとか色々言ってもダメだったのに、どうやって納得させたかは想像もつかないが、まぁよかったよかった。

妙な悪寒が一瞬背中を走ったが、春とはいえまだ涼しいからと無視して、私は御者台で伸びを一つした。

さて、ここ暫く私の定位置は馬車の御者台であった。二頭立ての立派な黒毛の馬が牽く馬車は、見た目は普通のキャリッジタイプの馬車である。漫画や映画で貴人が乗っている箱形のアレ、といえば想像に易かろう。

本来は魔法による自動操作とかで――便利すぎてもう何がなにやら――座っている必要はないのだが、エリザの勉強の邪魔をするのも悪いからここにいるのだ。どうにも私が隣にいると、構って貰いたがって集中が途切れてしまうようだから。

ただ、初めての馬車の旅は存外悪い物ではないな。空を見ながら街道を進むのは楽しいし、たまに通り過ぎる巡察隊の驃騎兵は勇ましくて格好良いものだ。僅かな着込みと長い槍を掲げて行軍する治安の要、彼らが秩序だった列を組んで進む姿の頼もしさと言ったら言葉にしようがない。

なにより、冒険者らしき一団を見ることもできたのだから。

乗合馬車の後部に乗る鎧(よろい)の男性と杖(つえ)を担いだ少女や聖印を握りしめる乙女、弓弦を外した弓を調整していた妙に背が低いのは矮人(フローレシエンス)であろうか。正しく駆け出し冒険者パーティーという有様で、見ていて心が大変躍ったものだ。

なんだ、皆が語るほどアレじゃなさそうだなと。

実に期待が膨らんだ。私も何時(いつ)か面子(メンツ)を募集して、あんな旅に出たいな。野盗(こづかいかせぎのカツアゲ)を退治に精を出し、遺跡に潜って(押し込み強盗)過去のロマンを求め、英雄譚(キャンペーン)に謳われるような難事を解決する。

うむ、やはり王道には王道たる所以の素晴らしさがある。私も諦めずに頑張るとしよう。

さて、ここ一週間で私も片手間に色々と魔法を教えてもらった。

流石(さすが)に〈浄化〉の奇跡の如(ごと)く、神のご威光があれば一発で汚れた瓶の水だろうが汚濁に沈んだ河だろうが綺麗(きれい)に仕上げる便利なものが魔法にはない。

代わりに魔法で行う家事は、複数の術式を統合して一つの術式を構築するという、連立方程式じみた挙動を必要とするのだ。

私が借り受けた魔法書——内容は家事ハンドブックだが——にない講義の内容として、アグリッピナ氏は私に魔法の性質を語ってくれた。

曰(いわ)く、魔法は〈転変〉〈遷移〉〈現出〉の三カテゴリに大別できるらしい。

どんな複雑な魔法であったとして、分解していけばこの三要素に収まるため作られた分類法だ。

転変とは、既にあるものを移し替えること。焚き火の火勢を強める、弱めるなどの既存現象の調整、あるいは正の運動エネルギーを負にねじ曲げる、または物質の化合や分離、形態変化などを行う最も魔法らしいカテゴリだ。

次に遷移とは、文字通り物を移し替えること。物体の位置を物理的・空間的に移すことは勿論、運動エネルギー、熱量、性質などを移し替える、あるいは上書きすることができるという。防壁だの移動だのの強キャラムーブを見せる魔法は、大抵はこの領分だろう。

最後に現出。これも捻りなく魔法によって法則をねじ曲げ〝無〟から〝有〟を擬似的に作り出す行為にして、もっとも高度な魔法だ。魔法は物理法則をねじ曲げてはいるが、援用しつつ尊重するという立場をとることが基本となる。そして、世界は〝無〟から〝有〟が生じることを良しとせず、為せたとしても基本は神の御業だ。

故に現出は魔力の物質化や法則の変化によって物質を作り出す。魔力という〝有〟によって別の〝有〟を作り出してるだけですよー、もしくは〝既存の有〟を魔力で嵩ましてるだけですよー、というやり口で世界を誤魔化しているらしい。

ただ、この現出は学派や学閥によって解釈がめちゃくちゃ違うので、あまり厳密に論じると本が書けるどころか人生を二〜三回費やしても足りない——一五〇年近く生きてる長命種に言われると説得力が凄い——とのことなので、物が作り出せると小学生のような理解をしておくとしよう。

家事は大雑把に論ずれば〈炊事〉〈掃除〉〈洗濯〉〈整頓〉〈裁縫〉の五つくらいであり、

主に魔法で行われるのは〈掃除〉と〈洗濯〉の二つ。炊事は魔法を使うと意味不明な事が起こるので――効果が切れて形態変化が胃の中で戻ると……――補助的な内容に留(とど)まり、整頓は勝手にやれという話。最後に裁縫は現出させるにしても〝物質として残り続ける〟ことは現状不可能なため、これも機織り機をオートメーションで動かす程度の活用だ。

どうやらこの世界の魔法はＴＲＰＧ的な便利さと物理的な不便さが合一しているらしい。まぁ、魔法一個でぽんと食料だせたら、そりゃバランス崩れるものな。誰も携帯食料セット（一週間分お徳用）とか買わなくなるし。

それとあれだ、あんまりお手軽すぎると、それはそれで薄味過ぎて物足りなくなるからな。賛否はあろうが、私はこの絶妙に便利で不便なバランスにこそ〝味〟を感じる。この世界の基礎デザインを構築した奴(やつ)とは、美味(うま)い酒が呑(の)めると確信する絶妙さであった。

そんなロマンと世知辛さが同居する中で、幾つか〝これは〟と思う魔法を習得した。幸いにも人攫(ひとさら)いの魔法使いを追い払った私の熟練度は、今までの貯蓄と相まってかなり余裕があったのだ。

まず目をつけたのは、職業カテゴリとしては〈魔導従士〉なる非戦闘系のカテゴリに含まれる〈清掃〉の魔法である。

その名の通り汚れを弾(はじ)き、一箇所に集めて纏(まと)めてくれる。熟練度が上がるにつれ一発で適用できる範囲と、対応できる汚れが増える便利なスキルだ。〈基礎(スケールⅢ)〉レベルでさえ一般的な使用で付く埃(ほこり)や土、砂、泥程度を六畳間の壁一面くらいを綺麗にしてくれるのだから、全国のお母さんが是非とも覚えたがるだろう。

うん、実に素晴らしいなこれ。前世でもほんと欲しかった。

奮発して〈熟達(スケールV)〉まで伸ばした〈清掃〉の魔法は、破損していなければ殆(ほとん)どの汚れを分解可能であり、一度でワンルームくらいの部屋を掃除しきれる素敵仕様だ。埃や泥は勿論、皮脂汚れから調理でついたしつこい煤(すす)や油まで落とせるなんて、世の清掃業者が泣いて羨むだろうな。

ただ、ちと不便なのが魔法の特性上〝どの汚れを落とすか〟きちんと考えて使わないとならないので、何で汚れているかを調べねばならないところだが。ざっぱにやって〝壁紙や土壁ごと〟綺麗にしてしまわないための信頼性機構(フェイルセーフ)が術式に組み込まれているためだが、物は壊すより直す方が難しいことを考えれば必要な手間ともいえよう。

うん、ただまぁ、これはアレだよな、やろうと思えば大分R-18Gな攻撃にも転用できそうな気がしてならない。やらないけどね？　強いのはいいけど、流石にグロすぎるのもどうかと思うから。

誰だって分かるだろうさ。敵の皮膚を剝ぎ取って人体模型みたいな様にする魔法、討伐される側(エネミー)が使う魔法だってことくらい。

悪巧みから目をそらしながら——私にも一抹の良心はある——似た原理で洗濯物の汚れを濡(ぬ)らさず分解する〈清払〉を覚えておけば、丁稚として最低限の仕事はできるはず。あとは都度都度必要になったら覚えていけばいいだろう。

ふと見上げれば、太陽は中天に達しようとしていた。ぼちぼち休憩といった頃合いか。

「マスター、よろしいですか？」

術式を発動して呟(つぶや)くと、直(す)ぐに返事がきた。因(ちな)みに呼び方に関しては〝師〟と呼ぶと制度的に問題があり、かといって名前は立場的に相応(ふさわ)しくなく、愛称形など口にできる間柄でもないので、シンプルに主人(マスター)と呼ぶことで落ち着いた。

間違ってもお嬢様と呼んでくれるな、ときつく言い含められたのは何かトラウマでもあるのだろうか。未婚の身分が高い女性に対しては、割と見合った呼び方だと思って最初に提案したら凄い目で睨(にら)まれた理由が少し気になった。

遠方へ声を伝達する〈声送り〉の術式は、魔法的な目印(マーキング)を施した物の所有者に囁(ささや)く程度の声を届けてくれる。魔法従士にぴったりのスキルだな。まぁ、欠点があるとしたら双方向通信じゃないので、相手が同種のスキルを使えないと内密な話はできない点だが。

『なにかしら？』

対して脳裏に響く声は、〈魔導師(マギア)〉カテゴリで見つけた〈思念伝達〉の魔法で飛ばされたもの。こちらはやろうと思えば双方向通信も可能な上、口を動かす必要がないので誰かに唇を読まれる心配すら無用という完全上位互換である。

まぁ、〈手習(スケールⅠ)〉で取得するだけで〈声送り〉が〈妙技(スケールⅦ)〉まで引っ張っていける要求量を見たら、その便利具合にも納得がいくが。便利だとは思うが、流石に他にもしたいことはあるから廉価版で我慢したのだ。精神に作用する魔法はどいつもこいつもアホみたいな値段だから困る。

それはさておき、そろそろ良い時間であることを告げると、昼食休憩にはいることとなった。なので私は街道脇に馬車を停め、休憩に入る準備を始める。

とはいえ、これといって大仰なことをする必要はないのだが。

アグリッピナ氏は無理な旅程を組むほど野営がお好みではない。それと同じく、野趣溢れるキャンプ料理も嗜好の外であり、お食事は専ら旅籠で購入した弁当セットだ。弁当と呼ぶのが憚られる豪勢な食事に保存術式をかけて冷めることと劣化を防ぎ、時間が来たら召し上がるという優雅極まるお昼が常である。

私の仕事と言えば馬車に戻り、食堂に装いを替えた部屋でテーブルに食事を並べるだけだ。

エリザはその時、お昼がてらテーブルマナーのお勉強である。私塾に通っていないので、その辺の勉強も一緒につけてくれている……というか、今は読文やら宮廷語なんぞの基礎の基礎ばかりだそうで、お昼の時間も窮屈で大変そうだった。

なんでも基礎教養ができていない人間に学ばせるほど、魔法は安全でも優しくもないとのこと。大変得心のいく回答でございましたな。

私？ 私はああいうの肌に合わないから、安いパンや乳酪なんぞの詰め合わせにしている。短刀で半分にぶった切って、中に有り物を挟む即席サンドイッチで十分だ。

欲を言えばマヨネーズかマスタードがほしいが……それは追々料理スキルでも取って試

してみよう。

一人で気楽な食事を採る私の背を恨めしそうに見送るエリザの視線を振り切って、御者台に戻り青空ランチを楽しんだ。流石良い旅籠、ライ麦も質が良いのを使っており、安宿にありがちな焼き溜なんぞもしていないのかパンが軟らかくて美味しいのだ。麦本来の味と諄くない酸味が、塩気の利いたザワークラウトやハムとよく合う。これはきっとオイルサーディンとかの塩気と脂気があるのを挟んでも美味いな。

簡素ながら質の良い食事を終え、軽く運動することにした。懸架装置が高性能なので――よく見ると車軸と本体の間が完全に離れており、謎の力場で接続されていた――腰痛なんぞに悩まされることはないが、動かないと落ち着かないのだ。

今は晩春に入りつつあり、普段なら農繁期真っ直中。冬の間に固まった土をほぐしたり、種を蒔いたりやることは幾らでもある。

だのにこうやってのんびり座っていることに、農家として働いてきた体が「おい、動かんでええんか!?　もうええ時期やぞ!?」とパニックを起こしているのだ。このままでは落ち着いて眠ることもできない。

故に適度な運動は必要だ。マスターは大変ごゆっくり食事をなさるので、あと二時間はここでのんびりしてゆくことだろう。

旅装から埃よけの外套を脱ぎ、日頃から下げて重心変化に慣れるようにしている〝送り狼〟を引き抜いた。

全長が私の上背の半分以上もある愛剣を引き抜くのは、この背が伸びきっていない体ではコツがいる。長剣としては短めに鍛えられたこの子も、幼い身では見事な両手剣みたいなスケールだ。〈戦場刀法〉か〈膂力〉のいずれかが足りてなければ、本当に両手剣として扱わなければいけなかったかもしれない。

右手で剣を持ち、左手は鞘に添え、腕だけで引き抜くのではなく同時に腰を捻ることで鞘の方からも抜きをかける。そうすれば、体軀に余る剣でも易々とはいかずとも不自然でない程度には抜けるのだ。

そして基本通りに構え、体に馴染ませるように振るう。上段、中段、下段、刺突、体勢を変え組み合わせを変え、想像の敵を斬り伏せる。

基本は関節、如何に頑強な鎧とて空き所はいくらでもある。脇の下や肘に内股、ここは装甲で覆うと動けなくなるところなので、帷子の守りしかない弱い所だ。きちんと狙い、技量が足りれば両断は容易い。

想像する敵手はいつでも強い方が良い。それこそどっかの格闘士みたいに、こっちを素で殺しにかかる上級者相手を想像で出せるのが一番だが、流石にそこまではいけないのでランベルト師＋αを想定して動く。

さて、少しずつ体が温まってきた。

では、ちょっと考えていた動きの実験といこう。

私は慣らしがてら、貯蓄の半分をブチ込んで取得した大盤振る舞いの特性、〈多重思考〉

を発動させた。

　これはTPRGで言う所のマルチアクション、いわゆる主動作メジャーアクションで発動すべき魔法を副動作マイナーアクションで発動させる魔法剣士必須の特性だ。

　魔法はどうしても頭を使う。誰に対し、どのように、どのタイミングで、どれくらいの出力で放つか、最低でもこれだけは決めないと要件不足で不発、あるいは暴発する。複雑故に片手間でやるにはどうしても難しく、単に電話しながらメールを打つ程度のマルチタスクでは追い付かないのだ。

　だとしたら、いくら隙が少なく発動が容易で燃費が良い魔法を手に入れても片手落ちだ。少しでも集中が乱れて魔法が使えなくなれば、魔法剣士として振り割った魔法分の熟練度が無に帰するのだから。

　それを補完するスキルがこれである。

〈多重思考〉はもつれ合わない複数の思考を練ることができる。話を聞きながら、上の空でするような思考ではなく、併存する二つの思考を練るデュアルコア化ができるのだ。

　魔法の発動は勿論、剣も同時に考えるべき事は数多ある。流石に〈思考力〉の強化に依った高速での思考展開だけでは無理があったため、今後に備えて大奮発だ。

　まだ二つの考えを同時に行うことに不慣れというか、奇妙な違和感というか、ちょっとコンフリクトを来しているきらいはあるが、どうせ自分の思考に違いはあるまいしその内に慣れるだろう。

併走する思考の一つが魔力を練り上げ、術式を起動する。左手の中指に嵌(は)めた月の指輪から魔力が放出され〈見えざる手〉が伸びた。

手は正しく思念で動く手の延長だ。見えない三本目の手があると思えば……。

刹那、嫌な感覚が背筋を奔(はし)った。

それと同じくして、何処(どこ)かで聞き慣れた音が〈熟達(スケールV)〉まで伸びている〈聞き耳〉に引っかかる。

これは……弓弦が弾ける音………。

【Tips】西洋剣術の片手剣は刀術とは異なり、盾を持つことも想定しているため右手にて剣を持つ。それは小盾や盾の装備を想定した〈戦場刀法〉においても変わらず、咄嗟(とっさ)の反撃や格闘に備えて左手をフリーにしておくことが好まれる。

もう前世の何処で聞いた記憶かも曖昧であるが、矢の初速は弓の性能によって左右されるものの時速四五㎞ほどらしい。

放たれた次の瞬間には少なくとも四〇mはカッ跳んでいる訳だ。

しかし、それとて雷光よりは速くない。脳を巡る電気信号の速度と比べれば、欠伸(あくび)が出る速度だ。それに空気抵抗や重力によって引き摺(ず)られる矢も延々と初速を保ち続ける訳ではないのなら、鍛え抜いた反射を全く追いつかせられないほどでもない。

〈雷光反射〉によって極限まで高められた反射神経は、弓が離れる音と同時に私を動かしていた。身を屈(かが)ませながら音源へと向き直り、更に〈多重思考〉によって既に発動していた〈見えざる手〉の術式を書き換えて軌道を変更。

街道の遠間に見える林、その縁より届く矢が私に届くより前に〈見えざる手〉へ矢が突き刺さった。

そう、手は魔力によって作られた力場の手。無形ではなく、存在しているだけで大気をかき分け飛来する物を阻む。つまり簡易の盾として十分機能するのだ。

しかし、一体何だ!?　私なんかしたか!?　ってか今の凄(すご)くね？　格好よくね!?

矢の速度に対応した自分に喝采をしつつ――普通に混乱している――遠く離れた林を見やれば、人影が動くのが見えた。

人影は一つではなかった。奇襲に失敗したことを悟ったのだろう。藪(やぶ)の中で幾つもの人影が立ち上がり、向かってくるのが分かる。

野盗だ！

薄汚い被服、汚れた肌、伸び放題の髪。そして手にした雑多な武器。正しくこれ以上ないほどテンプレート的な野盗であった。あの容姿で一体何と見間違うことがあろうか。

数は……う、多いな。六人も居る。最初に弓を撃ってきた男が林の中に残り、五人が此方(こちら)に全力疾走してきている。数で押し包むつもりだろう。

ああもう、なんでこんな所に出てくる!?　主要街道からは離れているし、近所に碌(ろく)なモンないぞ!?

いや、むしろ辺鄙な所だから見逃されていたのか? ああっ、くそ、仕事しろよ巡察隊!!

頭の中を色々な思考が抜けていくが、正直私は完全に混乱していたのだろう。

なにせ、迷うことなく立ちはだかることを選んでしまったのだから。

後々冷静になって思ったのだ。この程度の手合い、丁稚である私が命をかけなくとも……明らかに強キャラであるマスターに投げちゃえばよかったじゃないと。間違いなく指パッチン一つでなんとかする展開だろうに。

しかし、そうはならなかったし、そうはしなかったのだ。初の実戦で頭が茹だっていたから。

先頭を駆けてくるのはヒト種ではなかった。青い肌をした巨鬼だ。

あれは雄性体だろうか? かつて出会った護衛のローレンさんと比べると、悲しくなるほど貧相な見た目だ。

確かに大柄で肉は付いているが背は彼女の胸元くらいまでしかなく、身に纏っている物は襤褸切れで、雑に削った柄に石を括り付けただけの斧とも槌とも付かぬ武器を持ち、目を真っ赤にして涎をまき散らしながら突っ込んでくる様は武の種族とは見えない。

何よりも訓練以外の経験を積んでいない私をして、あまりに稚拙だったのだ。足運びから何から、いっそその有様の全てまで。

交錯は一瞬だった。私は体諸共(もろとも)突っ込んでこようとする巨鬼を斜め前に踏み出すことで回避、同時に〝送り狼〟をコンパクトな動作で担ぐように持ち上げ、そのまま脇を撫(な)で切りにした。

重い感触は、凄(すさ)まじく硬質な何かを叩(たた)き切った時の手応え。金属の皮膚と合金の骨格はあまりに硬いが……勝ったのは私の技量と〝送り狼〟の鋭さだった。

ちらと振り返れば、鉄分ではなく銅を含むが故に青い血液を噴き散らし、脇から肩の半ばまでを断たれた巨鬼が呻(うめ)きながら転げ回っている。

「ＧＵＲＵＡＡＡＡＡＡ！！」

人語を口にしていない？

しかし、妙な様子の巨鬼を気にしている余裕はなかった。敵手はまだ五人もいるのだから。

次いで駆け寄ってきたのは、四人の小鬼(ゴブリン)であった。魔種に属する鬼族の中でも小柄な彼等(ら)であるが、その実ヒト種(メンシュ)の子供と大差ない矮躯(わいく)に成人男性に劣らぬ膂力を秘めた強者達(つわものたち)だ。小柄さ故に体重も軽いことから、廃墟(はいきょ)や遺構の探索者として名を馳(は)せる種族であり、ヒト種(メンシュ)に次ぐ繁殖能力で大陸の何処にでも見られる魔種として繁栄している。

荘(しょう)にも何家族か小鬼(ゴブリン)がいたし、幼い頃の遊び仲間にも含まれていたのでぱっと見ただけで分かった。

だが、あまりにも様子が違う。木を削っただけの粗雑な武器を持ち、発狂したように駆け寄ってくる様には理性も知性もないように見えた。

本当に彼等は野盗なのか？

剣を右体側に沿わせるように構え、突き込まれる先端が鋭いだけの木槍を峰でそっと弾くことで逸らした。槍は強く弾けば、その分素早く旋回して石突きでの返しが鋭くなる。あくまで優しく包むように弾き、その隙を突いて間合いを詰めるのだ。

……しかし、これほどに正気を揮発させた様を見るに、斯様な〝技〟の警戒は必要なかったかもしれない。

いやいや、舐めプかまして手傷を負ったり、ましてや死んだりしたら笑えないな。油断は廃し、どんな敵でも格上と戦っているつもりで挑まねば。

「ＧＹＵＡＡＡＡ!?」

刺突をいなし流れるよう、大きく振りかぶらない小さな上段斬りで左手ごと粗末な槍を叩き切った。腕を押さえて蹲ったので、もう戦えはすまい。

残り四人。

今まではバラバラに突っ込んで来たから一対一を二回しただけ。だが、次は殆ど同じタイミングで無力化された槍兵を迂回するように襲いかかってきた。一人は錆びた短剣を手にしており、もう一人が持つのはそこら辺の石だが、大人の膂力でぶん殴れば十分に私を殺しうるだろう。

そして、無手であった最後の一人が、何を思ったか蹲る味方の背を踏み台に飛びかかってくる。きっと連携なんて欠片も考えていなかっただろうが、此処に来て凄まじい三段攻めを見せてくるとか私ちょっとリアルラック足りなすぎてないか？

ああ、クソッタレ、何処のどいつがサイコロを転がしていやがる。

さしもの私もこれを同時に防ぎきるのは無理だ。二方向までなら一方を弾き、一方を体捌きで回避することも今の技量なら叶う。だが、流石に上方からも来られると辛く、普通なら数歩バックステップで間合いを空けて仕切り直すところだろう。

一週間前までならば。

私は迷わず、この中で一番脅威度が高い短剣持ちへと斬りかかった。対処自体は簡単。逆手に持って突き刺そうと愚直に突っ込んでくるが、こちらの方がリーチは圧倒的に長い。肩口へ刃を突き込んでお終いだ。

では、次はどうするか。私は迷うこともなく、少しずつ使い慣れてきた術式を起こした。

「GUA!?」

本来はない筈の感触が生まれる。

それは、魔力によって形作られた〈見えざる手〉の力場から伝わる感覚だ。

そう、これは単なる隙間に落っこちたスプーンを拾うだけの術式ではない。きちんと〝カスタム〟してやれば戦闘用の術式になり得るのだ。第一、単なる隙間に落ちた物を拾える程度の細腕で、矢を止められるはずがないだろう？

見えざる手で頭をひっつかまれ、空中ではどう足掻いても踏ん張れない小鬼が叩き付けられた。私の腰を思い切りぶん殴ろうと石を振り上げていた同胞へ。

中々の威力だったと思う。小柄な小鬼(ゴブリン)は精々体重三〇kg前後といった所か。しかしながら〝手〟の出力と落下するという自然現象の助けを借りれば十分な鈍器と化すのだ。それこそ上から米袋が三つ降ってきたら、普通はお陀仏(だぶつ)だからな。

肉同士がぶつかる破滅的な音が響き、二つの影が運動エネルギーの余勢でゴロゴロと転がっていく様は何処かシュールだ。

彼が退くことで空いた空間から、矢が飛んでこなきゃ笑って見ていたかもしれない。

まぁ、矢離れの瞬間さえきちんと捕捉していたら、矢の弾道を見切ることは容易(たやす)いのだが。ランベルト氏はつかみ取って投げ返したりするし。

私はもっとスマートに行くが。

さて、魔法には〝拡張性〟が存在する。発動理論を術式と呼ぶ通り、魔法には式が存在するのだ。世界を騙(だま)くらかす、あるいはねじ曲げるためのそれはシステムのコードに等しい。

つまり、やろうと思えば自分が使いやすいように作り変えることもできるのだ。ユーザーが開発に頼んでインターフェイスや機能を拡張するように、それを自分でやってしまえばいいだけ。

いやぁ、驚いたね、習得した後で見てみたら、一個一個に細かいアドオンみたいに機能をぶち込めると分かった時は。魔法関係だけでクソ分厚いサプリを何冊出せば気が済むのだか。

しかし、見る人が見ればうんざりするような情報の山も、私にとっては食卓に供された大量のご馳走(ちそう)のようなものだ。

私が〈見えざる手〉に加えた改造は三つ。

一つは〈揺るぎなき豪腕〉。通常は熟練度に合わせて伸び、神域まで伸ばしても自分の〈膂力(りょりょく)〉までしか出力の出ない〝手〟に追加で魔力を注ぐことで出力を上昇させられる特性。

二つは〈巨人の掌(てのひら)〉。これまた自分の手と同じ大きさと長さしかない力場の〝手〟を追加の魔力で拡充する特性。燃費を無視して行くとこまで行けば、畳くらいの大きさまではやれるし、TRPG風に言えば射程は〝視界〟に変貌する。

そして最後は〈三本目の手〉。先の二つは大変リーズナブルだったが――地味なスキルの地味な特性だからだろう――ちょっとだけ値が張ったこれは、本来は感覚のない〝手〟にきちんと触覚を与える特性だ。

そう、〝手〟には感覚がないのだ。あくまで力場に過ぎず、念じた通りに動くが感覚がないため力加減や精妙なコントロールが難しすぎる。不可視のクレーンゲーム機のアーム、といえばやりづらさも伝わるだろうか。

だが、この特性があれば伸びた先でも触覚を頼りにコントロールができるという寸法だ。

で、これを使って何をするか。短略的にR元服なことを考える人間も居るだろうが……

遠距離攻撃オプションとしては実に強力だと思う。

「ＧＵＯ……!?」

するりと音より早く伸びた〝手〟は、次の矢を用意していた巨鬼の首を捕まえた。うむ、どっかの遠い過去の銀河でチャンバラしてる連中を想起したから、それに合わせてみたのだ。子供の頃憧れたからなぁ、暗黒卿……。

とはいえ、彼の暗黒卿の如く吊り上げて絞殺まではしない。私の手を拡充した掌にガッチリと首をホールドさせ、的確に血管を圧迫するだけ。するとどうだ、数秒藻掻いた後に巨鬼は酸欠で昏倒したではないか。

頸動脈を押さえることで酸素の循環を断ったのだ。脳味噌で思考している以上、コレに対抗する術はない。

かくして、ほんの二十数秒足らずで私の初陣にして修羅場は幕を閉じた訳だ。

うん、ＴＰＲＧの一ラウンド五秒とか一〇秒って短くね？　とか思っててすみませんでした。一秒は想像よりずっと濃厚だった。複数の冒険者と敵が入り乱れ、命のやりとりをして尚も〝永い〟と感じられる。

ぶるりと手が震えた。今更に命のやりとりをしたことに緊張しはじめたのだろう。この震えに戦っている最中憑かれず済んだのは、命のやりとり一歩手前の段階まで何度も扱いてくれたランベルト氏のおかげに他ならない。

よかった……ほんとうに……生きていて。そして、殺さずに済んで。

「何やってんの？」

　さも不思議そうな声が頭上から降ってきた。そのまま仰向けに辿ってみると、月夜の晩にやっていたような空間のほつれに腰掛けるアグリッピナ氏のお姿が。

　そして、この時に気付いたのだ。ああ、普通に強キャラが後ろに控えてんだから任せればよかったと。

　いやあんた、気付いてたなら助けてくれよと文句を言おうとした時、驚愕の一言が降ってきた。

「魔物なんかと遊んで」

　…………いまなんて？

【Tips】魔種と魔物は明確に区分されるが同じ物である。

　アグリッピナ・デュ・スタール男爵令嬢は優秀な魔導師である。

　それ故、自身の〝殺し方〟もよく知っており、警戒を怠ることはない。どれだけ脱力し、ちゃらんぽらんな立ち振る舞いを見せても決して最低限の用心を欠かすことはないのだ。

　身の回りに恒常的な防御術式を張り巡らせ、防諜のため探査術式を絶やすこともない。

　隠蔽された術式は要塞の如く身を包み、仮に全くの意識の埒外から短刀を突き込んだ所で前髪の一房も揺らすことは能うまい。

それは優雅に弟子を窘めつつ昼食を摂っている時でも変わることはない。

「エリザ、スープは啜らないの」

「う……」

「スプーンに齧り付くのもだめ」

「ええー……」

「口に全部含むのは以ての外」

「うぇー……？」

じゃあどうやって飲めというのだ、とばかりに首を傾げる弟子を前に、彼女の数多分割された思考の一つが異常を察知した。馬車に搭載した探知術式が、生体の接近を報せてきたのである。

別段珍しい事はない。主要街道から離れてはいるが――それもこれも、今晩の旅籠の質の為である――人通りが全くないわけではなく、むしろこの時期は多い方。普段であれば隊商や乗合馬車が行き来しているのだろうとスルーするところだが、流石に〝林の中から〟やってきては無視しかねる。

たとえどれだけちっぽけな魔物が相手であろうと。

とはいえ、規模は少なくない。四体の小鬼と二体の巨鬼、全員が粗雑ながら武装、一体は弓箭兵。純粋にヒト種よりスペックに勝る相手が六。彼女からすれば指を鳴らすまでもなく〝如何様にでも〟できようが、未熟な冒険者の一党を軽く蹴散らせる面容でもある。

巨鬼の肌は雄性体であっても衝撃・斬撃に強く、生半可な〈転変〉や〈現出〉の魔法を物理的な頑丈さで凌（しの）ぐだけのタフネスも持っている。

小鬼（ゴブリン）も成人男性に劣らぬ力を持ち、俊敏さはそれ以上。小さな物が素早く動くと言うことは、実際以上の素早さで見えるのだ。

対する此方（こちら）は不意を突かれつつある初陣前の子供が一人。それも一二歳の未成年で、体もできあがっていない。武装は剣一本に覚えたての非戦闘用魔法が幾つか。防具など帷子（かたびら）すら着込んでおらず、防刃性の欠片もない旅装だけ。

この光景を見てオッズを立てる胴元がいたら、首を振って無効試合を宣言したであろう。哀れな子供が子供だった物になり果てるのに何秒かかるか、といった賭けに変更しながら。

「エリザ、スープはスプーンを傾けて、そっと口の中に落とすように飲みなさい」

「むつかしー……」

しかし、あくまで魔導師（マギア）は優雅さを崩さなかった。今はお昼の時間で、慌てて口にねじ込むには勿体（もったい）ない出来映えの料理が目の前にあるのだから。

奇襲の初撃が飛び、このままでは少年の何処（どこ）かしらに矢が突き立っただろう。

だが、そうはならなかったのだ。

「ん……？」

呟（つぶや）き一つで障壁を張ってやろうと思った所、その遥（はる）か手前で矢が静止した。魔法を〝視（み）る〟ことにおいて特別製の目が不可視の筈の手を捉えていた。本来、ちょっとした物を取るくらいにしか使えない術式が、あろうことか矢を捕らえていたのである。

「へぇ……」

「どしたの、おししょ」

思わず感心して呟いてしまった。確かに魔法は使い様、それこそ有り触れた〈清掃〉の術式でさえ、戦闘用に改装すれば〝敵の皮膚を全部剝く〟エグい仕様になる。簡単な魔法故に抵抗されやすいという弱点はあれ、そこは大量の魔力でカバーできる。そんなえげつない戦い方をする戦闘魔導師が彼女の知り合いにも一人いた。

「なんでもないわよ」

まぁ、やろうと思えば包丁はおろか鼻紙でさえ人は殺せる。広い拡張性を持つ魔法なら尚のこと。あの丁稚(でっち)は想像以上に戦闘向きの脳味噌をしていたということだろう。いやはや、一人で居る時は虚空を見つめてブツブツやっていると思ったら、こんな魔法を練っていたとは。少し評価を改める必要がありそうだ。

中々どうして魔導師(マギア)向きの頭をしているではないか。多角的にものを見て、単一の、ないしは設定された用途以外の使い道を思いつくのは魔導師(マギア)として成功するための必須能力の一つである。

将来的には丁稚じゃなくて近侍にもできるかもしれないなと思いつつ、彼女は丁稚の戦いを見守ることにした。助け船を出そうかと思ったのだが、何故(なぜ)か本人がやる気満々なのだから仕方有るまい。

それに本にも書いてあった。子供がやる気を出しているなら、それを邪魔するべきではないと。子供の好奇心とやる気をなくさせ、将来の芽を摘むばかりだというなら、先達のアドバイスに従っておくとしよう。

結果、丁稚は美事な仕事をしてみせた。駆け出し冒険者の一党であれば半壊しかねず、最悪全滅もあり得る敵勢をたった一人で斬り伏せたのだから。

ただ疑問が一つ。彼はどうして魔物を斬り捨てなかったのか？

あれがただの野盗なら分かる話。生きている方が小遣い稼ぎにしても利率がいいため、昏睡させて引き摺っていく手伝いくらいはしてやってもよかった。

しかし、魔物なんて生かしたところでなんにもなるまいに。

不思議なことを前にすると、どうにも落ち着かない。スープを飲み終えて昼食も一段落した。

「エリザ、ちょっと大人しくしてなさいな」

「ふぇ？」

丁稚に真意を問いただすべく、魔導師は空間を切り裂いた…………。

【Tips】戦闘魔導師。魔導師の中でも戦闘に特化し、魔法によって戦う事を生業とする者達。特に大規模な軍勢を集めずとも戦力単位として非常に強力なため、何処の領でも重宝される。単に戦闘用の魔法が使えるだけで、戦闘魔導師を名乗ると恥を掻く。何せ彼等は単身にて戦列を吹き飛ばすことなど、当たり前のようにやってのける戦術単位の存在にして、存在することによって敵を威圧する戦略単位の存在でもあるのだから。

魔物、という存在を初めて聞いたと言うと、アグリッピナ氏は「え、魔導師(マギア)のことといい、田舎ってほんとそんなかんじ……？」と本気で驚いていた。

そして、かいつまんで説明してくれたのだが、魔物とは〝魔素〟が高まりすぎた魔種が成り果てた姿らしい。

魔素とは、あの隠(なばり)の月と同じく厳密にどのような物かは分かっていない。だが、魔力に含まれており、その濃度が高まりすぎると〝気が触れる〟ために魔素と呼ばれ、畏れられているのである。

ただし、我々ヒト種(メンシュ)や亜人種には魔素が蓄積しないという。魔素が蓄積する器官を持たず、魔力の放出に合わせて魔素も排出されるためだ。何だかこういうと腎臓と尿みたいで微妙な気分になるな……。

対して魔種は、その魔素を蓄える器官を持つからこそ魔種と呼ばれ、人類の中でも優れた身体能力と魔法的素養を持つ。たしかに尋常の進化を遂げれば、合金の骨格や金属質な皮膚、子供のような矮軀(わいく)で成人男性に負けぬ膂力を生む筋力なんぞは身につくまい。

そして魔素が高まれば高まるほど、魔種は強さを増していく。より大きく、より強靭(きょうじん)に、より力強く。力を求めて魔素を高め続ければ、いずれ臨界に辿り着く。

その臨界が訪れた姿が、私が先ほど打倒し、半生半死で悶えている野盗……否、魔物達である。

「魔素は過度な魔法を使ったり、霊的に汚れた地に留まったり、強力な魔法の残滓に触れ続けることで蓄積するわ。ま、普通にしとけばそうそう臨界しないし、死ぬまで魔種のまってのが殆どなんだけどね」

それを迂遠に表現し、田舎では〝狂する〟と呼ぶのだろう。そうすれば、打ち倒したとしても、せめて人間として弔うことができるから。

魔素の蓄積による魔物化は不可逆であり、一度変貌すれば戻る術はない。理性ではなく倫理観が揮発し、ただ魔物以外を襲い、喰い、増えるだけの怪物に成り果てる。それ故、三重帝国以外では魔種というだけで迫害、あるいは人間と認められない地もあるらしい。酷い話だ。酷い……なんと酷い。

「ま、楽にしてやんなさいよ。このままにしたって害しかないし、だからって無駄に苦しませる必要ないでしょ」

言われて、苦しみながら殺意溢れる目でこちらを見やる魔物を見下ろした。歯を剥き、失血で体力を失っているのにも拘わらず、這いずってまで殺そうとしてくる様は正しく正気ではなかった。

ここで甘ちゃんな主人公なら、悩むのだろう。本当に殺すのが良いのか、それしかないのかと。

だが、私は悩まず、手近な巨鬼の延髄へ刃を潜り込ませた。

何故なら、これを生かして得をする者が誰もいないからだ。私も、アグリッピナ氏も、周囲の荘民も……ましてや死に損なっている当人も。

アグリッピナ氏は面倒くさがりで度し難い畜生行為を一切の躊躇いなくやる御仁だが、学問や知識において嘘は吐かないお人だというのは短い付き合いでもよくわかる。そして、魔導院で学んだということは、この世界できちんと研究され臨床結果のある知識として魔物化は不可逆の現象であるのだろう。

なら、魔導の道に踏み込んだとも言えない私が無茶苦茶言ってなんになる？

それで彼等が救われるならいいだろう。だが違う、救えないのだ。魔物として狂してしまった彼等に私は何もできない。そして、このまま野放しにして誰かを傷つけるのは悪手中の悪手だ。

できることをしなかったことによって、他人に損害を与えるのは最も下劣な行為だと私は考える。力が足りなかったならよかろう、不測の事態なら致し方なし、だが分かってて見過ごすのは許しがたい。罪悪感を覚えるのが嫌だから、自分で決着をつけずに立ち去るのは臆病云々の問題ですらない。

いつか魔物化が治療できるようになるかもしれないから……なんて力なき偽善で傷つけられて、誰が納得するというのか。

ゆえに私は淡々と為すべきを為した。ああ、為すべきだと思ったことを為した、という方が正しいのかもしれないな。世界に絶対はないのだし。何時か誰かが、魔物化を防ぎ、治癒する方法を見つけ出すかもしれない。

だが、それは今ではないし、私の手にその術はない。なら、被害を少なくする最善を為すだけだった。

「お美事お美事、若いから躊躇うかと思ったけど、やっぱ賢いわね」

「……お褒めにあずかり恐悦至極」

この人はどうしてこうも鮮やかに人を煽るかな。そも本人に煽ってる気があるのかないのかも怪しいが。前者だったら普通に腹立たしいし、後者ならより始末が悪い。

「じゃ、収穫タイムね」

ぱちん、と軽やかに指が弾かれ、音の心地よさとは真逆に凄惨な光景が生み出された。

撓れていた魔物達の腸が弾けたのである。

「ぎあぁぁぁぁ!?」

さしもの私もこれには叫んだ。だって考えても見て欲しい、自分が介錯した連中の腹が突然裂けて、不気味な腸をさらけ出したんだぞ。それも六体一斉に。

べぎべぎと耳と脳味噌によくない音を立てて胸骨と肋骨が強引に開かれ、心臓が露わになる。そして、その脇で輝く不吉な闇色をした結晶も諸共に。

「う、うぇ……な、何するんですかいきなり」

これはキツイ、農家の倅としてボチボチのグロ耐性があったとしてもキツイ。何なんだ、ほんといきなりは勘弁してくれ……。

「これよこれ……魔種は心臓の傍らに魔素をため込む器官を持つの」

筋を断つ気持ち悪い音を立てて、六個の石が虚空に浮かんで飛んできた。くるくると幻想的に回転させてはいるものの、それがさっきまで心臓にくっついていたと思うと気味悪さしか感じないから止めていただきたい。

「私達は魔晶と呼んでるわ。色々便利なのよ」

「便利というと……？」

「魔法を原動力とする道具の材料になるから」

鋳溶かされる金属に混ぜれば魔力の馴染みが良くなり、宝石と合わせれば焦点具としての質を高め、魔力を蓄える性質を利用してバッテリーとしても使える。様々な用途に用いられることもあって、魔晶は高値で取引されるらしい。

……なんとなく別の国で魔種が迫害される合理的理由を察することができた。便利すぎるから、殺しても良い相手、ということにして資源の一つにしたかったのだろう。

「このサイズなら……ん……一個五リブラって所かしら」

「五リブラ!?」

ってことは、これだけで三〇リブラ……？　銀貨三〇枚……？　え？　マ……？

いや、滅茶苦茶美味しくないかそれ。確かに魔物とかいっても決して雑魚とはいえないし、普通に殺しに来るからおっかないけど、それにしても五リブラ!?　普通に野盗を生け捕りにするより利率がいいってなんだ!?

「あ、言っとくけど流通価格よ？　私達が商売人から買う値段。売値だとしたら二掛けから一掛けってところじゃないかしら」

上がっていたテンションに一瞬で冷や水をぶっかけられた。

ああ、うん、ですよね。そんだけ儲かるなら、そりゃみんな冒険者やりますよね。割の悪い仕事って馬鹿にされたりしませんわね……。

二掛けから一掛けってことは一リブラから五〇アスの間で、それを更に頭割りと。うーん、日雇い労働とどっこいか少しマシって所か……？　いや、一体だけで現れるってことは無さそうだし、だとしても……。

実に悩ましく生臭い計算をして、やっぱり割に合わないなと実感した。単純に命の値段と天秤にかければ、どこまでも微妙な価格であった。ロマンか使命感がなきゃやってられんぞ、そんな仕事。

「それに傷ついたら価値は落ちるし、中にはコレが予備の中枢として機能してるのか、頭叩きおとしても動き続けるヤツもいるから、どうしても壊さなきゃいけないこともあるから」

「ええ……」

ちょっと強いられ過ぎてないか、色んな意味で。強力な魔物からは上質な魔晶が採れるが、それを採ろうと思えば魔晶を傷つける必要があって、かといって魔晶を傷つけないようにすると魔物が倒せないわけで。

実に酷い。誰だバランス考えたヤツ、ちょっと出てこい。

世の理不尽さに嘆いていると、魔晶を職人のような目で観察していたアグリッピナ氏は唐突に切り出した。

「まぁ、私にくれるなら五掛けで買ってあげるけど」

「えっ!?」

今何と仰った？　五掛け？　五〇%？

「トータルで一五リブラ!?」

「え、ええ、そうよ……計算速いわね」

買い手が相場の五割得すると言えば暴利に感じるが、私は商人に売り払うのに比べて二・五倍も得をする。下手するともっとだ。どっちも得しかしない実に有り難い提案ではないか！

私は一も二もなく食いついた。エリザの学費のためなら、何だってやってやろうではないか。

それに、この速度で稼げたら実に美味しい。上手く行けば何年も拘束されることなく、エリザの学費と諸経費を賄いきれるかもしれない。よし、俄然やる気が湧いて……。

「じゃ、いってらっしゃい」

「……はい？」

唐突な見送りの言葉に、私は呆然と口を開いた…………。


【Tips】魔晶。魔種の体内に存在する魔素を蓄積する器官。通常の物理法則下では生存できないような異形を強引に成立させ、存在するだけで世界を書き換えるための第二の脳であるとする理論が現在の三重帝国においては主流。

優れた魔導素材であり珍重されるが、地域によっては倫理性によって忌避されることもある。


さて、唐突な行ってらっしゃいから半刻足らず。私はさっきの林に分け入り、一軒の館の前に立っていた。

曰く、魔物は当て所なく徘徊するものではなく、魔素が溜まりやすい場所へ無意識に惹き付けられ、そこで徒党を組むという。

それは人知れず口を開けた洞窟だったり、放棄されて朽ち逝く山城であったり……凄惨な事件により住民が絶え、人知れず見捨てられた洋館であったり様々だ。

「うわぁ……本当にあったよ」

今、私は完全武装状態で正門から館に臨んでいる。二階建ての館は古びて朽ちつつあり、荘厳ながら終わってしまった寂寥感を漂わせ、立地もあって昼間なのに酷く薄暗くうらびれた雰囲気を纏っていた。

街道から外れた林の中の邸宅。その背後に穏やかな湖を望む立地からして、都会の喧噪(けんそう)から逃れるため建てられた保養の館であろうか。

ここにやって来たのは完全にマスターの差し金である。

というのも、並々ならぬ金儲けへの熱情があるのなら、折角だしもう一稼ぎして来なさいと送り出されたのだ。

六体もの魔物が現れたのなら、必ず近くに魔素が濃い場所があるだろうと。

そして、多分あっち、と指さす方へ律儀にやって来てみれば、ご覧の通りだ。

……高価だから悩んでいたが、私も取ろうかな〈魔力探知〉系統のスキル。戦闘の時も持ってて損しないだろうし、直感的に分かるようなのもいいな。幸いにも人攫(ひとさら)いと戦って手に入った膨大な熟練度には、まだまだ余裕があることだし。

さて、楽しい楽しい現実逃避はこの辺にして現実を見ようか。無理矢理行かされたのではなく、自分で行くかと決めたのだから。

全てはエリザと私の将来のため。並であれば人生を費やしてやっとという額を稼ぐのであれば、並ではないことをする覚悟が要る。

それにだ。あんな様になって彷徨(さまよ)っている者達(たち)がいるとなれば、楽にしてやりたいと思うのが人情だろう。魔種から魔物に転んだ人間の感情や思考など読めないが、全てが殺意と暴威に傾いた有様をみていれば、とてもではないが穏やかで満ち足りているとは思えなかったから。

愛剣を抜き、気合いを入れて館の領域に脚を踏み入れようとした所で〈気配探知〉に反応があった。

……誰かに見られている。

視線の正体は腰元にあった。剣を吊った帯革に同じく吊したポーチの中からだ。

嫌な予感がした。というのも、そのポーチは私が夜闇の妖精を名乗る少女から渡された、あの薔薇が突っ込んである所なのだ。

黒い薔薇は実に不思議な薔薇だった。枯れることもなくば萎れることもないのは当たり前。摘まんでみても花弁が散ることはなく、ましてや解体を試みてもビクともしない。あまつさえ、不気味に思って旅籠の机において行ったら、いつの間にかポーチの中に戻ってきたのだ。

呪いの人形かお前は！　と憤ってみても、どうやら一度結んだ縁はどうあっても消せないらしい。

そんな花から目線が飛んできて、良い予感はするまいて。こんなお化け屋敷丸出しの、ゾンビ相手に意味不明な仕掛けに頭を捻りつつ右往左往させられそうな館を前にすれば尚のこと。

しかしフラグから目を背けても良いことはないと思ったので、私は仕方なしに薔薇の花を取り出した。以前見た時より開きが弱くなり、蕾のように花弁を閉ざしつつあるが瑞々しさは健在だ。

さて、一体何が始まるのか身構えていると……薔薇の花が綻んだ。

縮んでいた花びらが背を伸ばし、掌（てのひら）の中で目覚めに伸びをするように開いていく。

そして、その中央には小さな小さな少女がいた。

月夜の晩に出会った少女が。

「はぁい、愛（いと）しの君。お困り？」

「……何？　もしかしてずっと居た？」

親指ほどに縮んだ妖精（アールヴ）の少女は大きく背を反らし、微（かす）かな陽光にも目を細めてまぶしそうにしていた。

「いいえ？　必要になるまで待ってたのよ」

「必要になるまでって……」

言って、彼女は大きな羽を伸ばして飛び上がった。あの晩は髪に隠れて見えていなかったのだが、背中にオオミズアオを想起させる白くて淡く光る羽が備わっていたのだ。

「こんな暗い所、ヒト種（メンシュ）じゃ色々困るでしょ？」

「だから、助けてあげようと思ってね」

軽やかに飛び上がった彼女は、あの〝見えているのに認識しづらい〟独特の移動をし、私の顔に接近すると瞼（まぶた）に口づけを落としていった。

するとどうだ、〈猫の目〉の暗視補正を以（もっ）てしても薄暗く感じていた林の中が、平原と見まごう明るさに感じられるではないか。陰になって見えなかった窓の奥から、木立のせいで陰になったところまでハッキリ見通せる。

「これは……」

「わたくしは夜を飛ぶ妖精(アールヴ)よ。夜の闇こそ心地好(よ)いの。だから、わたくしの感覚を少し貸してあげただけ」

目の前でホバリングする妖精(アールヴ)は微笑(ほほえ)み、貴方(あなた)に傷ついて欲しくないものと言う。

……それはアレだろうか。自分が殺すまで死ぬなよ的な発言なのだろうか。

「それに、可哀想(かわいそう)な同胞の手助けもしなきゃね」

「可哀想な同胞？」

「そ。でも、詳しくは終わってからのお楽しみ」

上手にできたらご褒美をあげるわ。くすくすと笑いながら彼女は溶けるように姿を消し、咲き誇っていた薔薇は静かに蕾へと戻っていった。

うーん……これはクエストを受けた、ととっていいのだろうか。自分を拉致しようとした相手からの依頼となると、後が怖い。〝騙(だま)して悪いが〟案件な気がしてしょうがない。

とはいえ、マスターから行ってこいといわれ、一箇所に行くだけで二つクエストを消化できる美味しい状態でもあるし。

「ええい、ままよ、なるようになれ！」

どのみち悩んでいられる状況でもないと思い至り、私は開き直って館に忍び込むことにした………。

【Tips】妖精は悪戯をするだけではなく、祝福を授ける存在でもある。問題はその祝福は好む好まざるに限らず一方的に与えられるものであり、性質が負に向いた時があまりに恐ろしすぎることであろう。

最早この館が何時、誰によって建てられたかも忘れ去れるほどの時間が過ぎた。

そして、今やこの館の主となった者達にとって、それはどうでもいいことである。毛足が長い絨毯も、目を楽しませる彫刻も、穏やかな時間を過ごす東屋も彼らには何の用もないものだから。

一体の小鬼がぶらぶらと廊下をゆく。魔物としての本能に従い、ただ何をするでもなく自分たちの領域を巡回しているだけだ。

魔種から転んだ魔物は、本当に特異な存在である。

人間として持っていた時の個我と倫理観は揮発し、ただ持っていた知性と技能だけを頼りに殺戮に興じる。その上、眠ることも餓えて死ぬこともなくなり、生物としての〝正しい〟欲求さえ喪って、ただ暴れることを望むようになるなど性質の悪い冗談のようであった。

たしかに彼等は喰らえるなら喰らうが、それさえも惰性で本来は必要のない行動。ただただ暴威として悪辣にならんとする行動、あまりにも理不尽な特異さはこの世の物とは思えない。何処にも生き物としての〝理〟が見いだせないのだ。

どこからともなく移動する性質から、魔物は隠の月から捨てられてきたこの世の淀みだと唱える魔導師が現れるのにも、どこか理解がいってしまうほどであった。

この館と同じく、由縁を忘れられ、自分も欠片さえ覚えていない小鬼は何時もの習性に従って台所へと侵入した。かつては家人と使用人の胃を満たしていた場は、かび臭く腐臭の残り香に満ちている。傍らには不用意に踏み込み、食い散らかされた獣の食い残しが積み上げられていた。

ぐるりと回り、いつもと変わらぬと認めると小鬼は廊下に戻ろうと背を向けた。この後、暫く扉の前でぼーっとしてから、別の部屋を巡回しに行くのだ。

渦を巻く泥のような本能に従おうとし、されども彼の脚は動かない。不思議に思って首を下げようとすると、壊れた窓から差し込む光を反射して、銀色に光る物がつま先より先に視界に入った。

これは一体何だろう？　そう考える間もなく、小鬼の体から力は失せて膝が地に落ち、壊れた本能から解放された…………。


【Tips】魔物になったからといって、人類種だった時のスペックから大きく逸脱することはない。逆を返せば敵を殺すための〝知恵〟が衰えることもない。

隠密からの奇襲は何時だって強い。問題は使い処が少ないだけで。戦闘中に隠密状態に入るくらいなら、往々にして黙って殴った方が早いからな。

私はたった今刺殺した小鬼の亡骸を部屋の片隅に転がして、気付かれた様子が無いか耳を澄ませて慎重に窺った。

……よし。

出だしは上々と言ったところか。勝手口からお邪魔して、巡回している小鬼に〈見えざる手〉で浮かした短刀を使ってバックスタブをかます試みは上手くいった。

我ながら便利な魔法だと思う。触覚があるおかげで手探りの探索にも使えるし、視界の中なら〝物を持って伸ばす〟こともできるので、こんな具合に遠隔バックスタブもできるのだから。

ただ、一芸特化は素晴らしいが、魔法でこればっかり伸ばすと効かなかった時が怖いから悩ましい。シンプルな魔法だから別の魔法で抵抗されやすいし、何だったら物理的に干渉できる力場というのもあって、手で引き剝がされることもあるしな。

それを踏まえての強いビルド、というのを練るべきであろうか。

なにはともあれ、今は廃墟探索だ。冒険者の王道にして誰しもが一度はやるクエストを果たしてみよう。

大きな厨房は完全に荒れていて、これといって見るべきものはなかった。いくら冒険者でも錆びた包丁だの底が抜けた鍋だの、錆の固まりになった寸胴なんぞは持ってったってしょうがないからな。屑鉄（くずてつ）として売れば幾らかにはなるけれど、手間に見合うとは思えないので放置しよう。

　魔晶を取り出すのは後回しにして、扉が外れて壊れた廊下側の入り口に向かう。こういう時、鏡があれば便利だから一つほしいな。

　そっと覗（のぞ）き込めば、夜闇の妖精（スヴァルトアールヴ）が与えてくれた祝福のおかげで昼間のようにはっきり見える廊下には誰もいなかった。

　ここは位置的に館の東側。中央棟の両翼に延びる東棟で、キッチンがあるということは使用人向けの区画だろう。お約束を守るのであれば、主人の寝室か書斎あたりに重要なアイテムかボスが居座っているはずだが……。

　今回の目的は根切りである。この辺りを通る者が被害を受けぬよう、魔物を掃討しなければならない。襲われたのが私じゃなかったら、普通に死人が出ていたからな。

　腰を屈（かが）め、そろりそろりと気配を殺して歩く。〈気配遮断〉と〈忍び足〉や〈隠密〉を幼き頃の隠れ鬼ごっこで磨いた私を甘く見てはいかん。うん「うわっ、大人げねぇ!?」と罵倒されると「ぐぅ」の音もでないが、役に立ってるからいいんだ。

　なにより、あの場にはこんだけ〝盛って〟も普通に負かしてくる規格外もいたのだから。

　また、鎧（よろい）が隠密を妨げることもなかった。可動部の縁に柔らかな素材を挟むことで、移動時に音がしないようスミス親方が工夫してくれているからだ。冒険者相手に商売してたと言ってたし、静かに動けるようにしてくれと言う注文が沢山あったのだろう。こういう細かい所まで注文しないでも作ってくれるのは、本当に名工の仕事だと感嘆させられる。

しかし……これじゃまるっきりアサシンだな私。

自分の職業に疑問を抱きつつ――そもそも存在がキメラクラスであることに目を背け――東棟の探索を進め、五つの遺体を積み上げた。

まぁね、ダンジョンだからね、大騒ぎしたら捕り物が始まって連戦だろう？　鍛えているとはいえ、何十体から同時に襲われて対処できるほど体力はないし、範囲でぶっ飛ばせる技もないので堅実に行くしかないのだ。地味な絵面と言われようが知るか。別に放映されている訳でもなし、ぼかんぼかんと吹っ飛ばす必要はあるまいて。

距離が近ければ〝手〟で口を塞いで自分でバックスタブ。遠ければ〝手〟で絞殺し、騒がれることなく五体の小鬼（ゴブリン）を始末した。

しかし小鬼（ゴブリン）ばっかりだな。ファンタジーの雑魚ＭＯＢといえば小鬼（ゴブリン）だが、これほど数が多い理由は繁殖力が高いからか？　とはいえ、一家族丸々が魔物化なんて然（そ）う然（そ）うありえまいし、一体どこから供給されているのやら。

疑問を覚えれど要素が足りず答えが出ないので、家捜しがてら亡骸を一箇所に集める。核戦争で滅んだアメリカとか、天国の外側じゃあるまいから死んだ味方を見て警戒しない筈（はず）がなかろうし、後で魔晶を集めるなら一箇所にまとめておかねば。

因（ちな）みに大した戦利品はなかった。特に武装もしていないし、襤褸（ぼろ）切れみたいな服を剝いだところで使い処などなく、あっても錆びた短剣や折れ曲がった剣程度なので幾らにもなるまい。

また、放棄された各部屋も朽ちた家具や捨てられたボロ着くらいしか見当たらなかった。おそらく住民が一夜にして消えた系の現場ではなく、きちんと荷物を引き上げていったのだろう。

うーん、コンシューマゲームみたいに現金を落としてくれると嬉しいのだが、流石にそれは高望みか……。

意味深な手記やダイイングメッセージの類いなどに出くわすこともなく、私は中央棟を後回しにして西館にひっそりと忍び込んで行く。ダンジョンハックは端っこから順番に片付けて、最後にボス部屋を探る性質なのだ。

立地的に中央棟は迎賓室や客間、あとは晩餐室なんぞがあるらしく、大物が構えているならきっとその辺だろうと踏んだのである。

そういえば、昔一回やったな。ダンジョンハック好きのGMに対して、全員が隠密技能持ちのビルドで忍び込み、ハック&スラッシュというよりも江戸の急ぎ働きの如く寝ている所を皆殺しにしたセッションが。

ボスの口上の途中で攻撃するのは二流の仕事。一流のマンチは口上すら述べさせず殺す。夜討ち+煙幕+バックスタブ×六には流石のボスでも耐えかねて一撃轟沈と相成った。

次回以降、そのGMが矢鱈と眠らないゴーレム系のエネミーを多用するようになったのは良い思い出である。

西棟は主家族の居住スペースだったようだ。朽ちつつも少し見栄えの良い部屋には、金をかけていた形跡があり、どの部屋にも劣化してペラペラになっているがかつては長い毛足で上等だったと思われるカーペットも敷かれている。この世界、敷物は一財産なので金のある家だったのだろう。

まぁ、今居住している魔物は何の興味も惹かれなかったようだが。

今度は初めて見る魔物を廊下で見つけた。犬鬼と呼ばれる、直立する犬科動物のような外見をした魔種だ。顔付きによってコヴォルド種族とノール種族に分類されると本にはあったが、挿絵の質がちょっとアレだったので……どっちかは分からない。

だが、体高一九〇㎝近い大柄の怪物、といえば恐ろしさは十分に伝わるだろう。ヒト種の巨大さで獣の身体能力まで持たれたら、柔らかいヒト種としてはたまったものではない。絶対に格闘戦はしたくないな。

観察していると、ぐるりと犬めいた造詣の頭が此方を向いた。黒くて湿った鼻がぴすぴすと蠢いている……あ、やばい。〝獣の嗅覚〟に引っかかったか⁉

私は咄嗟に魔法を発動させ、家捜しの中で見つけたロープを宙に舞わせる。比較的劣化していないそれは、私の〝手〟で引っ張っても千切れないくらいの頑強性はある。

そして、ロープは意志を持つ蛇の如く犬鬼へ襲いかかり、その首に巻き付いた。

犬鬼の首は直立する犬科動物のシルエットを持つが故、かなり太く筋肉質だ。いくら〈揺るぎなき豪腕〉を用いても、子供の膂力の数倍程度では絞殺しきれないと思ったため、道具を使うことにしたのだ。

荒縄は軋むような音を立て、万力の力で喉を締め上げる。肉に食い込んだロープには指が食い込みづらく、鋭い爪も先に首の肉を掠めるばかりでロープには届かない。

十数秒の絞首の後、犬鬼は白目を剝いて全身を脱力させた。

「ふぅ……」

これで一安心だ。ロープを引っ張って巨体を――滅茶苦茶重いなコレ――引き寄せて片隅に隠す。その時に軽く体を触ってみたが、実に優れた筋肉で首が装甲されている上、鬣状に硬い毛が生えていることが分かる。毛皮というのは存外馬鹿にできない防具で、刃は滑って断ちづらく、鈍器の衝撃を流すにも十分なしなやかさを持ち、同種の牙から首を守る役割を持つという。

これだけふわふわに生えてると、多分手じゃ上手く絞められなかっただろう。危ない危ない……吠えて仲間を呼ばれたらえらいことだったな。やはり敵をきちんと観察するのは重要だ。多分イケるやろ！　と経験点をケチって魔物判定無しでダンジョンに挑み全滅した経験が活きた。

部屋が狭いからか、はたまた数の問題か恐れていた〝ツーマンセル〟に出くわすことなく、西棟の制圧にも成功した。実に盛り上がりに欠けるが、安全第一、蘇生ができない以上は〝いのちだいじに〟だ。私は今後も頑張って、エリザの学費を稼ぎ、その後はマルギットと冒険者をやるのだから死んでいる暇など何処にもない。

まっこと残念な事に此方の棟にも金目のモノは殆ど残っていなかったが、一つ違和感があった。というのも、主の書斎らしき空の本棚が並ぶ部屋と、隣の主寝室で微妙に大きさが合わない気がするのだ。

廊下側から推察できる部屋の大きさと、二つの部屋の体感に微妙なズレがある。多分、ワンルームくらいの隙間があるような……。

書斎に入って寝室側の壁に聳える本棚を叩けば、向こう側に空間が広がっているような音が返ってきた。

おお、これはお約束中のお約束……隠し部屋じゃないか！

テンションを上げながら本棚を押せば、奥にずっとずれていく。見れば足下にレールが敷かれており、奥側へ無理なく押し込める仕組みだ。長らく放置されたせいで油が切れ、動作がぎこちなくなっているが強く押せばなんとか動かせるな。

そして、一番奥まで押し込むと、そこには隠し部屋が広がっていた。

窓の無い空間には酷い臭いが立ち込めている。埃と薬品が混じり合う何とも言えない饐えた臭いが漂うそこは、研究室であろうか。

本棚には湿気て駄目になった本が何冊も取り残され、文机の上には腐ってボロボロになった羊皮紙の束もある。

そして、実験テーブルらしき机の上に置いてあるのは、小型のるつぼや蒸留器のような機材群。精巧なガラスの部品が多々混じるそれは、木製部分は駄目になっていたが金属部分は腐食しないで十分に実用に耐えうるように見える。

これは一体なんだろうか……錬金術師の部屋という風情だが、こんな隠し部屋まで用意して主人は一体何を研究していたのか。

薬棚から薬瓶を取り上げて観察してみるけれど、経年劣化により掠れたラベルから何の薬かは読み取れない。しかし、緑色で不気味にケミカルな風情の薬品は、ぱっと見て普通ではない。魔力の残滓も感じられるし、何らかの魔法薬だと思われる。

……ちょっと空気が不穏になってきた。

そう、この館に魔物が集まってきたのは偶々ではなく……なるべくしてなったのでは？

といういやーな臭いが漂ってきた。

勘弁して欲しいよな、こんな機材群、普通の貴族なら全く必要ないだろうから。

とりあえず金になりそうなのは確かだから、後で貰って帰ろう。繊細そうだから運び出すのに苦労しそうだが。

機材を品定めしていると、その傍らに吊られている籠がふと目に入った。複雑な紋様が彫金され、細かな格子で編まれたそれは小さな虫を捕まえておくものに見えるが、中に何かが転がっていた。

掌大の乙女だ。

若草色のチューブトップワンピースを纏い、薄い蟲翅を生やした姿は正しく妖精のそれ。

私にクエストを頼んだ夜闇の妖精よりもじつに〝らしい〟姿をした彼女は、体を丸めて無垢(く)に眠り続けていた。

可哀想(かわいそう)な同胞、とは彼女のことだったのか。

そう思っていると、不意にポーチが蠢いた気がした。みれば、掌大の大きさに膨らんだ夜闇の妖精(スヴァルトアールヴ)が這(は)い出そうとしているではないか。

苦しそうにしていたのでポーチを開けて解放してやると、彼女は私の掌に収まってほんわり微笑(ほほえ)んでくれた。

「ありがと、愛(いと)しの君。気が利くわね」

「どういたしまして。ところで、この子が君の言っていた……」

「ええ、そうよ。この子は風の妖精(シルフィード)、この館に研究材料として捕らわれていた、可哀想な同胞の一人」

彼女は掌の上で、訥々(とつとつ)とこの館と捕らわれた妖精(アールヴ)の来歴を語り始めた。

なんでも、この家は数十年前までちょっとした有力者の別荘だったらしく、一門の夫婦が住んでいたらしい。幸せな若い夫婦はやがて子を授かり、この世で最大の幸福を謳歌(おうか)した。

だが、運が悪かったのか妻は産褥(さんじょく)にて没してしまう。夫は生き残った娘を溺愛し、全てを与えるように生きてきたが、ある日娘が〝宙に浮かぶ〟ようになったり〝見えない誰か〟と会話するようになったという。

その娘は半妖精だったのだ。

その事実に耐えきれず、夫は狂ってしまったという。妻は出産で死に、命をかけて産んだ娘は純粋な〝自分達の子供〟ではなかったという事実、そして〝半妖精のせいで妻は死んだのでは？〟という疑念が彼の正気にトドメを差したのだろう。

怒りに狂った彼は娘を座敷牢に監禁し、取り替えられた娘を取り戻すために研究を始めた。書物を集め、魔導師を招聘し、様々な手段を模索した結果、研究に用いるため高額な形無き物でさえ閉じ込める籠まで手に入れるに至った。

半妖精の生まれる原理からして、そもそもの娘など存在しなかったというのに。

だが、そこで限界が来たようだ。

予算が尽き、一門からも呆れ果てられ、賃金が払われなくなった為に使用人は引き上げていった。そして如何に一族といえど面倒を見切れなくなる所業、蕩尽といって余りある資産の浪費に夫も遂には〝処断〟されてしまった。

捕らえた妖精を研究室に残したままで。

夫の始末は一門がつけ、家財の整理もして〝忌まわしい館だ〟としてここも放棄されてしまったが、秘密裏に造られた研究室にまでは気付けなくとも仕方がなかろう。ここに捕らえられた妖精は、本当に不運だったと言うべきか。

それにしても身につまされる話だな。ちょっと胃が痛くなってきたぞ。家のエリザがこうならなくて本当に良かった。

「じゃあ、この子を解放してあげて」

「分かった。錠は……これか」

ちっぽけな錠だった。子供の宝箱に使うような錠は、しかして身体的には見るからに非力な妖精（アールヴ）相手には十分だったのだろう。短刀を機構に潜り込ませて軽くひねるだけで、永く妖精（アールヴ）を縛り付けていた頸木（くびき）はあっさりと壊れた。

「ありがと、流石ね愛しの君」

軽やかに舞い、彼女は籠の戸を開くと中に入り込み、眠りこける妖精（アールヴ）を揺り起こしにかかった。

「ちょっと、ほら、起きて起きて」

「んあ……ねむいよぉ……」

「いくら風が入り込まない所で弱ってるからってボケないで！　ほら、起きなさいって」

「んにぃ……だれぇ……？」

起きる起きないのコントみたいなやりとりをしている二人を見ていると、何だかさっきまで妙に神妙な感じになってしまった気が萎えるのを感じた。もっとこう、何十年単位で監禁されてたらこう……こう……！

「あー……おはよぉ」

「おはよう、じゃないわよ貴方（あなた）。もしかしてずっと寝てたの？」

「そだよぉ……逃げようにも逃げられないから、しかたないから寝てたぁ……」

あたし、寝るの大好きだしぃ、と温（ぬる）んだ春風を擬人化したような妖精（アールヴ）は気の抜ける朗らかな笑みを形作った。なんかこの、必死に助けたのに別に助けなくとも幸せだった、みたいなノリを出されると辛いのだが。

「あー、かわいいこだぁ」

きゃんきゃん説教する夜闇の妖精を無視して、風の妖精はするっと檻から飛び出て――長い間閉じ込められていたのに、何の感慨もないのか君は――私の頭に飛び乗ってくる。

呆れて脱力していたせいで、反応が遅れてしまった。

「きんぱつぅ、ふわふわぁ、いいにおーい」

「ちょっと、ずる!?　まだわたくしもしてないのに!?」

探索の時は視界が開けていたほうがいいから兜を脱いでいたのだが、人の髪の上で取り込みたての布団にじゃれつくみたいな挙動をしないでほしい。ちょっ、いたっ、痛いって!?　頭の上で取っ組み合いをするのは止めろ!!

もみ合いが終わるまでに抜けた毛の本数を考えると、酷く気が重かった………。


【Tips】生ける現象である妖精や精霊にとって、時間という概念は非常に曖昧な物であり、何年前と時間の流れを思い出せるのは上位の個体のみである。それ故、妖精の領域から帰ってきた客人が、数百年の時の流れに置いて行かれることがあるのだ。

昔好きだったアニメの主人公が、よく両のこめかみを拳でぐりぐりされる〝うめぼし〟

という仕置きを受けていたが、よもや現実で目にすることになろうとは思わなかった。

しかも、可愛(かわい)らしいフィギュアサイズの妖精(アールヴ)二人で。

「ふぁぁ、いたいよぉ……」

「お礼も言わないで遊ぶからでしょう！」

「だってぇ、可愛かったんだもん……」

涙目でぶーたれる風の妖精(シルフィード)に夜闇の妖精(スヴァルトアールヴ)は泣いても許さないとばかりに強い目線を送り、奥に引っ込ませた。

「んっ……んん、あらためてお礼を言わせてちょうだい、愛しの君」

「ああ、うん……」

姿勢を正してそれっぽく言われても、脳からさっきの光景は消えないから、どうにもしまらないなぁ。

「さ、約束通りにご褒美をあげるわ。わたくしが提示できるものはふたーつ」

言って、彼女は指をぴっと二つ立てた。そして、人差し指だけを改めて立てながら、唄(うた)うように提案してきた。こうしてみると、あの夜の時と同じ威厳があるのだから不思議である。先のギャグ空間を相殺し切れていない所が実に残念だが。

「一つは、その妖精(アールヴ)の目を貴方にあげる。暗い所でもしっかり見えて、魔力の本質を見られる不思議な目」

「魔力の本質？」

　なるほど、今は単なる暗視の加護を貰っているだけではなく、一時的に夜闇の妖精（スヴァルトアールヴ）の目を借りているということか。暗い所でもよく見えるはずだ。〈猫の目〉の完全上位互換どころか、この言い草からして完全な暗闇では機能しない〈暗視〉さえも上回り、一分の光も通らない闇でも見通せるに違いない。

　というより、よくよく考えれば窓の無い隠し部屋で、こうもしっかり見える筈（はず）がないものな。

　しかし、魔力の本質とは何だろうか。

「あなた達ヒト種（メンシュ）の目じゃ、魔法使いになってもよっぽど〝弄くらないと〟魔法ってよくみえないんでしょう？　その構造も、由縁も、式も、個性さえも」

　妖精（アールヴ）の目なら全てお見通しよ？　そう言って彼女は笑った。

　何だか凄（すご）い特性のように思える。ただ……あまり見えすぎるのも考え物だ。

　私はファンタジーのＴＲＰＧも好きだが、モダンホラーとコズミックホラー入り乱れる、ＰＣ（プレイヤーキャラクター）が限りなく無力なシステムも好きだった。うむ、漁船で突っ込んでショットガンで囲めば旧支配者（半魚人の元締め）でも殺せるとか、象がステータス的には旧支配者（寝穢い頭足類）を軽くぼてくりこかせると書いてあるとかはいいとして、あのシステムで私は一つ学んだことがある。

　知りすぎると碌（ろく）な目に遭わない、ということだ。

　普通は見えない物が見えるようになる。実にいいことだ。それが切片となって未知を切り開き、新しい解決に繫（つな）がるかもしれないから。

ただ、普通の人間に見えないようにできているものは、良かれ悪かれ〝見えない方がいい〟から見えないものだったりもする。

我々ヒト種(メンシュ)の脳味噌(のうみそ)には理解に余るものであったり、現実が大きくねじ曲がるような物が見えた場合、この柔らかで形のない〝自我〟は容易(たやす)く煮崩れてしまうだろう。

壁の中を這うネズミ、夢の奥から語りかける何者か、視界の端っこを掠(かす)める虹色の泡。見ない方が良い物を見て、知らない方が良い物を知った人間の末路は概(おおむ)ね悲惨だ。出自に目覚めて深海に還(かえ)るのが割とハッピーエンドな方なのだから、救いがなさ過ぎる。

それならば、深奥に触れた魔導師(マギア)でもなくば見えないものは、見えない方がいいかもしれないのだ。

「二つ目は、特別な唇をあげる。どんな所でも、名前を呼べばわたくしに届く唇」

「行きすぎない程度に助けてあげるってこと」

「それはどういう……」

……妖精使役者(フェアテ)か何かになれというお達しで？

いや、ただこの言い草だと主導権はあくまで彼女にあり、気が向いたら手伝ってくれるといった所か。〈信仰〉カテゴリで神々が授けてくれる奇跡の如(ごと)く、妖精達(アールヴ)に都合が悪くない範囲で手助けが望めると。

確かにふわっとしているが、リスク的にはこっちの方が良さそうだな。

暫(しばら)く考え込んで、甲乙付けがたい希少な申し出ではあったが、結局私は後者に転んだ。

余計な物が見えた結果、壁とお話しする仕事に就職するのは嫌だったから。

「じゃあ、その唇が欲しい」

「そう？　じゃあ、あげるわ」

あっさり言うと、彼女はまた視認できても認識が及ばぬ歩法で距離を詰め、反射すら追い付かぬ間に唇に吸い付いてきた。体高一五㎝ほどの妖精(アールヴ)から接吻(せっぷん)を受けるというのは中々にメルヘンな光景かもしれない。私が完全武装で右手に剣を握っていなければ。

ほんの一瞬の接触。彼女は去り際に舌先で乾いた唇を舐(な)め上げていくと、呆然(ぼうぜん)とする私を見てくすくす笑った。

……私のキスってこんなんばっかりか。

クスクス笑う彼女を見て、私は確かに今の言い方だと誤解を招くなと思った。まるで、キスしてくれとねだったようではないか。きっと、今の私はかつてないほど顔を赤らめているに違いない。

「……二つ目のお願いでって意味だけど」

「分かってるわ。今のであげたのよ。名前を呼んでくれるなら、弱っていない時なら助けてあげる」

滅多に教えないんだからね、そう囁(ささや)いて彼女は私の耳に体を寄せ、脳に刻み込むように甘い声で名乗った。

ウルスラ。それが彼女の夜闇の妖精(スヴァルトアールヴ)としての個体名。

はにかみながらウルスラは私の肩に停まり、告げる。

「じゃ、さっそく助けてあげましょう。まだ戦うんで……」

「ずるいぃぃ!!」

「はぐっ!?」

が、どうやら今日はヘンダーソンスケールが高い日らしい。思った通りに事は進まず、何事も格好良くは終わらせてもらえない。そんなサイコロの出目ばかり出る日もあるな。

そんな日はどうするかって？　さっさと諦めて、自分も悪乗りするに限るのさ。

何が起こったかといえば、今まで捨て置かれていた風妖精がウルスラの腹に突っ込んだのだ。呻き声を上げて妖精は諸共に落下し、埃まみれの床でキャットファイトを始める。

「ずるいずるいずるい！　ロロットもぉ、ロロットもついてくぅ！」

「ちょっ、いたっ、痛いから!?　止めなさいよ！　先に目ぇ付けたのはわたくしなんですからね!?」

これどうしたもんだかな。止めに入るべきか、それとも好きにやらせておくべきか。

私は見た目は死ぬほど下らないのに、きっと内情は下手するとこの辺が更地になりかねない二人の喧嘩を見て、現実から逃げるように天を仰いだ。

……きったねぇ天井。


【Tips】〝個〟を認識するに至った妖精は、妖精の中でも高位の種として知られる。その力量は凡百の妖精(アールヴ)では束になっても敵わず、行き着く先は〝王〟あるいは〝女王〟の位である。


「んっとねぇ、ありがとねぇ……？　だからねぇ？　お礼をあげるぅ」

　どこかエリザを想起させる舌っ足らずさで、風妖精(シルフィード)は私に礼を言って頭を下げた。あれだけ汚れた所を転げ回って、埃の欠片(かけら)一つついていないのは流石(さすが)というべきなのだろうか。

「えーと、何をくれるの？」

「えっとねぇ、一個はねぇ、ロロットのお名前おしえてあげる」

　おっとぉ？　何か始まる前にネタバレ喰(く)らっていた気がするぞ？

「もっこはねぇ？　えーとぉ……んーとぉ……あ、そだ！」

　暫く悩んでから、彼女はばたばたと体のあちこちを叩(たた)き始めた。

「じょーおー様が言ってたんだぁ、男の子のお礼には武器がいいって。んと、あーとぉ……あった！」

　風妖精(シルフィード)、ロロット？　が背中に手をやったかと思えば、明らかに彼女の背後に隠れるサイズではない物騒な代物が飛び出してきた。

　これは……なんだろう？　輪っかのついた刃物か？

　尾の方に指を入れられそうな円環が備わり、先に続くグリップは手の形に合わせて成形されているのだが、先端の刃は缶切りのような形状に成形されている。

あー、何かで見たことがあるような気がする。たしか映画、いや、ミリタリー系のTRPGでサプリに掲載されていた気もするな。えーと、ほら、思い出せ私の〈記憶力〉、かなり熟練度ブチ込んでるんだから。

あっ、思い出した、カランビットナイフだ。元はインドネシアだかの農耕機具だとも聞いたが、暗器や刃物として使い勝手がいいから格闘でも使われるようになったんだっけか。

「これねぇ？　私達の翅と同じなの。妖精と、見て欲しい人にしか見えないし触れないのとねぇ？　お肉しかきれないの」

ステーキナイフ？　とボケた感想を零すと、呆れたようにウルスラが「無粋な金属に阻まれないってことよ」と呟いた。

ほぉ!?　装甲点無効とな!?　何だそのぶっ壊れた神器は。

形状からして扱いには癖があるだろうし、リーチも短いから慣れも必要だとは思うが〈装甲点無視〉の一言だけで万難を排して使う理由に足るぞ。刃を受け止めることはできるし、対して鎧に阻まれることもない……なんだコレ神か。

「ナイフを下さい！」

「ええええええ!?」

元気にお願いすると、彼女はナイフを放りだして――なんてことを!?――小さな手で胸ぐらを摑んできた。

「なんでなんでなんでぇ!?　ウルスラちゃんにはお名前聞いたのにぃ!?　なんでロロット

には聞いてくれないのぉ!?」

「え？　あ、いや、普通にナイフ強いから……」

「もうちょっと考えてモノ出しなさいよ……」

物欲が大勝利した私と、明らかに私がちょっと悩んでやめそうな物を選んだウルスラ。どっちもどっちだが、素直に良い物を引っ張ってきたロロットもどうかと思う。でも折角左手が空いてるんだから、これ持ったままグラップルも出来そうだし普通に物欲を擽（くすぐ）られたんだから仕方ないだろ。

「えーとぉ、えーと……あ、そうだ！」

何か名案でも気付いたのだろうか。風妖精（シルフィード）、もといロロットは器用に風を操って、落とした神器に埃をかけて隠したではないか。

「あー、だめだなぁー、どじだなぁー、おっことしてなくしちゃったぁ」

態（わざ）とらしく言って、期待した目でこちらを見る彼女。ここで「じゃあ他の武器ないんですか？」と聞いたらどんな顔をするのだろう。気になるような、流石に大人としてやっちゃ拙（まず）いような。

しばし自分でもどうかと思う下衆（げす）な葛藤を振りほどき、私は彼女に名を問うた。うん、妖精（アールヴ）いぢめとか、後でこっちが酷（ひど）い目に遭うのは童話の昔から決まってるからな。

彼女はぱぁっと笑顔になり、しかたないなぁと胸を張った。

「ロロットはね、シャルロッテってゆーの！　たくさん遊んでねぇ！」

「ああ、うん、よろしく……」

ちょっと疲れながら、私は人差し指でシャルロッテと握手を交わした。なるほどね、ロロットはシャルロッテの愛称形か。

「で……ロロット、一つ聞きたいことがあるんだけど」

「んー？　なぁに、いとしいきみ」

ああ、そのダーリンとでもルビが振られそうな呼び方は統一されてるのね。

それはさておき、埃の小山を示してこれ拾っていいの？　と聞いたら、彼女は少し悩んでから「忘れたぁ！　ロロットそれしぃらない！」と自分を誤魔化すことにしたらしい。

……いいの？　後でもっと偉い妖精上司から怒られたりしない？　そうなったら責任取り切れないよ？

いやまぁ、本人がいいってんなら貰うけど。

神器を拾い上げて丁寧に埃を払う。微かに緑色を帯び、見た目の割に随分と軽いナイフは妖精の翅で出来ていると言われると納得の質感だった。これはたしか、リングを人指し指に通して逆手に持つんだったか。

となると、攻撃を受け流しつつ裏拳気味に突き刺すか、手刀を掠めるように斬る感じになりそうだな。慣れるのに時間はかかるが、上手く使いこなせば良い火力を出してくれることだろう。

「ああ、それで、二人は何ができるんだ？」

さて、神器はいいとして、報酬である彼女たちの助力は何を願えるのだろうか。風と闇の妖精と言えば、実に色々と応用が利きそうなものだが。

「そうね、今は日が出てるし月も欠けてるから大したことはできないけれど、貴方の姿を敵から隠すことができるわ。敵を一時的な盲目にすることも」

「んとねぇ、ここはせまいから、あんまりがんばれないけどぉ、息してるのがどれくらいいるかはわかるよ！」

ふむ。妖精への請願は隠の月の満ち欠けによって出力が変わると。ただ、姿を隠すというのは近接戦闘において実に大きいアドバンテージであるし、敵の数が今の内に分かるというのは実にありがたいな。

早速お願いすると、ロロットは頼られたのが相当嬉しかったのか、くるくる回って大きく大気を取り込み、小さなつむじ風を生んでみせた。

「けほっ、ごほっ!?」

「あっ、こら！　周りをよく見なさいな！　埃だらけの所で回ったら危ないでしょ!?」

当然の帰結として長い間積もっていた埃が舞い上がり、私の呼吸器にクリティカルダメージ。嬉しいのは分かったから、ちょっと勘弁してくれまいか。妖精は大丈夫だとしても、ヒト種の呼吸器は結構繊細なのだよ。

「ご……ごめーんね？　でも、わかったよぉ、五つ、五ついたぁ！」

身を屈めて咳をする私を心配そうに覗き込みながら、彼女は偵察の結果を教えてくれた。

あの一瞬だけで館の全てを精査したというのか。

「んとねぇ、緑のちっさいのが三つとね、獣臭いのが一個とね、青くてでっかいのが一個いたよ！」

緑のちっさいのは小鬼(ゴブリン)、獣臭いのは犬鬼、青くてでっかいのは巨鬼(オーガ)であろうか。他はそろそろ慣れてきたからいいが、巨鬼はしんどいな。硬いし速いしで、あまり正面からやり合いたくはない。

……いや、カバーしてくれる面子(メンツ)がいるなら、ちょっと正面から頑張ってみるべきなのか？

今の私に足りないのは〝経験〟だ。決して弱くはなくとも、未熟であるのは間違いない。それならば、バックアップが望める状態できちんと戦い、命のやりとりに慣れておくべきではなかろうかと思う次第である。

前世の私は平和に過ごしてきた。戦争のない国で、幸いにも死ぬまでただの一度も拳を他人へ打ち付けることなく生きてこられた。

だが、今後戦う機会が増え、もっとギリギリの戦いになった時、その平和ボケした感覚は必ずや災いを生むだろう。

なら、安全策ばかり採らずに修羅場を経験することも必要か。

私は考え込む様を不思議そうに眺める二人に、決意表明として何かあったら助けてくれるかと頼み込んだ………。

【Tips】金髪碧眼（へきがん）の愛らしい少年少女には〈妖精（アールヴ）の寵児（ちょうじ）〉なる特性が身につく。本人が意識せずとも妖精（アールヴ）を惹（ひ）き付け、交渉が上手く行けば力になって貰える特性だ。されど、彼等（ら）の好意は人の都合を考えぬもの。操縦を誤ったその時は……。

少年期
十二歳の晩春
二

ミドル戦闘

戦闘に重きを置いたシステムでは往々にして道中で軽い戦闘を挟むことがある。余力を削ってクライマックスの死闘感を高めるものから、物語の緩急をつける、ないしは重要な展開の切っ掛けなど色々な側面を持つ。

ここに力を入れすぎると肝心のクライマックスで息切れするため、GMではシナリオ作成の、PLでは戦闘の上手さを測れる部分でもある。

便利な物は大好きだ。私は割と新しい物好きという自覚はあるし、前世では物欲のせいで「これええやん」と衝動的に色々ポチることも多かった。

かといって、甘えすぎるのはどうかと思いしらされた。

「こえー、妖精(アールヴ)こえー……」

私は今、倒れ伏す四体の魔物を前に種族固有スキルという暴力に打ち震えていた。

ここは中央棟に位置する晩餐(ばんさん)室の脇に設けられた、侍女や侍従の待機場所だ。ここへロロットに導かれてやってきた私は、中に四体の魔物が詰めていると聞かされて、おもわず「うへぁ」と呟いてしまった。これがファンタジー的世界じゃなければ、フラグかフラッシュグレネードを持ってこいと言いたいところである。

ソロで四体同時はしんどい。可能不可能ではなく、明らかに消耗すると分かっているからやりたくないという意味でしんどい。実際、ここに来る前にガチンコで六体やっているし自信はあるのだが、バックスタブのために〝手〟を乱用しすぎた気もする。体力に余裕こそあれど、魔力を注ぐことで出力を上げる〝手〟の多用により、魔力の残量は些か心許(いささかこころもと)ない。

なんだか力が抜けるような感覚があるのだ。半分ほどの消費でコレなので、使い切る前に昏倒(こんとう)する可能性の方が高いな。どうやら私はHPだのMPだのがゼロになるまで完全なパフォーマンスを発揮できる系のシステムの下には生まれていなかったらしい。負の方向にリアル過ぎると面倒で人気が落ちるからやめろとあれほど……。

冗談はさておき、じゃあちゃっちゃかやってしまうかとウルスラに魔物を一時的な盲目にして貰い、踏み込んでから〝妖精のナイフ〟で急所を一突きクリティカルヒットにして決着をつけて回ったのだが、嘘の様な手軽さで終わってしまった。

　これに慣れると拙いと思うほど強かった。多分、強キャラに慣れすぎた格ゲーみたいに〝これしかできなくなる〟ことで相対的に弱体化しそうだ。便利なのは便利だが、甘えすぎないようにしなければ。

　何時の日か、自分一人でどうにかしなければ詰む場面だって出てくるだろうしな。

「そうよ、愛しの君。妖精は本来怖いもの……愛してくれるのは嬉しいけど、頼り過ぎはだめよ？　でもね」

　何の憂いもなく、薄暮の丘で踊るのも楽しくってよ、と提案する彼女は実に愉快そうであった。どうして私の周囲に集まるロリは耳元で囁きながら物騒なことを宣うのが好きなんだ。

　久しぶりになる尾骨のあたりから脳髄に駆け上がるぞわっとした感覚を堪能しつつ、私はこれだけ派手にやって尚も血脂の一つも浮かないナイフをポーチへしまった。これもちょっと自重しとこう。これだけ斬れると〝きちんと刃筋を立てる〟という剣士として最低限の癖も薄れそうだったから。

　さて、四体の供回りを斃したら、残りは巨鬼が一体だ。もうロロットが位置を確認しており、晩餐室で待ち構えているとのこと。

これは狙っての配置だろうか。何も考えないで晩餐室に突っ込むと、待機場所から四体の供回りが突っ込んで来て挟み撃ち。考えなしのＰＣを完全に殺しに来てる。

中々の殺意の高さに戦慄しつつも、私は気合いを入れて晩餐室の扉を開いた。

さぁ、ガチンコといこうじゃないか。

かつては豪奢な料理が饗され、家族が朗らかに笑い、客人が料理人の質を褒め称えていたであろう空間は酷く寂しいものに成り果てていた。

長いテーブルは邪魔だと言わんばかりに打ち壊されて片隅に追いやられ、年月によって劣化した赤い絨毯は黒へ色彩を鈍らせ、褪せた装飾の群が衰退という美術の一端に身を窶す。

そんな空間の最奥、唯一取り残された主賓席にそれは座していた。

仰ぎ見るほどの研ぎ澄まされた巨体を誇る美事な巨鬼だ。

青い肌は割れた天窓から差し込む午後の光で鈍く煌めき、身に纏う毛皮本来の姿を大きく残した蛮族鎧は無骨ながらも、その荒々しさが却って武者の勇猛さを引き立てる。

左手で大きな円盾を地面に立てて保持し、抱きかかえるように長大な大剣を支えるのは〝巨鬼の雌性体〟であった。

「おいおい、マジか……」

ぎろりと剣呑に輝く瞳と目が合った。藍色の金属光沢を宿す髪の合間で煌めく目には、紛れもない知性の色がある。錬磨した〝武〟で身を鎧った、武人の目だ。昼間に斬り捨てた、本能に呑まれ狂しきった雄性体の巨鬼とは違う。

　ゆるりと億劫そうに立ち上がり、美貌を怠惰に緩めた巨鬼は左手に盾を持ち、右手で長剣――巨鬼スケールのそれは、最早ヒト種にとっては手槍に等しい――を握りしめる。

　そして、確かめるように数度首が巡らされ……こちらに駆けてきた。

　開戦だ。口上も何もなく、ただ互いの命をぶつけ合って、どちらがより硬いかを砕け散るまで確かめ合う戦いの。

　巨鬼は盾を前に押し出し、入り身に構えて一直線に突っ込んで来た。教科書にお手本として載せてやりたいほど綺麗な盾と剣の使い方である。

　盾はバイタルパートへの攻撃を完全に阻むべく身を覆い、その上で衝撃を受け流すため浅く角度をつけて構える。そして、剣は大きく引いて体と盾の陰に隠し、出足を読めないようにしていた。

　下手に突っ込めば盾による打擲の後に斬撃で、不用意に躱せば如何様にも調整できる剣戟で、生半可な一撃では盾で弾きとばして作られた隙に料理される。基本にして究極、単純だからこそ対処しづらい基本の構えは本当に狂しているか疑わしいほど美事な形だ。

　その上、体長三m、総重量はもう考えたくない装甲車みたいな圧がプラスされるとなれば、普通なら踵を返して全力ダッシュか、人生を儚んでなるべく痛くない死に方を模索するところであろう。

　このまま座視すれば挽肉待ったなしという生きた装甲車の突撃に対し、私は〝送り狼〟

を下段に構えて駆けだした。

たしかに雄性体より遥(はる)かに強いと聞く雌性体の巨鬼(オーガ)と相対して面食らったのは事実だ。

だからといって、まだ私の闘志は折れていない。

何より、ランベルト氏は私にこういう時の戦い方もしっかり仕込んでくれていたのだから。

戦いで最も重要なのは何か。力、間違いはなかろう、速さ、否定はしない、知略、確かに要素としては大事だ。しかし、そのどれも一番ではない。

最も重要なのは間合いを読み、その瞬間その瞬間で最も重要な位置を占位すること！

間合いに入ると同時、肉体の後背に隠された剣が鈍色(にびいろ)の颶風(ぐふう)となって襲いかかる。下段から掬(すく)い上げるように襲いかかる斬り上げの一撃は、見た目の豪快さに反した小ぶりで繊細な理を秘めた一撃。

風格から分かっていたが凄(すさ)まじい敵手だ。どうしても下段の攻撃は避けづらいと熟知しているが故、盾すら持たず身軽に避けることを念頭に置いた私に合わせて攻撃してきている。

剣先がブレる程の剛剣、まともに受ければ鎧(よろい)ごと両断されて上体と足が泣き別れになる致死の斬撃を前にして〈雷光反射〉が目を覚ます。世界が緩やかに流れ、同時〈観見〉の目付が正確無比な斬撃の軌道を読み切る。

ああ、やはり良い腕前だ。剣の軌道はコンパスで線を引いたように綺麗な円弧を描いて下から上へと流れていく。四肢の肉がきちんと連動し、肉体が完全に合致していなければ放てない筋の通った斬撃だ。

腰の入っていない、腕の肉だけで振るう雑な攻撃とは全然違う。ブレて力が乗っていない適当な攻撃は簡単にいなせてしまうが……読みづらい。

こういった、綺麗で教科書に載せてしまいたいような斬撃は、むしろ乱れがない分とても読みやすいのだ。

引き延ばされた時間の中、ほんの僅かに踏み切って跳躍。右足で踏み切った這（は）うような飛び込みの後、斬り上げる剣の腹へ左足で着地。一瞬だけの足場に両断されるより早く、滑り落ちるように前進し剣の内へ潜り込んだ。

背後で暴風を想起させる音を立てて剣が抜ける。後れ毛が幾らか刈り取られ、ほんの瞬きの間であっても対応が遅れていれば背の肉を大きく削（そ）がれていた事実に首筋が冷える。

だが、難しい反応（リアクション）であっても成功した。こういう時、ビビって退（ひ）くのが一番不味（まず）いのだ。後ろに退いた所で反撃などできはしないし、敵からすればもう一歩踏み込んで斬りかかればいいだけだから。

戦う、つまり逃げるのでは無く反撃するのであれば、避けるにしても前に出なければならない。

されど、まだ油断はできない。敵はヒト種（メンシュ）が持てばタワーシールドもかくやの円盾を構えているのだから。

盾とは防具という印象が強いけれど、考えてみれば巨大な木と鉄の混合物であり、当然の如くかなりの質量と硬度を擁する。

つまりは、ぶつければそれだけで殴打武器にもなるわけだ。

斬撃を躱された巨鬼の目には驚愕も焦りも無かった。冷静に私を金色の瞳で睨め付け、剣を振り上げて開いた体を躍動させる。

右腕を振り上げれば左腕は当然後ろへ下がる。そして、後ろに下がるということは力を溜めることにも繋がる。

溜めた腕が解放され、凄まじい勢いで盾が床へと叩き付けられた。懐へ潜り込もうとする私を空間ごと叩き潰すかのように。

凄まじい一撃だ。金属で補強された盾の縁が床を破壊し、絨毯と木くずを轟音と共に巻き上げられる。仮に上質な金属鎧を着込んでいたところで、真面に喰らえば鎧ごと肉体はぐしゃぐしゃにひしゃげていた事だろう。

人身事故めいた光景を繰り広げることなく、私は左方、巨鬼の右体側側へ駆け込んで回避する。吹き散らされた木片が体にぶつかって少し痛いけれど、鎧のおかげでダメージと呼べるようなダメージは負わずに済んだ。

敵の攻撃が届くところは心底恐ろしい。嵐のような勢いで吹き荒れる剣、城壁が迫ってくるが如き盾、必要とあらば繰り出されるであろう体術は柱を振るわれるに等しかろう。

だが、こうやって懐へ踏み込めば、近すぎるが故に攻撃は届かなくなる。恐怖に耐え、攻撃を掻い潜れば死地は敵の本丸へ変貌する。

「おおおっ……！」

突進の勢いを殺さず、太股に触れるほどの間近を滑るように通り抜けた。そうして、滅多に上げぬ気合いの声と共に〝送り狼〟で剣を持つ右手を斬り上げた。狙いは確実に隙間が空いている手甲の継ぎ目、手首の可動部だ。

渾身の力と共に四肢を連動させ、踏み込みと腕の力を同調。進む力、腕を振る力の全てを斬撃へと注ぎ込む。

狙い通りに突き進んだ剣は空を切った。

肉と骨の間をくぐり抜けて。

手には感覚が失せるくらいの痺れと、例えようもなく重い手応えがある。明らかに生物を斬った感触ではない。

きちんと刃筋を立て、全身を連動させた渾身の一撃でコレとは恐れ入る。もう少し入りが悪かったら剣は弾かれ、手首を痛めていただろう。

だが、痺れの代償はきちんといただけたようだ。見れば、刃先には青い血がぬるりとへばり付いていた。

「ＧＵＩＩＩ……」

間合いを稼ぎつつ即座に反転してみれば、巨鬼の手から轟音を立てて剣が落ちた。私の剣は腕甲と手甲の継ぎ目を貫き、手首を半ばまで斬り割っていたのである。

〈雷光反射〉によって極限まで高められた動体視力と〈観見〉で敵の挙動と弱点を見抜いた上で〈多重思考〉の全てを行動の予測に割いた戦術構築、そして〈円熟(スケールⅥ)〉まで鍛え上げた〈戦場刀法〉が〈艶麗繊巧(えんれいせんこう)〉によって精妙の極みに昇華されれば、〝送り狼〟の牙は合金の骨に届きうる。

貫いた刃は巨鬼の右手首、その腱(けん)を断ったのだろう。右手を上手(うま)く握れなくなったのか、取り落とした剣を拾おうとして失敗している。

一手損だぞ、それは。私は剣を拾おうとする隙を見逃さずに疾駆する。脚がもつれ合わない限界の速度で、剣を右肩に担いで無防備な背に向かって進んだ。

「GURUOOOOOOOO!!」

だが、巨鬼の反応速度は想像以上であった。一手損を取り返すほどの速度で旋回、盾を地面に水平に向けて裏拳の動作で薙(な)ぎ払ってくる。軽自動車くらいならば、真正面から衝突しても木っ端の如く吹き飛ばせる勢いを秘めた盾が眼前に迫った。

兜(かぶと)で頭を守っていようと、カウンター気味で叩き込まれた盾が直撃したならば、私の頭はザクロのように弾けてしまうだろう。

だから、私は〝手〟に新しい仕事をさせた。

上からやってきた押さえつける衝撃に体は沈み、風が痛いほどの至近を致死の蹴りが切り裂いていく。私は〝手〟によって強引に回避姿勢へと移ったのである。

即座に〝手〟を操り、下から胸を支えることで転倒を拒絶。次の一歩で姿勢を整え、右へのすれ違い様に膝へ斬撃を見舞った。硬革のプロテクターが膝に巻かれていたので、それも〝手〟によって力尽くでずらして隙間を作り剣戟を放り込む。

私が考える〝魔法剣士〟の挙動がこれだ。魔と剣を使い分けるのではなく、組み合わせる。さすれば刃はより深く敵の命に届き、技の冴えも輝こうというもの。

血しぶきが舞い、胸甲に青い染みを作り、筋を断った会心の手応え……。

「GOAAAAAAAAA!!」

手応えを感じた次の瞬間、私は凄まじい衝撃を全身に受けて吹き飛ばされていた。

巨鬼は体幹のみで姿勢を保ち、断たれた脚の膝をぶち込んできたのだ。

踏み込みも十分ではない一撃。しかし、武器を跳ね返すほど頑強な膝蓋骨と、橋梁のワイヤーを想起させる筋肉をより合わせた脚から放たれる威力は十分すぎる。

何という執念、何という闘争本能。〝筋を斬った〟程度で無力化できたと驕った私の悪手か。

息が詰まり反吐が漏れそうになった。胸が酷く痛み、地面に投げ出された肉体が跳ねて全身が荒い扱いに抗議を上げる。

……ほんの僅かにでも〈見えざる手〉を体と膝の間に割り込ませるのが遅れてたら即死だったな。

回転の最中、必死に絨毯を摑んで勢いを殺し体勢を立て直す。泣きたくなるくらい胸に貰った一撃と、床を跳ね回って打ち付けた四肢が痛むけれど、骨は折れていないし、なにより命が無事だ。

あれだけの威力であれば、胸骨が楊枝のようにへし折れて心臓が圧壊していてもおかしくなかったのに。熟練度を十分割り振った甲斐があったというべきか。

転がった衝撃で酷く切ってしまった口の中から血を吐けば、膝蹴りを見舞ったことで姿勢が乱れたのだろうか。巨鬼が右足を地面に突こうとして失敗し、地面に膝を突いていた。

「GUOOO……」

断たれた膝を抱え、なんとか立ち上がろうとする姿は無様などではなく、ただただ痛々しい。気高く強力な戦士が地に膝をつける姿は、私自身がやったことだというのに酷く心に突き刺さる。

しかし尚、彼女の闘志は折れていない。脚が使い物にならなくなったと分かれば、直ぐに諦めて口で盾の留め具をはずそうとしているではないか。

危ない、そう思った次の瞬間にはもう盾が投じられていた。

「あっぶね!?」

しゃがんで回避するとフリスビーというには物騒過ぎる代物が、数秒前まで頭があった所を突き抜けていった。盛大にドアを破壊し、自由を求めるように部屋を飛び出した盾が落ちる音が中々聞こえてこない……当たってたら潰れるんじゃなくて、下手すると真っ二つ？

本当に驚嘆すべき闘志だ。四肢の内半数が機能を失っても敵を倒すことを諦めない。最初に戦った六体の魔物のように痛みに悶えて動けなくなるようなこともなく、命ある限り戦い続ける姿は正気であった時の高潔さと強さを窺わせる。

　本当に魔物化する前にお知り合いになりたかったな。

　気付けば、盾を放して自由になった左手が剣に伸びようとしていた。まだ戦うつもりなのだ。心臓の最後の一鼓動が終わるまで。

　私は歯を食いしばって残り少なくなってきた魔力を振り絞り、〈見えざる手〉を展開した。私からすれば手槍にも等しい大きさの剣を払いのけさせ、吹き飛ばされた時に手放してしまった〝送り狼〟を拾い上げる。

　呼べば戻ってくる忠犬もかくやの勢いで愛剣を引き寄せ、痛む体が上げる苦痛の苦情を全て呑み下して突進する。

　迎撃に突き出される左の拳も最早力が感じられない。〈雷光反射〉が無くとも見切れるほどの速度になってしまった拳に所以の分からぬ寂寥感を覚えつつ、最後の反撃を掻い潜って剣を振るった。

　鋭く振るわれた切っ先は、首の四分の一ほどを断ち割るに至る。血が勢いよくポンプの如く噴き出し、青い霧が作り出される。それに巻き込まれぬよう、残心もそこそこに離脱して間合いを空けた。

　単に血を浴びたくなかったのではない。

　最期の絶叫、断末魔に混じって虚空をかき混ぜる暴風が未練がましく私の顔を打つ。諦めてなるものかと、離脱する私へ追い縋(すが)るよう筋が立たれた右手が叩き付けられたのだ。あと数秒離脱が遅ければ、私は潰れた蛙(かえる)のように床へ叩き付けられていただろう。

ただ、瞳に宿る殺意だけがきちんと私に届き、脳の奥へ突き刺さるような恐怖を叩き込んでくる。これほど生の感情、強い強いそれを叩き付けられたのは……初めてだった。

負とも正とも断じられぬ、純粋な殺気が心を舐(な)め上げて体を締め付ける。もし、戦いの最中にあの朱(あか)く光る目を見ていたら、どうなってしまったのだろう？　全体を見るともなしに見る〈観見〉がなければ……危なかったかもしれない。

止(と)め処(ど)なくあふれ出る血を押さえながら、巨鬼(オーガ)は立ち上がろうとして失敗し、前のめりに倒れ臥(ふ)した。だのに顔だけはこちらに向けて、萎えぬ殺意と殺気だけを叩き付けてくる。せめて意志だけでも殺してやる、そう叫んでいるかのようだった。

鼓動に合わせて断続的に噴き出す血が、やがて弱まって疎(まば)らになり、遂(つい)には停(と)まった。

私に出来たのは、馬鹿みたいに突っ立ったまま、その最期を見つめるばかり。

……これが、本気で殺し合うということなのか。

なんと恐ろしい事だろう。体の芯から震え上がり、気骨が萎えるような気がする。骨格全てが失せ、立ち上がるのも億劫(おっくう)なほどの虚脱感に憑(つ)かれてしまう。燃え上がるような殺意と、一瞬の間に何十と交わされる精神での攻防は、心を恐ろしいほどに消耗させるのだ。

その時に私が思ったのは、勝ったという実感でも、やったという喜びでもなく、死ななくて良かったという安堵(あんど)であった。

さっきまで、良い意味でも悪い意味でも私は〝殺し合い〟をしていなかったのだろう。余裕を持って対処できる敵を斬り伏せることは、殺し合いというよりも〝殺し〟に近い。

だが、一歩一瞬を誤れば命がなくなる〝殺し合い〟を、私は初めて経験した。痺れるような感覚に憑かれつつ、しかし私は自分の頬を張って立ち上がる。

ここで立ち止まってどうするのかと。奪った命云々だの、殺した相手の分までだのとなまっちょろいことは考えない。奪われた側が考えることなんざ、精々が「野郎よくもやってくれたな」であって、私の分も立派に戦えなんて思いはしないだろう。自分の身に置き換えてみれば、簡単に分かるはずだ。

私が剣を取った理由を思い返す。こんな嫌な怖い思い、大事な人にさせたくないからな。私はエリザの兄貴として、彼女の将来のために立っているのだ。なら、ここで折れている余裕なんてあるはずもない。

「……名手の魂が、武神の祝福の下に安らかならんことを」

私は剣の下に伏した魂を導くという、武の神へ捧げる聖句を唱えて剣の血糊を拭う。

そこで体に一度限界が来た。膝から力が抜け、尻餅をつくように座り込む。心臓が荒く乱打され、胸が打擲の痛みと相まって張り裂けそうに痛い。

ああ、もう、季節が巡る前にもう一度ボロ雑巾のようにされるなんて思いもしなかったぞ。

「ご苦労だったわね？」

喘(あえ)ぐように息を吸い、革袋の水筒から水を頭にぶっかけていると闇から滲(にじ)むようにウルスラが姿を現す。

「がんばったねぇ、すごかったねぇ」

一陣の風と共にロロットも姿を現し、いたわるように私の頬を撫(な)でていった。

「……ああ、本当に疲れた……でも、これでようやく終わりだ」

優しい春の風がほてった体に気持ちいい。疲れた体を癒やす報酬のような感触に涙が出そうになった。さぁ、後は魔晶を回収すれば仕事は終わりだ。馬車に帰って報酬を受け取れば……。

「あら、まだ終わってないわよ?」

「は?」

言い知れぬ達成感を噛(か)み締めていた私に冷や水が浴びせられた。信じられない一言に目を見開けば、目の前を飛ぶウルスラが早く立ちなさいと手で示しているではないか。

え? いや、あれは完全に死んでいるだろう? それともなにか、裏ボスでもいるってのか? だとしたらDM(ダンジョンマスター)バランス考えろと抗議しなければならないのだが。

「違うわよ。助けられるべき同胞がまだいるってこと」

流石(さすが)にこれ以上は戦えないぞと目で訴えれば、彼女は腰に手を当てて小さく鼻をならしてみせた。

「同胞……?」

「ええ。わたくし、ロロットを助けた時に言わなかったかしら。可哀そうな同胞の一人って」

　そういえば、言っていたような気がしないでもないが……。

「でも、私はもう報酬を貰っているよ」

「ええ、それはそれ、これはこれ。ロロットを助けた報酬とは別……それに懸念もあったから」

「懸念？」

　問いかけてみても答える気がないのか、ウルスラは私と目を合わせようとしない。

「さぁ、ついてきて。あの子もわたくし達じゃ干渉できないようになっているから」

「分かった、分かったから髪を引っ張らないで……はげる」

「安心なさいな、貴方は禿げないし白髪もでないから」

「かわいくないもんねぇ～」

　今なんて？

　なにやら凄く聞き捨てならない事を言われたが、吹き上げる強い風に背を押されて立ち上がってしまい、掌サイズの妖精二人に手を引かれて晩餐室の奥へと誘われる。

　廊下を幾つか抜けた先、傾いた扉を開けるように促されれば、そこには地下へ向かう階段があった。大きく口を開けるそこは、不思議と夜闇の妖精が授けてくれた加護で備わった暗視を以てしても底が見えぬほど深くへ続いていた。

隠し部屋第二弾って、どんだけ気合いが入ったダンジョンなんだ。

階段の底から吹き上がってくる空気が狭い空間に反響し、まるで巨大な怪物が喉を鳴らすうなり声のようだ。連戦で草臥れた体が無理をするなと硬直しそうになっていた。

「だいじょぶだよぉ、おっかないのはもういないから」

これ以上の連戦は流石に勘弁願うと思っていたが、そんな私の躊躇いを読んだのかロロットが少し気が楽になる情報を教えてくれた。

「……分かった。なら行こうか」

構わん、行けってことですね、分かりました。

数度深呼吸して気を落ち着け、私は無駄に長い階段をゆっくり下りていく。深みへ続く階段は両脇に魔導具の名残があり、かつては人が通れば勝手に灯りが灯るようになっていたのだろうか。また、私の魔法の知識では何のための術式か、全く分からない複雑な紋様も刻まれている。時間があれば写してみたかったが、流石にそんな余裕はないか。

「随分長かったわ。魔力の供給が断たれて術式が完全にすり切れるまで」

二八段の階段を下りきれば、一度踊り場に出てまた下へと階段が続いている。踊り場にも紋様が描かれていたが、脚で埃を払ってみれば、確かにその多くは経年劣化のせいでインクが剝離して全容をぼやけさせていた。

「……あの、見るからにヤバいものが封印されていそうな風情なんだけど」

少し嫌な予感がしてきた。それにほら、もう一度下りた階段も二八段あった。これは完全数、異国の神々が神聖だと見なす数字だったはずだ。通路全体に術式を張り巡らせ、階段そのものにも魔導的な意味を付与するとか明確にアレな存在が待ち受けているようにしか思えない。

ああ、うん、まぁ、ちょっと予想はついてるんだけどね？

「大丈夫よ、進みなさい」

「いいこだからだいじょうぶだよぉ～」

止まる足を進めるように促されて最後の折り返しを下りきれば、待ち受けているのは重厚な両開きの大扉。ただ、この大扉は階段の壁とは違う。

「……魔法が生きてる？」

刻まれた術式陣が確かに生きている。階段に書かれていたそれとは違い、大扉を飾る金属の装飾そのものが術式陣を構築しているのだ。ドアの中央に埋め込まれた大きな宝石から魔力を受け取る術式陣は、今も淡い光を発して効果を発揮し続けていた。

「……意味はよく分からないけど……」

術式陣を成す金属を確かめるように触れれば、付け焼き刃の知識でも多少の意図を読み取ることはできた。

これは封印だ。内にあるものを決して外に出さぬよう、強く強く戒める封印の機転。扉とは、それそのものが一種の魔導的な要素を持ち閉めること自体で封印とも言える。そんな扉に強力な術式を施せば、封じたい部屋全体にも効果が波及していく。

「ウルスラ、これを開けるにはどうすればいい？」

「もう想像はついてるでしょう？」

先に待ち受けるものと同じく、開け方も想像はついていたものの駄目で元々と聞いてみたが、返事はどうにもつれなかった。

「あれ、壊さなきゃだめ？」

「駄目ね」

「だめだねぇ～」

やっぱりかぁ。このまま開かないかなと一縷の望みを懸けてノブを回すも、固く閉ざされた扉に溜息しか零れない。

あの宝石、多分瑠璃だよなぁ。あんな大きな、しかも旧そうな瑠璃なんて凄い価値があるだろうに。持って帰れたら何枚の金貨に化けるか想像もつかないくらいの価値があると思うけど、手に入らないなんて。

ああ、くそったれ、恨むのは鍵開けができる斥候を連れていない我が身か。やっぱり戦士だけでダンジョンハックなんてするもんじゃないな！

半ば自棄になりながら送り狼を叩き付ければ、宝石は嘘のように砕けた。そして、一部だけでもと淡い希望を抱いていた私を煽るように微細な粉になって消えていく。

あー……あー……エリザの学費が……。

掌から無常にこぼれ落ちる宝石だった粉を見送ると、対照的に嬉しそうな妖精達が不思議な力で扉を開けた。

「うっ……」

扉の奥には、辛い展開に萎えかけた心が一瞬で凍るほど悍ましい空間が広がっていた。

天井、壁、床、縦横に刻み込まれた名状し難い術式。膨大な数に上る薬棚と本棚、そして〝悍ましい器具の数々〟が陳列された作業台。

そして、その最奥に佇む貼り付けにされた乙女。

想像していた物より数段最悪の情景がそこにあった。

恐ろしいまでの妄念と狂気を感じさせる書き込みが施された呪符や鋲が少女の痩せた肉体を覆い尽くし、両手首と両足首に食い込んだ架――よくみれば枷を留める楔は肉を貫いているではないか――から延びた鎖で両側より延びる柱形の磔台に固定されている。それも四肢と胸の中央を巨大な鋲で貫いた状態でだ。

分かっていたとも、察していたとも……父親の妄念に晒された娘の行く末が濁されていたことくらい。だけど、これはあまりにもあまりだろう？

素肌の一部も晒さぬよう厳重に呪符に包まれた少女は、この館の主の娘であった。居もしない〝本当の娘〟を求めた狂気の父によって虐げられ、最後にはこんな地下深くに忘れ去られた……いや、置き去りにされた哀れな半妖精。

「彼女が……」

「ええ、そうよ。わたくしが助けてあげたかったもう一人の同胞」

だけど、救えるか分からないから、この子のことは報酬に含まなかったのと呟いてウルスラは部屋に踏み入った。掌の大きさから、初めて出会った時と同じ少女の大きさに身を変じさせて磔刑に処された哀れな少女に歩み寄る。

「かわいそうなヘルガ。人の営みになんて憧れたばかりに、こんな姿にされてしまって」

「ごめんねぇ……たすけてあげられなくて」

拘束された少女の周りを二体の妖精はしばし確かめるように飛んでいたが、やがて小さく首を振った。伏せられた瞳にはきらりと輝く滴が滲んでおり、あまり考えたくないことを推察させる。

私達は間に合わなかったのか。

「いいえ、死んではいないわ。この子はまだ生きて……いえ、生かされている」

憂い顔で封印が施された乙女の輪郭をなぞり、ウルスラは口惜しげな声を上げた。

肉体に精神は引っ張られる。仮に妖精の魂を宿していたとして、肉体は人であるなら、精神は人に振れていく。脆く、柔く、一度罅が入れば二度と戻らないものへ。

この地下牢の永劫にも近しい孤独と責め苦に幼い少女の心では耐えられなかっただろうと妖精達は頭を振った。これはもう、いっそひと思いに殺してやるのが慈悲だと。

「だ、だけど、まだ生きているんだろう？」

無意識に声が上擦った。部屋に立ち入り、ヘルガと呼ばれた少女の前に立てば胸が呼吸で上下しているのが分かる。

正直に言おう、私は彼女にエリザを投影していた。もし、少しでもボタンを掛け違ってしまった将来の姿として。あの隠し部屋に入ってからずっと嫌な気がしていたのだ。

脳の中で醸造されていた最悪な将来を叩き付けられて心が軋(きし)んでいる。理性ではなく感情が、妹を投影してしまった哀れな少女を助けてやりたいと叫んでいた。

理性では分かっているのに。ウルスラが言ったとおり彼女は員数外だ。救えるか分からなかったから、救えなくても構わないよう報酬が先に渡された。

きっと、魔物化した彼らのように、私が殺した彼らのようにきっと彼女も壊れてしまっている。他ならぬ同胞が言うのであれば疑う余地もなかろうよと理性では分かっている。けれども、浅ましい心が叫んでしまうのだ。まだ形を保っているなら、可能性はあるかもしれないと。

「だけど、わたくし達に手は出せない。この呪符は、旧い竜の血まで使って作られた拘束具は妖精(アールヴ)の手にあまるわ。一体どこで見つけてきたのかしらね、事象を固定し続けるなんて、神代の秘蹟(ひせき)にも等しいものを」

「でもねぇ、かたちある人ならこわせるの。だからねぇ」

どうするかは私が決めていい。妖精(アールヴ)達は選択を私に委ねた。

仮にどのような結果になったとして、決して恨むことはしないと言葉を添えて。

私は、私は…………。

【Tips】肉体とは精神の器であり、中身は器に合わせて形を変える。


千々にちぎれ、まとまりの無い夢の中を小さく大きな精神が漂っていた。

通り過ぎ去っていくのは計上しきれぬ無形の記憶。規則性もなく、水の中を泡が舞うようにとりとめなく浮いては消える。

幸せな記憶が一つ、二つ。

顔が影で塗りつぶされた男性の顔。金色の髪、影に潰されて尚記憶に残る氷のように青い目、耳に染み入る優しく渋い声。大きな掌、柔らかな膝、落ち着く心臓の音、微かに香る煙草の香り。

誕生日を祝う宴、あつらえて貰った洋服、大きな人形。湖畔の小舟、あまい氷菓子、少し外れた歌声。

幸せな日々の残滓。歪んで壊れて、時折寄り集まる自我は形のない空間で確かに微笑んだ。

しかし、かき集めても、過ごしてきた時間と比すれば細やかな記憶は直ぐに絶える。美味しい物は何時だって直ぐに食べきってしまう。

更に残されるのは苦い物。

苦しい記憶が一つ。誰のものかも分からぬ墓石、自問する声、悔いる慟哭。

苦しい記憶が二つ。暗い部屋、大好きな人形も洋服も取り上げられて燃やされて、寝台すらない冷たい石の箱。

苦しい記憶が三つ。耳を覆いたくなる罵声、鉄さびの味、泥の臭い。

苦しい記憶が四つ。苦い薬の味、しびれる体、絶えない痛み。

苦しい記憶が五つ。大好きだった金の髪、青い目、渋い声。だけど持っている鋭い短刀、錆(さ)びたノコギリ、焼けた鉄の棒。

苦しい記憶が六つ、七つ、八つ、九つ……。

壊れた精神にとって世界とは苦痛に溢(あふ)れたものであった。幸福で満ち足りた時間もあったけれど、それは短い時間でしかない。やっと思い出せた幸福な記憶も倍する、否、何倍も上回る濃密な苦しい記憶の前では大海に浮かぶ板きれにすらなれない。

世界は幸福なはずだった。幸福になるため生まれたはずだった。幸福を知っているはずだった。

今や幸福とは何か分からない。不定の眠り、眠りとも呼べぬ未定の中に留め置かれて壊れきった自我はただ微睡(まどろ)む。

いつか来る目覚めのため。来てくれるなと願う目覚めのため。幸福に目覚めたいという願望のため。

声がする。嫌な声が。大好きな声が。誰の声だったか。

よくやったねヘルガ。さすがだヘルガ。自慢の娘だよヘルガ。少しずつお母さんに似てきたねヘルガ。

娘を返せ。この化け物め。妖精がヒト種の真似をして騙しきれると思ったか。お前はこれから少しずつ娘に肉体を返すんだ。

ああ、もう嫌だ。全てが終わってしまえば良いのに。全てが元通り幸福だったころになればいいのに。

何一つ確かではない空間の中、壊れきった自我は自身の悲痛な記憶に溺れて絶命の悲鳴を上げ、結局死にきれずに眠り続ける。

永遠にも等しい。無限を上回る苦痛の連鎖。終わることのない、思い返したくもない苦悶の追憶。

無間の地獄に落ちたかのような記憶の中、久しくなかった刺激が自我を揺らした。

破られている。不定の空間を作り出していた冷たい現実が。

破らないで欲しかった。現実はここより苦しいから。

破って欲しかった。きっと現実は幸福なはずだから。

同立しようのない理屈が狂った精神の中で乱れた調和を見いだし不完全な一を結ぶ。生きたい、死んでしまいたい、二つの願望がこの世のあらゆる物では認識できぬ形で成立する。

かくして歪んだ自我。

父親に娘として認められなかった半妖精。ヘルガの精神は基底現実時間において約半世紀以上ぶりに浮上する。

愛された記憶を持つ精神が苛まれる記憶に浸されて如何様に変質するか。

それは箱を開いた者達にしか分からない……………。


【Tips】紐解き、推察できるものを狂気とは呼ばぬ。全く理解が及ばず、推察さえ能わぬ感情をこそ狂気と呼ぶ。


虫の標本を作るように磔にされていた少女を降ろし、私は結局封印を解いてしまっていた。顔を厳重に覆う呪符の一部を外し、少しずつ顔を露わにしてやる。

この行為にどれだけの意味があるのか分からなかった。むしろ愚かな意味のない行為である可能性も分かっている。

ただ願いたかったのだ。エリザが至るかもしれない可能性の一つが、全く何の救いもない結末でなかったことを。

私は知っているのに愚かにも願ってしまっていた。時には痛みから解放する死こそが救いになることを。

あれは辛かった。エーリヒとして生まれる前。更待朔として死んだ前世の末期。

私が煩ったのは若年性の膵臓癌だったから。

思い出すだけでも血の気が引く苦痛だった。これ程に精神を蝕む痛みがこの世に存在するのかと思うほどの痛み。呼吸さえ苦痛になる地獄の中、未来仏と邂逅して来世を知り多少の安堵を得たとして耐えられぬほどの艱苦。とても穏やかな最期とは言いがたかった。だから分かる筈なのに。死んでしまった方がずっとマシ、心よりそう願う現実が存在することを。

剝がされた呪符の合間より褪せた髪が零れる。元々栗色だった髪は褪色し、今では霜が降りたかのような色合いに変じていた。

次に現れたのは細面の貴族然とした整った顔。今の私より些か年上と思われる顔は、あどけない顔つきをしているのに酷く濃い暈や、苦悶のままに凍り付いた眠りのせいで無残に固められている。

頬に触れれば、髪と同じく霜でも降りそうなほどに冷え切っていた。息をしているのが嘘のような冷たさだ。こんな体温で人は生きていけるのか？

「……妖精に近づいているわね」

「え？」

封印を解く私を心配そうに見ていたウルスラが未だ目覚めぬ少女を見て呟いた。どういう意味かと彼女を見上げれば、夜闇の妖精は私達人には見えない何かを見ようとしているのか、朱い瞳を細めている。

「こんな事があるなんて。人の殻を得た妖精が妖精に戻ろうとしている……これならあるいは……」

希望を感じさせる言葉を最後まで聞くことはできなかった。

顔の呪符を剝がし終わった所で少女、ヘルガが目を見開いたからだ。

それはとても穏やかな目覚めとは呼べなかった。悪夢から目覚める時のように勢いよく開かれた目は茫洋(ぼうよう)として視線を結ばず、焦点の合わぬ瞳が揺れて時に左右で見当違いの方を向く。

「ア……」

「ヘルガ！」

「おきたのぉ!?　ねぇ、ヘルガぁ!!」

目覚めた同胞を気遣って妖精(アールヴ)二人は駆け寄るが、意味ある声は発せられない。肺に残った空気が吐き出されたため、仕方なしに音を発しているだけの音。身を揺すられても、耳元で叫ばれようと少女は意識を向けない。

駄目だったのか、やはり私は酷いことをと悔いのあまり涙が出そうになったが……不意に彼女と目が合った。

ぼやけていた瞳が収縮し、像を結んだ視界が脳で処理されたのか彼女は私をじぃっと見つめ返していた。きちんと意志があるように。

「……ヘルガ??」

「オ……」

震える声で名を呼んでみれば、初めて違う声が零れた。小さく開いた口の中で舌が――よく見れば、舌にさえ戒めるかの如(ごと)く巨大な鋲(びょう)が打たれている――蠢(うごめ)き、意志を形にしようと試みている。

「ヲ……オ……」

頑張れと三人で呼びかける。やはり彼女は壊れていなかったのかと期待に縋って。助かったよと朗らかに笑うと信じて。私は妖精を〝よく分からないおっかないもの〟と見ていたけれど、同胞を思う気持ちは変わらないと二人の必死さから分かる。

何かの縁があったのか。ただ同胞であるだけで一身に幸福を願う価値があるのか。

「どぉ……ざ……ん……？」

されど私達は、いや、私は思い知らされることになる。

願いなんて儚い物だと。

少女は私を見て父と呼んだ。それはいい。覚醒したばかりの定まらぬ記憶と視界で、たまたま家族と似た色彩の人間を誤認するなどよくあることだ。私だって寝起きでぼぅっとしていたら、次兄と三男の区別がつかなかったりするから。

しかし、これは違っていた。決定的に。

「あ……やだ……おとぉさん……ひどいこと……しないで……あやまるから、わたしが、わるかったから……」

壊れてしまった自我は未だに捕らわれている。父親が、この館の主人が此処にいた時のまま。

譫言は激しさを増し、私達の声が届かないのか少女は髪を振り乱して拘束された体を無どけていく。

茶苦茶に動かした。骨が折れる音と肉がひしゃぐ音を立てて拘束具が破壊され、呪符がほ

露出された肌を見て思わず息を呑んだ。

縦横に縫い目が走り、でたらめな端布で修理された人形もかくやの手足には酷い拷問の痕が残っている。

私は甘く見ていた。これだけの所業を受けた少女、それも愛した父親から斯様な仕打ちを受けて未成熟な魂が正気を保っていられるのか。

答えは断じて否だ。

譫言は絶叫に変わり、悲鳴に合わせて空気が一気に冷え込んだ。最早魔導的な防護を失った地下室は単なる古びた倉庫に過ぎず、枷が飛び、鋲が弾けた拘束衣は半妖精を戒めるものではない。

「だめぇ!!」

ロロットの声と殆ど同時、目の前に薄皮一枚ほどの空間が凍り付いた。肌にまとわりつくような温んだ空気は、彼女が私を守る大気の障壁を張ってくれたからか。

「うおっ!?」

「くっ……!?　ヘルガ！　落ち着きなさい!!」

「いやぁ!!　やだぁ、やめてお父さん！　殺さないで！　壊さないで！　私から私を剝ぎ取らないで!!」

頭を抱え髪を振り乱しながら絶叫するヘルガの肉体が宙に浮かび上がる。霰（あられ）混じりの冷え切った吹雪が彼女を包み込み、あっという間に世界に霜が降りた。

棚が急な凍結に耐えきれず崩壊し、湛（たた）えた液体が一気に凍結したせいで増した体積に推されて瓶がはじけ飛ぶ。人間が生存することが許されない零下の地獄で、気が触れてしまった半妖精の少女はひたすらに許しを請い暴威を招く。

遂（つい）には、本来凍り付くはずのないものまで凍り始める。朽ちつつあった石の床や飛び散ったガラスの破片までもが氷に沈む。

ああ、不味（まず）いこのままでは……。

凍死を覚悟した瞬間、一際強い風が吹き荒れ……まるで今までの出来事が全て一瞬の夢であるかのようにかき消えた。

「え……？　な……」

何時（いつ）までも脳裏にこびりつく悲鳴だけを残しヘルガは消えていた。取り残された私だけではなく、妖精（アールヴ）達まで唖然（あぜん）としているではないか。

彼女が何処（どこ）に行ったのか、何がしたかったのかを予想はできない。

確実なのは一つ。

私がかなり拙い（ファンブル）ことをやらかしたことだけだった………。

【Tips】理（ことわり）から大きく外れた者は最早同じ生命とは言えない。

少年期

十二歳の晩春

三

【Enemy】

敵として用意されたもの。公式に用意されたものからGMが用意したオリジナルまで多岐にわたり、時にエネミーしか取得が許可されぬ強力無比な特性やスキルで武装する関門となる。凝ったGMはPCと同じく一からスクラッチした強敵を用意することもある。

その全てに共通することが一つ。彼らは最初から対話すべき相手として用意されたNPCではないことだ。

貴種らしくない所作で頭を掻(か)き、アグリッピナは片眼鏡(モノクル)の位置を正した。

「まさか拾って十日も経(た)たずにこれとはね」

呆(あき)れているような、或(ある)いは感嘆しているような呟(つぶや)きをこぼしつつ、湿気が酷(ひど)い地下室で魔導師(マギア)は興味深そうに全容を見回した。

今は魔導的な意味が揮発してしまった単なる古くさい地下室に過ぎないが、こびりついた魔導の残滓(ざんし)は彼女をして感心せざるを得ない質のものであった。

失われつつある大陸西方東方域の旧(ふる)い言語、異教の神を称(たた)える遺失言語、敢(あ)えて書き損じることで意味を変じさせた神聖文字。濃密な狂気すら感じさせる執念と妄念で熟し、熟れすぎて腐れ落ちた願いの果実。

娘のためだけにここまでの物を作り上げる執念に長命種(メトシエラ)は寒気を覚えた。

果たして自分にここまで執着することができるだろうかと。

術式は一部では成功したと言えるのかもしれない。おっかなびっくり〈声送り〉の魔法で見てほしいものがあると呼ばれたので来てみれば、中々どうして凄(すさ)まじい物を見つけてくるものだ。

考えてみれば妹が半妖精の上、助けに入る前には大勢の賊と大立ち回りをやらかして、旅に出れば捕らわれた妖精や壊れた半妖精(アールヴ)と出くわしてしまう。普通では中々起こりえない出来事が目白押しではないか。

たしかに人間生きていれば人生に数度は大冒険を繰り広げる機会に出会おうものだが、

これはちょっと異常な密度だ。並の人生なら一度あれば十分すぎる転機から浴びるように襲いかかられている様は、相当に数奇な星の下に生まれたのだなと思わされる。

となると、今回も楽には終わるまい。

さて、件の丁稚は空間遷移で馬車に帰らせたがどうなるか。少なくとも彼女の感性は予言めいた正確さで穏やかに朝日を拝むことはできないだろうと予見していた。

壊れきった半妖精が解き放たれて、そのまま何処ともしれず消え去ってしまう可能性がないとはいわない。むしろ普通であれば忌まわしい地から一刻も早く、寸土であっても遠くへ逃れようとして二度と会わない目の方が高い気もする。

そうして余所で災厄を振りまく分には結構だ。どうせ誰が原因なのかなど調べようも無いのだから。

ただ、ほんの僅かの期間にこれ程の事態に見舞われる丁稚に何事も無く朝が来るだろうか。

霊感や予見に狂いすぎて脳みそが〝あっち〟の方向にトびつつある連中の言葉を借りるのは癪なれど、魔導院には今の状態にぴったりな言葉がある。

「九度振った賽の目が全て一を示さば、一〇度振られなば主と目が合わん……ね」

サイコロを九回振って九回連続で一の目が出る確率は極めて低い。では、その上で一〇回目を振った時に一が出る確率は？

実践主義的かつ現実主義の払暁派魔術師であるなら、一瞬たりとて悩むことなく「六分の一」と不変の現実を口にするべきであろう。

だが……確率とは無限界の思考の末、神でなければ実現不能な領域において漸(ようや)く瑕疵(かし)なく成立する。

手の震えも机の傾きも、サイコロそのものの歪(ゆが)みも存在する世界では絶対の六分の一はあり得ない。

九度一が姿を現したならば、次も一が続くのを必然と見ることは馬鹿らしいことであるはずなのに……必然のようにも思える。

彼の箴言(しんげん)が何を意味するかは、学派によって解釈も異なろう。

しかし、この一時においては一つの意味しか無いようにアグリッピナは思った。

偶然とは起こるべくして起こるのだと。

半妖精に生まれ落ちてしまった妹。その妹を助けるため故郷を出た〝金髪碧眼〟の少年。

彼に魅入られた、正確には魅入ってしまった妖精(アールヴ)。

挙げ句の果てには似た構図なれど〝救われなかった〟半妖精。

まるで神々が戯曲の筋書きを書くように展開が整いすぎている。

彼女が愛する物語になぞらえて言うならば、全ては宿命であるとでも言うべきか。

要素の一つでも足りなければ、こうも不穏な構図になることもあるまい。全てはこの瞬間のために動かされていたと、誇大妄想を煩った作家のような心情にさせられる。

手前が此処(ここ)にいる意味でさえ、最初に決まっていたかのように。

「……あほくさ」

だが、徒然なる思考を打ち切って長命種の才女は全てを鼻で嗤ってみせた。

都合が良いからなんなのか。世界がそれ程に調子が良い存在でないことなど、一五〇年の短い人生でも十分すぎるほど分からされている。

然もなくば、これ程出不精である己が糸の切れた凧の方がもうちょっと落ち着きのありそうな父の下に生まれるはずもない。

些か愉快で出来過ぎた状況であることは認める。それでもそれ以上は知ったことではない。

どうあれ全て上手くいくよう運ぶだけだ。この地下室だって、あの半妖精だって上手く転がしてやればいい。

賽を転がすのは人間なのだ。なら、出目くらい幾らだって弄ってやるとも。

まずは、この部屋を解析してしまおう。歪んで狂った愛に冒された空間なれど、魔導の貴重さに比べれば気味の悪さなど物の数ではない。

考えようによっては、ここは宝の山だ。時間が経っても中々消えない霜で台無しにされた部分も多いが、魔導師であれば興味を惹かれずにいられない要素が列を成している。

狂気に駆られた父親によって集められた研究者、彼らもまた何らかの妄念に狂っていたに違いない。然もなくば、斯様にねじ曲がり、ひねくれ、痛々しいほど壊れながらに成立した術式が生まれる訳がないのだから。

迫り来る災厄をしっかと感じながらも、ただ自身の愉悦を優先して魔導師（マギア）は知に浸ることを選んだ………。


【Tips】空間遷移の術式は熟達した者が扱えば、どれだけ移動していようが目印を持った者の所へ一息に飛ぶことができる。

たとえ巨大な馬車を引き連れたままであっても。


丸みを増した月の下、遥（はる）か眼下に雲を望む茫漠（ぼうばく）な高みを一人の少女が揺蕩（たゆた）っていた。

意味ある視線を結ばぬ目で、定まらぬ意識のまま月を漫然と見上げる様には生気がつゆほども感じられない。

傷だらけで縫い目が縦横に走る痩せぎすの肉体は、細かな書き込みだらけの呪符に包まれた痛々しい様子と相まって存在感が酷く希薄になっている。

果たしてここに本当に少女がいるのか。かつてヘルガと呼ばれ愛された乙女は最早（もはや）なく、似た形をした影が漂っているだけではないのだろうか。

有耶無耶（うやむや）なヒト種（メンシュ）とも妖精（アールヴ）とも呼べぬ状態に混淆（こんこう）された彼女は、解放されたことを上手く認識できぬまま、妖精（アールヴ）としての本能に従って宙を舞う。この力を増した月の光に何故（なぜ）か惹かれるのだ。

意識を失い、死にかけてもなお人が口の渇きを癒やすため水を求めるように。

久しく浴びる事の無かった月の光を一身に受け取り漂っていた少女の中、かつての眠りと同じく不連続で確固たる形を結ばぬ思考の中に一つの泡が浮かんだ。

闇の中でも目映いほどの金髪を。

一つ連想すれば二つ、三つと続く。

金の髪は青い目を思い起こさせ、青い目は渋い声に。多くが集まれば僅かな幸福の記憶が揺り起こされ、遂には今まで浮かぶことのなかった〝思考〟が形を成す。

「お父様……」

薄く頼りない大気を揺らしたのは、掠れて潰れた少女の声。半世紀ぶりに意味ある言葉を吐いた彼女は、自身の声から更に連想する。

幸せだった頃を。優しかった父を。

ああ、もしかしたら、優しかった父が帰っていて迎えにきたのだろうかと。

そんなことはあり得ないのに、永い拷問に倦んで腐ってしまった思考では気づけない。

己を斯様な目に遭わせた父親が迎えにくる可能性の低さも、そもそもどれだけの時間をあの地下室に捨て置かれたかも、混濁した自我では正しく認識することができない。

「ああ、お父様、お父様……」

爛れた思考は歪んだ妄想を加速させて、泥のようになった脳みそをかき混ぜる。澱んだ脳漿の底から湧き上がってくるのは、発狂したヒト種と妖精の自我を混ぜ込んだいびつな愛情。

「せっかく迎えに来てくださったのに、折角抱きしめてくださったのに」

壊れた思考は間違った欠片を空いた空間に埋め込む。あの場で一度見たことがあるだけの少年の顔が記憶に上書きされ、恐ろしかった記憶は丸めて捨てられる。

刻一刻、雲が上空の強い雲に煽られて形を変えていくのに合わせて記憶はどんどんと変質していく。

自分は愛されている。自分は痛めつけられてなどいない。

〝父〟は迎えに来てくれた。

「ああ、謝らなくては、おとうさま、ごめんなさい、お父様、お父様、お父様」

狂ったように父を呼ぶ声は時に低く、時に高く声音を変え、次第に甘さを帯びてゆく。

狂気に揺らぐ瞳もそのままに、失せていた意志の光が灯る。垂れた伏し目がちの目は、父が一番母に似ているとして褒めていた場所であるが、今となっては往年の愛らしさは見つけられない。

一身の狂気。蒼氷色の瞳を涙に潤ませて乙女は笑い始めた。

「お父様！　ああ、オとうサま！、おとうさま！　いまヘルガがまいります！　また、また家族二人ですごしましょう!!」

縋れるほど確かでさえない記憶。しかし、それしか持たない少女は哄笑と共に身を翻らせ雲間を泳ぐ。積層した雲の間を走る雷も、身をぬらす雨も障害にはなり得ない。

いいや、むしろ雲中の水分が乙女の周りで凝結し、氷の塊となって力を与える。

「あのおかで、永久に暮れず、永劫(えいごう)に明けぬはくぼのおかで！　誰にも分かたれることなく!!」

それが彼女の権能であるから。ヒト種(メンシュ)であるとも妖精(アールヴ)であるともつかぬ状態でも、身に宿した力は意志すら要せず顕現する。

そは霜の力。眠れるものを起こさずしてより深き、覚めぬ眠りへ誘(いざな)う冬の訪(おとな)いを報(しら)せるもの。

命の終わりを運ぶ冷気。ヒト種(メンシュ)の腹に宿る以前の妖精(アールヴ)の核。

それは霜の妖精(ライファアールヴ)。雪ほども激しくなく、ただの冷気ほど優しくもない冬の眷属(けんぞく)。

本能にしたがって妖精(アールヴ)は飛ぶ。懐かしいと思い込む匂いがする方へ。愛(いと)おしい者と勝手に定めた者の気配の方へ。

月はただ、黙したまま己(おの)が下でまき散らされる哄笑を眺めていた……。

【Tips】妖精(アールヴ)は個体ごとに司(つかさど)るものを持つ。それが漫然とし確固たる概念でないほど妖精(アールヴ)は高位に近づく。

夜半の満ちた月を見つめていると、少しだけだが心が凪(な)いでいくような気がした。

結局、私達(たち)は今晩野宿することになった。

アグリッピナ氏が館の調査をすることに決め、馬車の移動を止めたからだ。

旅籠（はたご）への逗留（とうりゅう）は取りやめとなり、今は館の近く、昼に魔物から襲撃を受けた地点まで戻ってきている。

馬車は私が館に向かった後も旅籠に向けて進んでいたらしいけれど、〈声送り〉で状況を伝えたら直（す）ぐに話が進んでしまった。そして例の空間の〝ほつれ〟からやってきたマスターと入れ替えに馬車に戻される。

ああ、やらかしてしまった後、とくに何も言われず放って置かれることの辛（つら）さよ。社会人だった時に味わった苦い思い出が胃の腑（ふ）より這（は）い上がってくるようだった。

疲れているのは事実だから、有り難くないと言えば嘘（うそ）になるけどね。これでも飲んでおきなさいと放り投げられた薬をお茶に混ぜて飲めば、しくしく痛んでいた体は嘘のように落ち着いてしまったし。

唯一の救いは、久しぶりに私と食卓を共に囲み、一緒に寝られると分かったエリザのご機嫌がよくなったことか。血の臭いをさせている私をしきりに心配していたけれど、寝床で寝かしつけてやったら直ぐに大人しくなってくれてよかった。

されど、私はどうにも寝付けず、こうやって寝床を這いだし夜風に当たっている。

館で目覚めさせてしまった心の壊れた半妖精。ヘルガの事が気がかりで、疲れ切っているはずなのに眠気が全く訪ねてくれないのだ。

「参ったな……」

どうしようもないことに悩み果て、髪を掻（か）き上げる。視界の端を掠めた金色の髪、母親より受け継いだ細やかな自慢が疎ましく感じる日が来ようとは。

妖精（アールヴ）は金髪碧眼が大好きね……遺伝しづらい形質とはいえ、厄介な要素を持って生まれてしまったものだ。

せめて私がこうでなければ、話は違ったのだろうか。

「お疲れね、愛しの君」

もしを幾つも頭の中で重ねていると、背に声が投げかけられる。振り返らずとも分かる。私を館の妖精（アールヴ）へ導いた夜闇の妖精（スヴァルトアールヴ）が、馬車に腰掛けているのだろう。

「もし、わたくしに謝ろうとしているのなら筋違いよ？」

的確に心を読まれて思わず息が詰まった。どうして私の周囲にいる人たちは、こうもクリティカルな時に限って心情を正確に読み取ってくるのか。

私は謝りたかった。誰にでもなく。そして同時に許して欲しくなかった。責められたかったのだ。

自責の念は自分が積み上げるだけあって、手前で下ろすことはどうあってもできない。

それを何とか人によって積み上げて貰（もら）おうとする、卑しい自己弁護だ。

自分で自分を許すより、哀れっぽく振る舞って見せて他人から許して貰う方がずっと簡単だから。

まったく、どうしようもない。手前がやらかしたことで、こうも頭の悪い思考を操ることになろうとは。

……いや、最初から正解なんてなかったか。彼女を介錯していたらしていたで、私は確実に後悔していただろうから。

「それに、きちんと申し上げたはずよ」

そっと、全く気配を感じなかったのに背後から抱きしめられた。鼻腔を擽る甘い華の香りと、蕩けるように柔らかな感触。首に回された細い少女の手が染み入るように温かい。

「どんな結果になっても恨みはしないと」

なんて優しい言葉だろう。優しくて、そして残酷だ。

許すのではなく認められる。振り返れば手前の所業にしても酷いと感じる行為だのに、たった一言肯定されるだけで気が楽になってしまう。気遣いというよりは、甘やかしという言葉は甘いけれど……溺れてはいけない。

きっとこのまま溺れれば、私は駄目になってしまうから。

「……ありがとう」

それでも否定はしなかった。優しさを振り払えるほど私は強くないから。

あー……強くなりたいな。本当に総計で四〇も越えた男かね、これで。まるで外見相応の餓鬼のようではないか。

情けない、情けなくて涙が出そうだ。

首に回され、胸の前に来たウルスラの手を取る。温かく柔らかい手を握れば、彼女は優しく指を絡ませてくれる。

温もりに耐えようとしていた涙が溢れ……掌に落ちた。

固まった、氷の滴となって。

「なっ……」

途端、穏やかな春の夜の空気がざわめいた。過ごしやすいはずの気温が急激に冷え込み、寝間着として着ていた平服の下で肌が粟立つ。

木々の内で休んでいた鳥たちが慌てて飛び立ち、獣が必死に逃げ出していく気配を感じる。

皆、追われているのだ。去ったはずの冬、恐ろしい眠りの冷たさに。

「あの子、一体どうして……」

ウルスラの呟きを聞かずとも分かった。私は一度、この魂にまで霜が降りてしまいそうな寒さを経験している。

彼女がやってきたのだ。館に捕らわれ壊されてしまった半妖精が。

見上げれば、月を背にした人影が浮かんでいるではないか。彼女が身に纏う冷気に負けぬほど冴え冴えと白い光に照らし出された姿は、ほんの数時間前に私が犯してしまった過ちの具現。

「あはっ……」

霜の妖精、ヘルガ。

私を認めた彼女は貴族的に整った顔を笑みにとろけさせ、両の頬へ手を添えて恍惚とした笑みを作る。そして、私を呼んだ。

「みつけたぁ、お父様……」

どこまでも歪みきった認知を見せつけるように。

やはり彼女はまともではなくなってしまっているのだ。あの空間に永く閉じ込められては無理もなかろう。

館の主が姿を消したのは、放置された館が朽ち果てるほど前のことだというのに。

ましてや、館の正面ホールにて朽ちるがままに捨て置かれた肖像画に描かれた主人は、金の髪と青い目こそ共通していても、私と似ているところなど何処にもないのに。

どこか神経質そうで厳めしい顔つきの男性の肖像画。その隣に並ぶおっとりした人の好さそうなブルネットの美人。二枚の絵画の間には、後一枚の絵画が収まりそうな空間が設けられているのに何も残されていなかった。

傍目から見て似ていない私を父親だと認識せねば耐えられぬほど、彼女は壊れ果ててしまっていた。

「さぁ、かえりましょう、おとオさマ。わたしたちのお家へ、薄暮の丘へ」

ここで彼女の名を呼び、父親のように振る舞って抱きしめてやることのなんと容易いことか。

しかし、それからどうするのか？

永遠に彼女と付き合ってやることはできない。私はケーニヒスシュトゥール荘の農民、ヨハネスの第四子エーリヒでありエリザの兄、そしてアグリッピナ・デュ・スタールの丁稚。

自分が選び守ることを選んだ全てを投げ捨て、彼女を掻き抱くことは決して赦されない。

「ねぇ、愛しの君」

「ああ、分かってる、ウルスラ」

気遣わしげに囁くウルスラに応えて立ち上がれば、抱きすくめられていた腕がするりと解けて去って行く。

あくまで自然に、決して焦らず虚空に舞う少女へ近づく。

寸鉄一つ身につけぬ、無防備な様であるように見せかけて。

無様な話だが、平静を装うので一杯一杯だ。脚は無様に震えそうになり、手には力を込めているようでいて実感がない。

後悔と反省で脳が埋め尽くされて死にたくなる。これは全て私が招いた結末だ。だから始末は私がつけなければならない。

あそこであんな甘えた考えをしなければ、彼女は苦しまずにすんだかもしれないのだから。

なればこそ、私は苦しまねばならない。悩みに悩み抜いて、苦しみに苦しみ抜いて尚も後悔せずやり遂げる必要があった。愚かさのツケを他人に払わせてはならない。もう十分すぎるほど、取り返しが付かないくらいに私の愚昧さのツケは彼女にのしかかっているのだから。

「ああ、おとうさま！　やっぱりわたしの素敵なお父様！　私をだきしめてくれるのね！　あたしを否定しないでくれるのね！　あれは全て悪い夢!!」

ふわりと胸に飛び込もうとやってくるヘルガ。私は彼女を受け入れるように手を広げ……〈見えざる手〉を操り、袖に護身用として隠していた妖精(アールヴ)のナイフを右手に滑り込ませた。

本当に今日の今日にやってくるとは思っていなかったけれど、警戒はしていたのだ。なにせあそこまで大きなイベントだったのだから、決して中途半端に終わりはすまいと。ミドル戦闘だけで終わるようなセッションがないように、一度始めてしまったことは最後まで終わらないと相場が決まっている。一度坂を転げてしまった石は止まらないのだ。落ちるところまで行き着くか、石自身が砕けて散ってしまうまで。

後悔は十分にした。だから、絶対に今からしようとする行為を〝後悔〟することがあってはならない。私は自分自身に強く言い聞かせる。

間合いが自然とつまり、抱きしめられるほどの至近へ近づく。絶好の機会、これは私に与えられた最後の好機だ。失敗は何があっても赦されぬ。

然(さ)もなくば、彼女に終わりを認識する間もなく休ませてやれなくなる。

たった一度、絶好の好機、私は逡巡(しゅんじゅん)することなく刃を突き立てる。狙いは首、ヒト種(メンシュ)に限らず人類であれば絶対の弱点。此処(ここ)を断たれて生きていけるのは、肉の殻に然したる意味を持たぬ人外だけだ。

　半妖精もヒト種の殻を持つのであれば、弱点であることに変わりはない。

「おとお……さま……？」

　抱擁に代えて突き込まれた刃は少女の柔らかく、細すぎる首を易々と貫いた。心地よいとはとてもではないが言えない手触りで肉が裂けていく。傷口を広げ、確実に絶命させるため刃を滑らせて重要な血管を纏めて断つ。

　もう少し刃を進めれば首が落ちてしまいそうな大きな傷。どうあっても生存できぬほど大きな大きな傷口が開かれる。

　だが、それだけだった。

「なっ……!?」

　血が噴き出しすらせず、まるで宙をかき混ぜるように刃は抵抗すら感じさせずに肌から抜けた。油の一つも浮かぬ妖精のナイフを見て、私は致命的なしくじりを悟る。

　もう彼女は人類の領域を大きく脱してしまっているのだと。

「ああ、おとうさま……どうして、やっぱり……ええ？　でも、あれはうそで、わるいゆめ……だけどげんじつで、おとうさまがないふで、おとうさま、おと、おおおおおおお……」

　断たれた首から譫言が間断なく溢れ、蒼氷色の目から対照的に赤い血の涙が溢れ出す。

　ああ、くそっ、今日は本当に出目が悪い日なのか!?

判断の誤りを悔いるのと、ヘルガの周囲の大気が爆ぜるのは殆ど同時であった。肌が切り裂かれそうな程冷えた空気が刃のような氷を礫を抱き込んで荒れ狂い、私の体はボロ雑巾のように吹き飛ばされる。

それでも死んでいない。不思議と痛みはなく、受け身を取って起き上がった身は万全のままだ。指の一つも欠けぬまま、絶命の嵐の強襲を免れている。

理由は一つ。

「ぷはぁ……あぶなかったぁ……！」

いつの間にやら懐に忍び込んでいたロロットが、空気の壁で私を守ってくれたのだ。分厚い大気のクッションに守られていなければ、今頃はカミソリも負けるほど鋭い雹が私を細切れにしていたはずである。

「もう駄目なのね、ヘルガ」

「ヘルガ……だめだよぉ、それ以上怒ったら、こんどこそ妖精でも人類種でもない、もっとよくないものになっちゃうよぉ」

頭を抱えて身をよじり、人類種の可動域を超えて大きく悶える彼女はもう人類種でも妖精でもないナニカに変貌しつつあった。果たしてそれが狂気のせいなのか、彼女に施された仕打ちのせいなのかは想像さえつかない。

確かなことは一つ。ここで楽にしてやらねば、もっと酷いことになるということ。

「ウルスラ、ロロット、援護してくれ!!」

意識を戦闘に切り替える。これはもう不意を打つためではない。真正面から自分の力を以てねじ伏せねばならぬ場になってしまった。

妖精のナイフを手にかけ出し、〈見えざる手〉の術式を練る。

それも今まで通りではない。馬車に連れ戻された後、万一を備えて練り上げた真新しい術式を。

〈見えざる手〉は実に拡充性に富んだ術式だ。凝らねば隙間に落ちた物を拾える程度の取るにたらない魔法に過ぎないけれど、用途を考えて特化すれば本当に多様な使い方が出来る。

館の巨鬼との命を懸けた戦いは、私に凄まじい量の熟練度をもたらしてくれた。人攫いと戦った後に確かめて分かっていたけれど、命を懸けた戦闘は本当に凄まじい熟練度が手に入る。生き残ったご褒美とばかりに弾まれた熟練度を、私はこんなこともあろうかと惜しげも無く使った。

練り上げられた術式は〈見えざる手〉を構築する。より太く、より長く……そして、より多くを。

二本、三本、四本と次々に見えざる手が生み出され、最終的には六本にまで膨らんだ力場の手が馬車の天井に括り付けられていた戦利品に伸びていく。

晩餐室で戦った巨鬼が携えていた巨大な剣と盾へ。

巨鬼の得物は素材も特殊なのか、私一人の力ではどれだけ頑張っても軽く浮かせることさえできない。戦利品として持って帰れないかと頭を捻っていて思いついたのだ。

見えざる手を増やすアドオンがあるのだから、沢山の手を重ねて作れば凄まじく重い物でも持てるようになるのでは？　と。

そして今、試みは上手くいってかつて私を苦しめた敵の武器が、私の武器となって浮かび上がる。左側に盾を寄り添わせ、右側に剣を伴えば、両腕だけが巨人のように膨らんだかのようなイメージだ。

コンボ名をつけるなら、不可視の巨人とでもしようか。とはいえ、こんな糞重たい物を持ち歩くことはできないから、手近に武器にできる巨大な物がある時限定みたいなコンボだが。

本来考えていたのは、一本一本の腕に別の剣を持たせることだった。それがまぁ、予想外の戦闘とは言え随分と豪快な絵面になってしまったものだ。

ヒト種の身、子供であれば体の殆どを覆える壁のような盾を構えて前進する。風を真正面から受け止めるのではなく、角度をつけて受け流すよう構えて押し進んだ。凄まじい風圧、分厚く堅い表面が悲鳴を上げるように削られる。

何よりきついのはロロットが障壁で守ってくれても尚指先がかじかむ寒さだ。存在しているだけで周囲が冬のようになるなんて、彼女はこれまでに高位の妖精であったのだろうか。

風と真正面から戦い、押し負けそうになりつつもジワジワと間合いを詰める。その最中、吹き荒ぶ嵐の轟音に負けぬ、脳に直接絶叫が響き渡る。

精神を鑢にかけて撒いたような印象を受ける絶叫は、なんらかの術式であったのだろうか。嵐の中、全く風の影響を受けぬ不思議な影が立ち上がる。

それをなんと形容すべきかは、私の言語能力では中々苦慮させられるものであった。

氷の塊や嵐で散らばった木屑を寄せ集めて作った不格好な人の形。輪郭はフードを被った、不器用な子供が作った粘土細工といった風情であるが、手足だけは歪に悍ましい造型をしている。

鋸や錐、刃物に鈍器、武器の形をした手足には見覚えがある。

地下室に打ち捨てられてあった、明らかな使用形跡が見える拷問具の数々。フードの輪郭は彼女を苛んだ魔法使いや魔術師のイメージ。

自分が怖かったものをぶつけようとする、子供らしいシンプルな発想。

そんな発想を微笑ましいとはいえない。なんといっても、その影は次々に湧き出してきて一瞬で数えるのを諦めるほどの数に膨れ上がったのだから。

拙い、アレを止めねば馬車が襲われる。

不格好な氷の人形はぎこちない動きで走り出す。全てが私を目指している訳ではない。無秩序に走る姿には、近くに居るものをとりあえず破壊しようという幼い殺意が滲んでいた。

風の影響を受けながらではとてもではないが戦えない。少し下がり、強い風に巻き上げ

られぬような位置取りをしなければ、この巨大な剣と盾を真面に振ることができないではないか。

少女に介錯する分には十分であっても、真っ当に戦うためには状況が悪すぎた。

「心配なくってよ、愛しの君」

耳の間近で囁かれるウルスラの声。みれば、いつの間にか掌の大きさに縮んだ彼女が肩の上に止まっているではないか。

「夜闇の妖精が本気を出せば、たとえ無機物であろうと盲いさせることができるんだから」

大きな破壊音。何事かと思えば、人形同士がぶつかり合って壊れていた。走る方向が定まりきらず、勢い余って味方同士がぶつかり壊れていく様は見ていて心臓が痛くなるほど恐ろしい。

これ、自分に向けられたら対策しようがなくて詰むぞ。

妖精という存在の恐ろしさを骨の髄まで仕込まれながら、巨鬼が持っていた手槍もかくやの長さの剣を振るう。すると、人形は避けるだけの能がないのかガラスのように容易く砕け散って嵐の中に吹き散らされた。

よし、これなら戦える。確信と共に重い剣を振り回し、単体でみれば然程怖くない人形を薙ぎ払った。圧倒的な質量を誇る武器は、振り回せば技量など無くとも絶大な破壊を振りまけるので実に頼もしい。間合いも広く、仮に防がれても相手を吹き飛ばせる重さと速さは、それだけで暴力として成立するのだ。

馬車を守りながら戦っていて、一つ欠点に気が付く。剣を振るうにしても、盾を構えるにしても僅かに体が追従してしまう。振り上げる動作に引かれて腕が上がり、構えに反して畳まれる。

どうやら多数の腕を操るのに私の容量が足りていないようだった。理屈としてはレースゲームを遊んでいる時に体が傾くのと同じだろうけど、これは些かよろしくないな。今はこの二つしか武器を操っておらず、自分で武器を構えていないから問題になっていないが、本来想定していた使い方をした時にはかなり足を引っ張られそうだ。

どうやら〈多重思考〉をアップグレードする必要がありそうだな。今後のことを考えれば、隙は確実に潰していかねばならない。

とはいえ、今後を考えるには今を乗り越えねばならないのだけれど。

ウルスラの支援によってかろうじて耐えられているが、無尽蔵に補給される人形の軍勢に少しずつ押され始めている。風圧から逃れるために下がっていたのが、今では押し包まれて囲まれないための後退に変わりつつあった。

切り伏せることは容易い。何の技量もなく突っ込んでくるだけなので、巨大な剣を振り回し、盾を叩き付けるだけで面白いように破壊できる。前世で一時期流行った、大量に群がってくる敵を単身で駆逐するゲームのようだ。

しかし、状況こそゲームに似ていても、とてもではないが今の状態を〝無双ゲー〟とは表現できない。

爽快に敵を蹴散らしているのではなく、損害を気にする必要の無い敵に飽和攻撃を受けているだけなのだから。

私一人の火力では足りない。このままでは然程遠くないうちに馬車にたどり着かれてしまう。エリザが眠る、絶対に守らなければならない馬車に。

焦りに武器を操る手が少し乱れた。また、巨大な武器を操るために多重発動した魔法の消費が激しく、魔力切れの症状なのか頭がふらつく。

拙いな、このままでは……。

「なんだってうちの丁稚は、ちょっと目を離したら厄介ごとに巻き込まれるのかしらねぇ」

瞬間、まさに瞬きほどの間を目の前で黒い玉が暴れ回り、雲霞の如く群がってくる氷の人形の過半が消滅した。

砕けるでもなく、破壊されるでもなく、正しく消滅としか呼べぬ消え去り方。

声のした方を振り返れば、馬車の上には雇用主の姿が。

「魔導反応があったから戻ってみれば、ずいぶんとギリギリじゃないの」

絶望しか感じられない敵を前にして、気怠げに、余裕たっぷりな不遜さを感じさせる振る舞いは、見ていて酷く安心させられる。

「それにしても随分な様ね。アレなに？　何をしたら半妖精がああなるわけ？」

嵐の中、手勢が蹴散らされたことなど全く意に介する様子もなく悶えるヘルガを見てアグリッピナ氏は胡乱な目をしていた。興味を惹かれるというより、異質すぎて専門家の目をしても「なにあれ？」としか思えぬ存在に退いているようだった。

「あそこまで存在の本質が変質して、なんで生きていられるのやら」

学者気質の彼女であっても、最早ヘルガは興味を惹かれる対象ではなく、ただその異質さに舌を巻く存在になり果てているらしい。

「つくづく変なのに絡まれるわね、貴方も。あんな成り果てて〝どうしようもない〟様になった相手にまで好かれるなんて。呪われてるんじゃなくって？」

あまりにもあまりな物言いに反論したくなるも、そんな余裕は匙一杯分もないので怒鳴ることさえできなかった。

だが……やはり、魔導師としての目線であっても、ヘルガは救い難い状態にあるというのか。話し方で分かってしまう。このまま〝生かしておける〟と見ていないことが。

「まぁいいわ、どのみち迷惑だし、さくっと……」

「ま、待ってください!!」

「ん？」

術式を構築して全てを終わらせようとするマスターに声を上げる。

それでは、それでは意味がないのだ。

これは私が始めてしまった以上、私が終わらせねばならないことだから。

なればこそ、本気を出せば私など物の数ではないはずのウルスラやロロットが、自重した手助けしかしていない。

彼女たちもきっと、ヘルガにとってこうあるのが一番だと信じているから。

その上で言ったのだろう。どうあっても後悔はしないと。私の決断の結果、私自身の力が及ばず、斃(たお)れることも〝どうあっても〟の中に含まれるはずだ。妖精(アールヴ)とは優しいことを言うようで、決定的なところは人とは違うのだから。

「……なら好きになさいな。どっちに転んでも損はなさそうだし」

ほんの僅かな間の逡巡(しゅんじゅん)の後、アグリッピナ氏はつまらなそうに嘆息し馬車の縁に腰をおろした。そして長い足を優美に組み、空間のほつれから取り出した煙管(きせる)を咥(くわ)えて、こうおっしゃった。

「後ろはきちんと処理してあげる。子供の自主性を大事にしなさい、と本には書いてあったからね」

「……感謝いたします!!」

私の我(わ)が儘(まま)は受け容(い)れられ、後背に低く唸(うな)りを上げる黒球が援護として付けられた。一度破壊力を見ている身としては頼もしいことこの上ないが、万一転んで触れたらどうなるのだろうとおっかない気もしてならない。

味方を誤爆しないように魔法を制御する繊細な技というのは往々にして存在するが……あの人、前衛を気遣ったりするタイプかな。効率が落ちるから誤爆は避けてくれるかもしれないけれど、ある程度は自己責任でしょと言い出しかねないから怖い。

何はともあれ後顧の憂いはなくなった、さぁ、後はただ押し進んで……。

「あにさまぁ……？」

馬車のドアが軋む音、暴風の中でも聞き間違えようのない愛しい声。アグリッピナ氏の小さな「やっば」という呟きに振り返ってみれば、馬車のドアを開けてエリザが地面に降りようとしていた。

簡素な寝間着を着込み、大きな枕を抱きかかえたままの彼女は外の騒がしさに目が覚めてしまったのだろう。そして、起きた時に一緒に寝ていたはずの私が居ない不安に負けて、寝床から出てきてしまった。

長く外にいるつもりは無かったから鍵をかけていなかった。アグリッピナ氏もこの場面で出てくると思ってなかったから、施錠の魔法をかけていなかったようだ。

「エリザ、出てきちゃダメだ！　危ないから!!」

「でも、あにさま、なんだかこわいの、その子達だぁれ……？」

腕を振って戻るように促しても、彼女は素足のままパタパタ駆けてくる。

「あああああＡａＡＡ亜阿啞!?」

ひび割れて潰れた叫び声。今までに聞いた哄笑とも嘆きとも悲鳴とも違う声は、より深い感情を秘めて潰れていた。

それは〝絶望〟としか言葉の浮かばぬ、あまりに深い嘆き。

今一番見られるべきではない光景を見られてしまった。彼女が私を父親と思い込んでいるのであれば、別の少女を連れて大事にしている光景がどう映るか。

深く考えるまでもない。

私は咄嗟（とっさ）に剣を持つ〈見えざる手〉を離し、全力で広げて駆け寄ってくるエリザを包み込んだ。細く痩せた体を抱きしめて、背で支えるように巨鬼（オーガ）の大盾を背に立てかける。

そして、絶望の悲鳴と共に地を水平になぎ払う嵐に襲われた…………。


【Tips】妖精（アールヴ）が生理的に扱う魔法は半ば奇跡の領域に踏み込んでおり、自身の権能に沿ったものであれば天変地異に近しい事象を引き起こすことも能（あた）う。


痛みを覚えているのは果たして体か、それとも既に瓦解した精神の名残か。

首の半ばよりを切り開かれ、大きく傷口を覗（のぞ）かせた少女は理解できなかった。

幸せになれるはずだったのに。あの頃に戻れると思ったのに。痛くて苦しくて辛（つら）くて、悲しい夢は終わったはずなのに。

もう二度と、愛する父に「私は貴方の娘ではありません。ヘルガを奪ってごめんなさい」だなんて言わなくて済むはずだったのに。

ヘルガは自分なのだ。肖像画でしかみたことはないけれど、とてもよく似たお母さんと大好きなお父さんの間に生まれた娘は自分しかいないのに。誰に聞いても優しくて素敵な人だったと褒めてもらえるお母さんに、こんなにも似ているのに。

だのに父はある日を境にヘルガを認めてくれなくなった。心がざわざわして、気がついたら宙に浮かび上がってしまったあの日から。

最初は嬉しかった。たまに招いてくれる詩人の詩に現れる妖精や天女のようだと無邪気に喜んだ。ここから素敵な冒険が始まるのだと確信していたのに。

だけど現実は全く違う。館に不穏な空気が満ちて、幸せだったお家は変わってしまった。身の回りのものは全て取り上げられて、殆ど人が通らない西翼の奥まった部屋に閉じ込められた。

それから先のことは思い出したくない。思い出せなくて良い。あれはとてもとても怖くて悪い夢でしかなかった。

そのはずだった。なのにどうして父様は私の首にナイフを突き立てたのだろう。

どれだけ考えても分からず、存在しない筈の父親から拷問された記憶が次々浮かび上がってくる。消えろと願っても、お前なんて嘘だと自分の記憶に怒鳴りつけても悪い夢は終わらない。体に漲る由来の分からない力を使っても、嫌いな者を全て吹き飛ばそうと氷の暴風を作っても消えてくれない。

認めたくない記憶も、目の前から追い払ってしまいたい父親に似た誰かも。強く強く希い、全てを絞り出すように叩き付けてもまだ終わらない。

もう世界が自分ごと消えてしまえば良いのに。

無理矢理積み上げた心が悲鳴を上げる中、一人の少女が姿を現した。

金色の髪、茶色の瞳、小さくて痩せた体。自分の父と何処か似た雰囲気の少女は、今より幼かったころの、幸せな頃の自分を連想させる。

あれは誰だろう。どうして彼女は自分の父を知っているのだろう。どうして縋るように駆け寄るのだろう。

そこは私の場所なのに。他の誰にも許されない場所なのに。

そうして歪んでねじれた認知は、責任を余所に移すことで崩れた自我の維持を選んだ。

あの子が悪いのだと思い込むことで。

全てはあの子のせいで起こったことなのだ。あの子が父様を取るから騙されて自分をいじめたのだと。どの記憶にも登場せず、全く不合理な思考と論理であっても壊れた心には判別がつかない。

目の前の不快な事実を潰すため、消えてしまえば良いと今までで一番の恨みを込めて力を吐き出した。

鋭い氷と恐ろしく堅い大きな氷が吹きすさぶ風の中で混合され、取り込まれた全ての生命をかき混ぜる絶命の嵐を生み出す。掌の中で勢いを増す嵐は、最早人語として成立せぬありったけの恨みを混ぜた絶望の叫びと共に解き放たれる。

広がった知覚はヒト種であればあり得ない認知を引き起こす。嵐の中、触覚があるかのごとく風で刻まれるのが分かった。全てに霜が降り、熱を奪われて形を喪っていく。

だが、その中で壊れないものが一つ。

いつの間にか遠くに離れてしまった馬車はいい。別にあれを壊してしまいたかった訳ではないから。上に座っている銀の髪をした女の泰然とした態度はどこかカンに障るけど、今はどうでもいい。

背負った盾が削られる中で、耐えている一塊の熱。

死んでいない。まだ死んでいない。父を奪った憎い少女も、簡単に騙されて自分をいじめた憎い父もまだ生きている。

……あれ？　父が憎いのだったっけ？　いや、そんなはずはない。自分は父様を心から尊敬して愛していたはず。

では、あそこにいるのは誰だろう。父様はどこかに行ってしまったのに。あそこに居るのはお父様？

父様は私が憎いから何処かに行ってしまって、でもあれは夢だから何処にも行っていなくて、でもやっぱりあそこに居るのは父様ではなくって。

歯がすり減った歯車のように思考は空転し、もつれて絡み終わりに行き着くことはない。無尽蔵とも思える魔力をひねり出し続け、気が付けば身が崩壊の軋みを上げていることにさえ至らぬほど自我は絡んでいく。

全ては歪み、分からなくなる。

ただ、その中で一つ……気が付いた。

あそこに居る二人は、かつての自分と父様ではなかっただろうかと。

悲しいことがあった時、辛いことがあった時、いつだって父様はああやって抱きしめてくれたから。

あの腕の中に還りたい。自然、そう思えば嵐は勢いを失っていく。

いや……それは単に彼女がほんの一欠片の郷愁という正気を見いだしたからではない。

自己を保全する一切の理性を失って回し続けた魔力が尽きようとしているのだ。

霜と氷の嵐が弱まるのと巨鬼の盾が耐えられなくなるのは、殆ど同時のことであった。

父様は、誰か知らない金色の少年は小さな少女であれば庇いきれるほど大きな剣を後に残して駆けてくる。弱まったとはいえ剃刀に劣らぬ切れ味の雹が混じる中を突き進み、宙にいるヘルガへ向かってまっしぐらに。

髪が散り、血が滲み、肉が大きく裂けても足は止まらない。

じっと目を見つめながら、しかし一片の憎悪も殺意もなく少年は飛び上がった。

「あ……」

優しい目。でも、知らない目。父様の目は、もっと冷たい透き通るような蒼だった。少し沈んだ、子猫のように澄んだ目は知らない色をしている。

でも、とても温かくて優しい目だった。

だから痛くない。だから苦しくない。だから怖くなかった。

あれほど嫌だったのに。体に刃物を突き立てられるのは。

不思議と穏やかな気持ちになれる。体は痛みを訴えているのに、未だ狂った精神は悲鳴を上げているのに。魂だけは嫌に穏やかで、とても晴れ晴れとした気持ちだった。

嵐が止み、綺麗な月夜が帰って来た夜空のように。

疎ましい呪符を貫いて胸に潜り込んだ見慣れない形の短刀。血も滲まない体なのに、胸の中がとても温かく感じる。

終わりの温かに包まれながら少女は緩やかに地に落ちる。

永い永い苛みが終わる温かさに包まれながら、少女は何十年か振りに穏やかに瞑目した……………。


【Tips】魂持つ全ての存在にとって死は共通の概念である。


身を削る嵐に吹かれつつ、私はエリザを抱きしめて機を窺う。

そして恐怖に涙を流し、必死に縋り付いてくる愛しの妹の熱を感じながら考えた。

私自身の甘さと愚かさのことを。

初めて魔物を介錯した時、私はなんと言ったか。

手前にはどうしようもないのだから、さくっと介錯してやるのが慈悲だと言った。

それがどうだ、今の無様さは。

結局私は分かったふりをしていただけの阿呆に過ぎなかったのだ。哀れみを誘う容姿の少女だからといって情けをかけ、当の妖精達が諦めているのにありもしない、頭の中で願った希望に縋ったのがいい証拠である。

　そりゃあそうさ、何時だって可哀そうな乙女は世界に愛されていると思い込んでいたから。あんな状態からでも報われることがあると、多くの物語で吟じてきたから。

　だけど現実は違うのだ。罅が入った器に酒を注げなくなるように、心が壊れてしまえば取り返しはつかない。都合の良い奇跡が起こり、ちょっとした思い込みから正気に戻ることもなければ、安っぽい伏線で手に入れたアイテムが都合良く働いて知性を取り戻すような展開もない。

　これは私が招いたこと。甘いお約束に浸った私の罪。

　だから、私はこの罪を背負い続けねばならない。この鼓動の最後の一拍まで。

　生ぬるい考えから妹を危険に巻き込んで何が兄貴か。何が立派な冒険者になるか。あまりの情けなさに少し前の自分を殴り倒して、ついでに舌を噛み切って自裁したくなる愚かしさ。

　寒さではなく、怒りに体が打ち震えるようだった。

　不意に寒さが和らいだ。依然として強い風は吹いているけれど、勢いは明確に削がれつつある。

「魔力がつきかけているわ。当然よ、あんな〝領分から外れた〟現象を引き起こし続ければ……」

「霜の妖精は、あくまで冬を呼んで、強めるだけだもんねぇ……嵐も、氷も、全部もっと上位の妖精の権能なのに……」

共にエリザを守ってくれていた妖精達が、攻めが緩んだ理由を教えてくれる。

彼女は弱っている。つまり、このまま耐えれば……いや、耐えてしまえば自滅してしまう？

ああ、駄目だ、それだけは駄目だ。

「二人とも、お願いがあるんだ」

「何かしら、愛しの君」

私は成さねば、私が成さねばならない。魔力が尽きるのは人の身でも辛いのに。より魔力に親しむ妖精であれば、魔力が全て枯渇し消えていくことはどれほど苦しいのだろう。

「エリザを守ってやってほしい」

ただでさえ酷い状態なのに。ただでさえ酷い目に遭い続けていたのに。最期まで苦しみ続けるなんてあんまりだろう。

「……仕方ないわねぇ」

「うん、しょーがないねぇ、愛しの君のおねがいだもんねぇ」

身勝手な願いに妖精達は顔を見合わせ、やがて笑ってくれた。どうしようもない私のために。

「エリザ、兄様と一つ約束しておくれ」

「あにさま……なぁに……？」

「私が良いと言うまで、絶対に動いてはいけないよ」

胸に顔を埋めて泣くエリザへ言い含め、体の下で丸まって縮こまるように頼んだ。

いよいよ盾が保たなくなる。だが、これほど小さな彼女であれば、私のお願いに応えて守りを強くした妖精達の障壁と、巨鬼の剣を使えば十分すぎる。

エリザの守りが強まるのが早いか、私を守っていた盾が砕けるのが早いか。一も二もなく、私は全て託して走り出した。

勢いに衰えこそ見えど、殺傷力はいまだ健在だった。冷たい霜が感覚を奪いにかかり、鋭い雹に切りつけられて全身に切り傷が刻まれる。

しかし、その程度がなんだ。我慢できない痛みではない。魔力の及ぶ限り〈見えざる手〉を広げて盾と為し、空中に足場を連ねて飛び上がる。

すまないヘルガ、全ては私の責任だ。私は君を忘れず、ずっと謝り続け、二度と同じ過ちは繰り返さないよ。

本当にすまない。

だからヘルガ、私は私を決して赦さないから、君も私を赦さないでくれ。

他の誰が赦そうとしても、私と君だけは。

彼女の存在を刻み込むよう、揺れる瞳を最期まで見つめ、私は小さな体に妖精のナイフを突き立てた。

存在の骨子、核を確かに貫くように………。

【Tips】魔種の重要器官である魔晶が心臓に寄り添うように存在しているのと同じく、胸に存在の核を秘めた者は多い。

終章

エンディング

【Ending】

物語（セッション）の終結。全てがどうあれ処理はしなければならない。それが勝利に沸き戦利品を喜ぶことであれ、無念に果てたPCの死であれ。筋書きがはあれどオチは決まっていないTRPGの根幹であり全ての創作のキモ。「Happily ever after」と必ずしも締めくくられないのもTRPGである。

少女は優しい腕の中で瞑目し、長い息を吐いた。直感的にもう何度も息を吸うことはできないだろうなと悟りながら。

それでいて苦しさは全くなかった。四肢の末端より僅かずつ朽ちていきながらも、痛みも苦しさもなく、数十年ぶりに穏やかな気持ちでいられる。

一緒に落ちた少年、彼の腕に抱かれていると染み入るような温かさと、蒼い目の優しさが染み入ってくるようで。

「ねぇ……あなた」

打ち倒された彼女は自分を抱き留めた少年を正しく認識した。これは父様ではない。巻き込まれてしまった、可哀そうな見知らぬ他人だと。

「なんだい」

「とても疲れたの」

第一、面影すらないではないか。父様の髪はもっと長かったし、色合いはもう少し暗くて月夜にこそ映える金色をしていた。年齢も違うし、声だって全然違う。

だけど、こうやって抱きしめてくれていると、父様に抱きしめられているようで少し嬉(うれ)しかった。

「そう……だね。疲れたなら、休むといいよ」

涙を堪(こら)えるような声。後に洟(はな)をすする音が続いたから、きっと堪えるようなではなく、堪えているのかもしれない。我慢することなんて、それより、泣く必要なんてないのに。

なぜなら今、少女はとても穏やかな気持ちだったから。

「ええ、そうするわ」

むしろお礼を言いたいくらいなのに。今際の淵で心安らかに目を閉じられるだなんて、暴威として振る舞っている時は予想さえできなかった。

ほんの微かな冷静な思考の中で、終わりとはただただ苦痛の末にやってくるものだと強く思い込んでいた。

それと比べれば、これはいい終わり方だった。

「ねぇ、あなた……みしらぬあなた」

お礼を言いたいくらいだ。それでも言わないでおくけれど。お礼を言ってしまえば、彼はもっと苦しんでしまうように感じたから。

折角の金の髪と青い目は悲しみに沈むより笑顔でいてくれた方が嬉しい。なぜだか、強くそう感じる。

「お歌をうたってくださるかしら……ねるときはね……そうしてくれるとよくねむれるの」

だから代わりにおねだりを一つした。貴種というのは両親と一緒に眠るものではないのに、父はよく自分を寝台に招き入れて歌で寝かしつけてくれたから。

「私は歌は上手くないよ」

「いいのよ……歌ってくださるだけで……それだけで」

贅沢な願いだと思った。穏やかな気持ちで終わるだけでなく、歌までねだるなんて。

「……しずかなよるよ、やさしいよるよ」

ああ、だけど彼は歌ってくれた。聞いたことのない歌、素朴で飾り気のない歌詞は、きっと地下の民草が我が子を寝かしつけるために口ずさむ歌なのだろう。

「つきのよるよ、やさしいひかりのうでのなか、ねむるよいこはやすらかに」

彼は丁寧に歌いながら頭を撫でてまでくれた。記憶の中にある父親の手より小さくて硬いけれど、とても満ち足りた気分になれる掌。

本当に眠るような心地で少女は溶けていった。手足の末端から肉体は崩れ、虚空に舞う小さな灰となり、後には降り積もることすらない。封じていたものを失った呪符だけが、悔いるように積み重なる。

「……おやすみなさい」

少女は満足そうに呟いて眠った。優しい永遠の、求めて止まなかった眠りを得た。

ただ一つ、最期にゆっくり崩れていった頭、少年の膝の上にコロリと落ちる物が。

それは蒼い宝石。彼女が好きだった蒼氷色の色を宿した蒼い宝石。

この世にヘルガと名付けられた半妖精の少女が存在していた最期の痕跡は、降り注ぐ月の光を受けて誇らしげに輝いた。

これでよかったのだと語るように………。

【Tips】強大な存在が果てる時、強い思いを抱けば願いの残滓が結実し、この世に最期の痕跡として残ることが希にある。それは強い意志を秘め、持ち主の身を強く守ることであろう。

ヘンダーソンスケール1.0

Ver0.2

ヘンダーソンスケール1.0
【Henderson Scale 1.0】
致命的な脱線によりエンディングに到達不可能になる。
誰かが幸福になるのに誰かが不幸になる必要はないが、その逆もまたしかり。

エリーゼと名付けられた少女は酷く後悔していた。

家を出る前に誰が見るでもないのに髪型に凝り、出立が遅れたことを。おばあさまが狼除けだと持たせてくれた護符を忘れたことを。絶対に越えてはいけないよ、と普段から強く言いつけられていた背の高い松の木の向こうに木イチゴを見つけて踏み込んでしまったことを。

それさえしなければ、いや、そのどれか一つでもなければ、今頃自分はお家でお夕飯を食べられていたのにと。

日がすっかり沈んで月明かりも殆ど届かない森の中、エリーゼは帰る道を見失い、ついには自分が〝お夕飯〟になろうとしていた。

木の根元に背を預けて縮こまり、涙を流す彼女は群狼に囲まれている。精悍な顔つきの狼たちは、姿形こそ似ているのに牧場で彼女が世話している牧羊犬達とは全く違った。

飢えた瞳に睨め付けられて、彼女は自分の死を悟る。同じ金色の瞳なのに、彼女を見れば顔をなめてくれる二頭の愛犬とは全然違う目だ。

小さく手頃な獲物を見つけて、暗い喜びを宿した目である。

しかし、群狼はしばらく少女の周りをうろついて、中々手を出そうとしなかった。

狼とは慎重な生き物だからだ。ヒト種は子供とはいえど、普段彼らが相手をする獲物と比べれば大きめだし、小さな個体はともかく、近くにいつもいる大きな個体が恐ろしいことを知っていた。

医者にかかれない彼らは小さな傷でも大きく響く。それ故、常に慎重に獲物を見定める。結局、彼等が恐れる大きな個体が現れることはなく、おびえるばかりの獲物に反撃がままならぬことが本能で分かった。

たやすい獲物だ。こうなれば話は早い。群狼達ははやし立てるように吠えたくり、一頭がゆるやかに前に出た。

見事な体軀の雌であった。この群れにおいて狩りを主導する、頭目の番たる雌狼だ。狩りに慣れた彼女はささやかな獲物であっても時に手痛い抵抗を見せることを知っていた。それ故、一切の抵抗を摘むべく最初の一噛みで仕留めんと飛びかかり……。

闇夜より飛び出した金色に輝く軌跡にぶつかって、空中で強烈に吹き飛ばされた。

土埃を巻き上げながら、二度三度と転がるも彼女はなんとか体勢を立て直す。折角の食事を邪魔しようとしてきた慮外者に向け、群れの皆と共に吠えかかろうとし……自身を吹き飛ばした存在の神々しさに目を奪われた。

藪から一切の気配を感じさせることなく飛び出してきた金色の光は、まばゆいばかりに美しい大狼の毛皮から発されるものであった。

闇を払う光を帯びた毛皮は、夜空に輝く月のごとき色彩を帯び、思慮深く彼らを睥睨する目は真夏の空よりも尚透き通る碧。

堂々たる、明確に〝格〟が違う存在を前にして、群れは一瞬で闘争心を喪った。彼らはヒト種や人類の多くが知恵を得る課程で喪った本能を保っている。

その本能がささやくのだ。この大狼と戦うどころか、刃向かうことすらしてはならないと。

　じりじりと相対しつつ下がる群狼から、大狼は決して目を離さなかった。そして、彼らが背を向けようと襲いかかることはせず、ただ去るに任せ、その背が決して戻ってこないと確信するまでぶれることなく見定め続けていた。

　やがて、気配が確実に消えたことを認めると、大狼は振り返ってエリーゼと相対する。

　何処までも碧い瞳に貫かれても、少女は脳の処理が追いついていないのか群狼達のように恐怖することはなかった。その雄大にして神々しいまでに美しい体軀を見上げて「きれい……」とつぶやきが零れるばかり。

　あまりに存在の格が違いすぎるのだ。それを前にしては、怯えることも絶望することも最早意味がない。ちっぽけな人にできることなど、彼女のようにただ見たままを感じることだけなのであった。

　まばゆいまでに光り輝く大狼は、月色の毛皮を緩やかにのたうたせ少女との間を詰めた。そして、剣のような牙が並ぶ口腔より舌を伸ばし、舌先で優しく涙を拭ってやったではないか。深い湖面のような〝碧〟を湛えた彼女の目から零れる感情の残滓を。

　不思議と生物特有の生臭さも大量の唾液もまとわぬ舌の柔らかさに、少女の臨界を迎えつつあった緊張の糸がぷつんと切れ、あっという間に目の前が真っ暗になった。

　しかして、どれほどの時間が経っただろうか。少女は奇妙な暖かさと、初めて嗅ぐ花のような甘い匂いに包まれて眠っていた。

目を開けば、繊細な色調の金が視界いっぱいに広がる。それは、あの大狼の毛皮であった。

「きゃっ!?」

大狼は丸まっていた。まるで気絶した彼女を守るようにして。いや、それは実際に守っていたのだろう。夜闇の暗さから、日が差さぬ森の寒さから、陰に潜むあらゆる悪意から。

少女が目覚めたのを認めると、大狼はのっそりと起き上がり彼女の体を解放した。冷たい夜気に小さな体が震え上がる。冷え切った夜の中でも温かな毛皮から放り出された彼女は、世界のすべてから見放されたかのような心細さを味わった。

だが、大狼は去ることはせず、むしろ、身をかがめて少女を見つめているではないか。

ひときわ地面に近づけた首へ乗れと言わんばかりに。

「たすけて……くれるの?」

おずおずと問いかける少女に対し、大狼は首肯する代わりに宝石のような碧い目を瞬かせた。

少女がおっかなびっくり跨がると、大狼は殆ど揺れを感じぬほど優美な動きで身をもたげた。一歩一歩を踏み出す歩調も優しく、父の膝に守られるようにして乗った馬とは比べものにならないほど好い心地であった。

揺るぎも迷いもない歩調で進む大狼の背で揺られることしばし。彼女は何度も求めた見慣れた道を進んでいることに気づいた。永遠に思える時間を彷徨って、もう二度と見つけられないと諦めた道。大狼の歩みは、わずか数分で彼女の冷たい永劫を踏破してみせる。お家に帰れる！　涙で潤んでいた瞳が喜びに輝き、大狼の首を保持していた足に自然と力が加わった。

そうして、ついに彼女は帰り着く。普段ならとっくに皆寝ているはずの家には灯りが灯っており、家族がまだ起きていることが分かった。

「おうちだわ！　帰ってきた！　帰ってこられた!?」

大狼は首を下げることで喜びに打ち震える少女を立たせてやりつつ、そっと身を引いた。彼女の声を聞いて、ドアが開く音が聞こえる。出てきたのは、先ほどまで山狩りをしていたのだろう。野良着のまま燃え尽きた松明を片手に持った父親だ。その後に泣きはらしていたのか顔を腫らした母親が続き、足が悪くなっていた祖母までもが信じられない速度で飛び出してくる。

「ああ、エリーゼ！」

「ああっ、神様！　感謝いたします！」

「え、エリーゼや！　無事なのかい!?　本当に、本当にお前なのかい!?」

駆け寄ってきた両親に抱きすくめられながら、少女は自分を連れ帰ってくれた大狼を紹介しようとした。しかし、振り向いた時、視界に映ったのは闇に煙るように溶ける優しい金色の残滓だけであった…………。

【Tips】三重帝国の広範囲に狼は生息するが、その多くは灰色と黒の体毛を持つ群狼である。

「ああ、それは送り狼（シュツツヴォルフ）だねぇ……」

「送り狼？」

両親に散々叱られ、山狩りを手伝ってくれた周囲の大人達からも散々に説教されて数日、ようやく落ち着いてきた少女は祖母にあの夜出会った大狼の話をした。今になって、あの大狼は何だったのかと不思議になったのだ。

狼が子犬に見えるくらい大きく、それでいて神々しい狼を彼女は知らなかった。そして、物知りな祖母ならば何か知っているかと思って問うてみたのだ。

やはり物知りな祖母は、その狼のことも知っていた。

「そうさ、送り狼と呼ばれている妖精（アールヴ）だよ。この辺じゃずうっと昔から語られている存在でねぇ……森で迷った子供や旅人、それに冒険者を助けてくれる、ありがたーい妖精（アールヴ）なのさ」

「妖精（アールヴ）なの？　狼なのに？」

「そうさ。その狼は妖精（アールヴ）が連れてきてくれるからね。もう死んじまったお前のお爺（じい）さんも、四つの時に助けてもらったんだよ。その時は、黒色のかわいい女の子も一緒だったって言ってたっけねぇ」

きっとエリーゼが良い子だから、妖精(アールヴ)が連れてきてくれたんだろうねぇ。そう微笑(ほほえ)みながら祖母は少女の稲穂のような暗い金色の髪を撫(な)でてやった。

「送り狼……お月様みたいな色で、とっても大きな狼だった」

「そうかいそうかい。しかし送り狼に助けて貰(もら)ったのなら、お礼をしなきゃねぇ……次の秋祭りの時は、森に氷菓子をお供えしようねぇ」

「氷菓子？」

「そうだよ。送り狼は氷菓子が好物なのさ」

狼なのに？　と問う孫に祖母は笑って、きっと甘い物好きなのさと答えた。

「変なの」

そう思いながらも、少女は小遣いをため、森に氷菓子をお供えしようと固く心に誓うのであった…………。

【Tips】送り狼、月光大狼とも。三重帝国南方で広く伝わる民話にして童話であり、近年においては実存の妖精種。主に荘園(しょうえん)が広がる辺境の森を駆け巡り、子供や迷い人を家や街道に送り届けることで知られる。その毛並みは月のような輝きだと噂(うわさ)され、毛皮を求めて森に分け入った冒険者も一時期は多々あったが、誰一人帰ってこなかったことから今ではそれを狩ろうとする者は誰もいない…………。

その丘は不思議な丘だった。なだらかな丘の上では、稜線（りょうせん）にかぶるような曖昧な月と太陽どちらも拝むことができる。そして、それはいつまで眺めていたって暮れることはなく、永遠の薄暮を作っているのだ。

久遠の不定に彩られた優しい光の中、私は指定席となっている大木の根元に腰を落ち着けた。そして、日課の毛繕いを始める。

さて、私は一体どこで人生を間違えたのだろう？

最初の間違えは、やはり便利だろうと〝唇〟ではなく〝目〟を貰ってしまったことだろうか。

そして、それに続く可哀（かわい）そうな少女の思いを引き継いだことも裏目に出たのやもしれない。

結果的に私は妖精（アールヴ）から色々と〝貰いすぎてしまった〟らしく、気がついたらこんな様になっていた。

薄暮の丘の妖精狼、それが今の私。

もうどこかの荘で生まれた、ヒト種（メンシュ）の小倅（こせがれ）はどこにもおらず、妖精（アールヴ）になり果てて何年生きたかも分からなくなった〝私〟が残るばかりだ。

妖精（アールヴ）になって初めて分かったことだが、ヒト種（メンシュ）だった頃の私が考える以上に妖精（アールヴ）というのは面倒くさい存在だったらしい。

魂に刻まれた本能に逆らうことができず、ついつい抗えないで行動に移してしまう。

だからだろうか。森の中で子供が傷ついていたらほうっておけなくなったのは。

やり過ぎはダメ、と周囲を好き勝手に踊る同胞から窘められても私は止まれなかった。冒険に来て迷った子供、イチゴを探しに来て帰り時を見失った子供、親から捨てられて死ぬまで彷徨うしかなくなった子供……そのどれも、どうしたって見捨てられず助けてしまう。

冒険者にまで手を伸ばしたのは、憧れの残滓だろうか。反省する気はあるにはあるのだが、高位の妖精連中から叱られたって、やめられないんだよなぁ……ほんと。

「なに黄昏れてるのよ」

ぼぅっと丘で舞う同胞を眺めていると、ウルスラが腹に飛び込んできた。楽しそうに私の毛皮で戯れる褐色の姿を見ても、最早「野郎やってくれたな」という念もわいてこない。この様に落ちた頃は、結構追いかけっこをしたものだが、まぁ私のアホさも原因の一つだと悟った今では遠い昔のことのように感じる。

「なんでもないさ。少し昔を思い出していただけだ」

「あら、そう？　懐かしむほどいい昔だった？　もう、その姿の方が堂に入ってるわよ？」

そりゃあ、そうだろうさ。私がこうなって、もう何百年になるのやら。

その間、三重帝国はあまり変わらなかった。いくつかの戦乱や内乱はあったが、帝国はすべて乗り越えて、版図を増やしながら厳然として存在し続けている。人類の営みはめまぐるしく巡れども、大きく姿を変えることもない。見慣れぬ農具や新しい術式が編み出されてはいるようだが、結局人間は何処までも人間だった。

良い意味でも、悪い意味でも。

変わらない人間の中から置き去りにされて、私はヒト種(メンシュ)の子供から単なる〝私〟に成り果てた。もう、人としてそれを惜しむ感覚も分からない。おいていってしまった父母や幼馴染(おさななじ)みを思い出しても、少しさみしいなと思う程度で済んでしまう。

ああ、今となっては、彼等(ら)の名前さえも思い出せない。脳裏に残るのは、その髪の色、優しい声音、温かな掌(てのひら)。今も耳を飾る、桜色の飾りだけ。

だって、仕方がないじゃないか。私はもう、私がどこの誰だったのかさえ覚えていないのだから。

寂寥(せきりょう)に鼻をならせば、薄暮の丘を抜ける風に吹かれて私の耳飾りがちりんと鳴いた。

「あら、また来たのね、あの子」

この耳飾りが鳴る時は、決まって来客がある。たしか私にとってとても大事だったはずの誰かが、私と似た月色の光をまとってやってくるのだ。そして、私から〝私〟を剥ぎ取ろうとして、とてもおっかない剣を振り上げてくるのである。

とてもとてもおっかない、それなのに酷(ひど)く懐かしい気がする剣を。

今日は一仕事したこともあって、彼女の相手をしたくなかった。そこまでの余裕がないのもあるが、どうしてかあの目を見ていると、心がざわざわし過ぎるのだ。そうなるととても怖くて、銀色だったり緑や蒼（あお）だったりするものをズタボロにしたくてたまらなくなるから困る。

いや、したのだっけ？　し損ねたのだっけ？　やっぱりしたのだったか？

どれだけ考えても分からなかったので、私は懐かしい誰かから逃げるために身を躍らせた。

送り狼は困った誰かを助ける妖精（アールヴ）。その足は空間を超えて帰郷が能（あた）わなくなってしまった者の絶望を踏破する。そして、絶望した誰かのところに私を届けてくれる。

「うおっ!?　なっ、なんだ!?　畜生！　折角異世界に来たってのにこんなのばっかりかよ!?」

心地よい月光を浴びながら躍り出たのは、何処（どこ）ともしれぬ深い森。私はそこで、なぜだか郷愁の念を駆る、黒い装束をまとった男と出会った…………。

【Tips】どこかの誰かだった男は、どうあっても目的を果たすためにいる。菩薩（ぼさつ）が彼をこの世界に放り込んだ意味は、彼がどれだけ変質し、道を踏み外しても最後の最後で過たない…………。

存在するだけで畏怖を抱かせる者とは少ないながらも世に存在するものである。

王侯貴族はその居立ち振る舞いのみで下々の者を感服させ、偉大なる騎士は馬に跨（また）がり緩やかに巡回するだけで犯罪を抑止する。

　それと同じく、ただ立ちはだかられただけで強く〝勝てない〟と認識させられる強者が世にはいるものだ。

　彼の者が立つ場所は血の海としか形容の仕様がなかった。

　一刀の下に切り伏せられた者が山を成し、死に損なった哀れな者が手前の手足やこぼれ落ちた腸をかき集めようとする修羅場のなんと悍ましきことか。

　斯様な地獄を尚恐ろしく彩るのは、血の海に立っているにも拘わらず滴の一滴ほども返り血を浴びずに佇む一人の剣士。

　それは一本の剣が人の姿を借りてこの地に顕現したかのような人物であった。

　すらりと伸びた背は一分の隙も無く鍛え上げられており、体つきでいえば細身といえるのに頼りなさは全くなかった。

　油断無く着込んだ、幾度もの修繕跡が目だつ煮革の鎧は歴戦の証。無数に刻まれた戦傷は、みすぼらしさなどではなく実戦に踏み入った存在だけが纏う恐ろしいまでの美しさを放っている。

　なにより目を惹くのは力なく保持されているように思える長剣だ。模様鍛造の時代がかった一品ながら、何度となく拵えのみを交換しながら延々と振るわれ続けた剣には、飾り物には決して出せない圧力がある。

「ひっ……あ、ああ……」

出会い頭から数十秒。人が人であったものへ姿を変えるのにあまりに短過ぎる時間を幸運にも刃の外側で過ごせた生き残りが、腰を抜かして呻きを上げる。

彼らは知っていたから。脱力して佇んでいるだけにしか見えぬ一人の剣士を。

あるいは辺境における最強の個として名を上げられる者の名を。

無体を働く者はかねて恐れよ。何時の日か暴虐のツケを回収しに来る者が現れよう。吟遊詩人の物語にも長く謳われる、誉れ高き怪物の一人。

一陣の風が血なまぐさい空気を払い、剣士が被っていた外套のフードを剝がした。内に収められていた髪が舞い上がり、剣呑な場に似つかわしくない甘い芳香を放つ。

色あせて銀色に近づいた金の髪、長く眇められて皺が癖になった琥珀の瞳。上品な面長の顔は険しく厳めしい色合いに固定されぴくりとも動かない。

微笑めば誰もが庇護欲を擽られそうな美女、しかしその表情が動く所を見た者はいない。

彼女の名前は〝エリザ〟。ケーニヒスシュトゥール荘のエリザを本人は名乗るが、それよりも通りが良い名前を携えた辺境域の冒険者。

曰く〝断罪者〟〝野盗殺し〟〝赤子の庇護者〟〝剣の伴侶〟〝血の海の美姫〟。

そして何より響き渡る〝妖精狩りのエリザ〟。

街道上にて隊商を襲うべく茂みに潜んで待ち構えていた男達は、自身の不運に涙をこぼした。

何故なら詩にて語られるエリザは容赦を知らぬから。奪う者に対し、彼女は平等に赦しを与えることはない。淡々と剣が振るわれ、刈り取られる稲の如く首を取る。

生き延びた誰かが武器を捨てて慈悲を請わんと膝を突いた。ある者は背を向けて逃げ出した。またある者は改心して二度と人は襲わぬと哀れっぽく許しを請うた。

その何(いず)れの者も、次の朝日を拝むことは叶(かな)わなかった………。


【Tips】妖精狩り(アールヴ)のエリザ。三重帝国辺境にて名を馳(は)せる半妖精の冒険者であり魔導師(マギア)。妖精(アールヴ)に困らされている荘を助ける話が特に広く知れ渡り、数百年に亘(わた)る活動歴の長さ、そして〝奪う者〟への苛烈さで名高い。

放浪の妖精狩り(アールヴ)なる一連の英雄譚(たん)が語り継がれており、辺境では子を攫(さら)われた親達から縋(すが)られている。


金色の光が一陣の風となって山野を駆け巡る。障害となる木々の合間を泳ぐように駆け抜けていくのは一頭の大狼(たいろう)。

月色の毛並みも麗しい大狼は、狼だというのに一目で分かるほど困窮した顔をして全身を躍動させる。人は疎(おろ)か優秀な軍馬でさえ、あっという間に彼方(かなた)へ置き去りにする脚力を全力で発揮しながら。

「なぁ!?　おい!?　ちょっと!?」

ただ、速いのは良いが背に乗っている側としては堪(たま)らない。なんといっても大狼には鞍(くら)

は疎か、まともに摑まれるような補助具すら備わっていないのだから。

「黙ってろ舌をかむぞ!!」

あまりの速度に弾き飛ばされそうになっている相方の苦情を一喝して打ち払い、送り狼は器用にも犬の口で舌打ちした。

全ては油断していたからか。この何処か郷愁を誘う外見をした男を拾い、以後は何ともなしに彼とくっついて活動していて上手くいっていた。

別の世界から迷い込んだと自称する彼は、いつか故郷へ帰るべく世界を旅する冒険者となった。そんな彼の相方として送り狼は何の気まぐれか付き従ってやる契約を交わし、幾つもの冒険をこなしていた。

正直に言えば誠実な所以外に見るべき所のない男のように思える。幾つかの修羅場を越えて尚、運動不足の体は覚醒する兆しを見せないし、行く先々で施しをしようとして毟られている様は見るに堪えない。

それでも〝ここぞ〟という一瞬は冴え渡る男に「仕方ないなぁ」と庇護欲を擽られて付き従っていて油断していた。

最悪の敵対者が暫くやって来ていないことに。

「なんでっ、逃げるんだよ！　みためっ、ふつうのっ、冒険者だったぜ!?」

「だから、ちょっと黙ってろ！　今あんまり余裕がない！」

「せめてっ、逃げる理由くらっ……あっぷ!?」

最早通り抜ける木々の枝は殴りかかってくるのと同じ勢いですれ違うから、背に乗った男は避けることに必死だ。普段はある程度気を遣って走ってくれる相方が、何故ここに至って一切の配慮を擲ち、全力で逃げを打っているのか想像さえ及ばない。

ただ、その理解は直ぐにやってきた。

少し先の木々が〝十数本纏めて叩き切られ〟行く手を遮るように。いや、襲いかかるように倒れ込んできたからだ。

「ちぃっ、相変わらずやることが雑過ぎるな!?」

「なに!? 何なんだよ!?」

巨大な体をしなやかに律動させ運動エネルギーを全く無駄にすることなく方向転換。倒れ込む木々を器用に回避し、来た道を素早く戻ろうと身を撓める。

しかし、敵対者は回避によって生まれた隙を見逃してはくれなかった。

木立の上より影が躍り込む。武器を振り上げて襲いかかる影は落下の勢いを乗せた剣を叩きつけんと大上段に構えており、進路からして最早回避は間に合わない。

大狼は咄嗟に防御術式を張り巡らせる。その数七重、対物防御に特化した一枚で攻城用の火砲さえ防ぎきる術式は、とてもではないが一本の剣に対して過剰な守りである。

それが尋常の相手。そして尋常の剣相手であればの話だが。

甲高くガラスが割れる様な音を立てて七重の防御術式の悉くが断ち割られた。なんのこともない、ヒト種としてみれば長身の部類であるが大きさを比べればちっぽけとさえ言え

る剣士の手によって。

剣士が携える剣は尋常の剣ではないからだ。人外を長きに亘り斬りすぎたが故、元は単なる仕立ての良い剣に過ぎなかったが、曰くを帯び魔剣と化した長剣はある一点において強力無比な特性を発揮する。

幻想種殺し、そう詩に名が出る剣は生理的に振るわれる魔法を打ち消すのだ。こと妖精種が扱う魔法には覿面に効果を発揮して。

剣が尋常でなければ、剣士もまた尋常ではない。十数本の木を同時に叩き切る人外の領域にいたった剣術は勿論、斬った木が倒れきる前に別の木へ飛び上がり襲撃を掛ける脚力の異常さは最早筆舌に尽くしがたい。

「つっ……」

辛うじて剣の勢いをある程度殺せたのか、致命の斬撃は狼の体に浅い一太刀を刻むに留まった。痛みこそ感じれど致命にはほど遠い一撃を送り狼は捨て置き、全力で逃げの一手を打つ。

即座に着地し逃げ出した大狼の後足を狙って追撃を放つも、あと僅かという所で宙を切り裂いた剣士は逃げられたことへの怒りも焦りも見せず走り出す。

一頭と一人はどれほど追いかけっこを続けただろうか。斬撃と魔法の応酬により山の木々が盛大に消費され、森に住まう者にとって酷く迷惑な攻防は留まるところを知らない。

それでも両者は未だ余裕を持ち、好機を待って牽制し合っているだけに過ぎなかったのだ。致命の一撃を差し入れる、ないしは相手を無力化する絶好の機会を巡って機先を制し、意図をつぶし合う。

ただ……それに付き合いきれなかった者もいた。

「「「あっ」」」

見事なまでに間抜けな声の三重奏。大狼が背に乗せた相方の握力に最悪のタイミングで限界が訪れた。するっと手の間から摑(つか)んでいた毛が抜けていき、体が投げ出される。

大狼が跳躍し、大きな崖を越えようとした最中に。

既に踏み切って全速を出し切っていた送り狼では最早間に合わない。咄嗟に動かせる手がない体を嘆きながら、落ちていく相方を見送るばかり。

対して、彼が落ちていく一因であった剣士はしばし逡巡(しゅんじゅん)し……………。

【Tips】幻想種殺し。とある辺境の英雄が携える剣の異名。異形、怪異、妖精(アールヴ)を気が遠くなるほどの時間をかけて斬り続けたがばかりに剣そのものが魔を帯びるに至った。

異世界よりの訪問者。時に近辺では名が売れはじめ〝狼使い〟や〝善き人〟として人々の話題に上がる様になった彼は本日幾度目かになる自問を繰り返した。

どうしてこうなったのだろう。

場所は先ほどの森から少し離れた谷間の沢だ。放り投げられて死を覚悟した自分が今も生きている理由は分かる。目の前で焚き火に当たりながら、濡れた服を乾かしている金髪の剣士が助けてくれたからに他ならない。

命が助かったのは良い。助けて貰う時に横抱き——俗に言うお姫様だっこ——されたのも、男として気になるけどまぁいい。

着地にトチって男ごと崖の下を流れていた沢に落ちたのも百歩譲っていいだろう。誰にだって失敗はあるし、完璧な人間など何処にもいないのだから。

ただただ分からないのは、この女性は何だって助けた相手に更なる助けを請うてきたのだろうか。火を熾すのが苦手だから死にそうなどといって。

結局、男は請われるままに急いで焚き火の準備をし、濡れた服を乾かしにかかった。今は幸いにも夏なので凍死する心配はないけれど、夜の山は信じられないほど冷え込むので暢気にもしていられない。

その上で出てくるやれ喉が渇いた、お腹がすいた、上手く鎧が外せないだのと生活力ゼロの発言がポンポン飛び出てくること。まるで自分で自分のことをしたことがないお貴族様のような発言に辟易とさせられながらも、男は命を救って貰った恩があるのだしと甲斐甲斐しく働いた。

そうして色々と働いて人心地つくと……会話のなさに落ち着かなくなった。

「あの」

「なにか」

沈黙に耐えかねて口を開けば、男が背負っていた背嚢から用意した黒茶を啜っていた剣士は目線も上げずに応える。見た目だけは絶世のと頭につけて過不足のない美女なのに、まるで幼い童女の様な印象に男はどう振る舞うべきかと苦心する。

名前を問うてぶっきらぼうなエリザという名乗りを頂戴し、少しずつ話を切り出す。自己紹介を重ね、少しずつ情報を得るに彼女が同胞、冒険者であることが分かった。

それもかなり先輩で格上の。

そして疑問は遂に確信へと行き着く。

斯様に立派な冒険者が、一体如何様な理由があって送り狼を襲ったのか。

彼女は暫し黙り込み、悩むそぶりを見せた。聞かせるべきか、黙っているべきか図りかねたのだろう。

しかし、ややあって彼女は訥々と語り出した。

エーリヒとエリザという兄弟の物語を。

兄は妹を守り、よい生活をさせてやろうと無茶するあまりヒト種ではなくなってしまった。妖精の陰謀に搦め捕られて、永遠に失われぬ同胞として薄暮の丘へ招かれてしまったのだ。

弱かった少女が一人前の魔導師となり自立した時、事態は手遅れな状態になっていた。日々曖昧になって自我が変質する兄を押しとどめようとあらゆる努力を、持ちうる伝手の全てを使って尽くしたが……結果として至らなかった。

やがて兄は完全に妖精（アールヴ）へと成り果て姿を消す。親しき者の前からも、血を分け、庇護（ひご）を約束した妹の前からも。

「私は、兄を取り戻すためずっと彼を追い続けている」

「……俺の相方を」

「そう」

故に妖精（アールヴ）に成り果てて久しい兄を妹は追い続けている。何時（いつ）の日か彼が被（かぶ）せられてしまった分厚い毛皮を剝ぎ取るため。

また幸せに二人で過ごすため。

もう知っている人たちはみんな時間の濁流に押し流されて消えてしまったけれど、半妖精であるが故に生きながらえているエリザは残っている。だから彼女は放浪し続ける。各地で妖精（アールヴ）のうわさ話を集め、時に攫われた子供を取り戻し、無体を働く妖精（アールヴ）を斬り捨てながら。

長く不器用な語りを終え、気付けば彼女は黒茶を干して空になったカップを抱いて寝てしまっていた。

男も疲れたから俺も寝てしまいたいなと思った。なにより一日で受けた衝撃が大きすぎて脳みその処理が追っついていないのだ。このまま放置すれば過回転で熱暴走を引き起こしかねない。

しかし、不意に訪れた眠気に耐えきれず瞼が降りてきて……いかんと勢いよく体をもたげた瞬間、認識していた景色とは違う場所に彼はいた。

振り落とされた相方の背に。

「ああ、起きたか」

「えっ？　ちょっ、なっ!?　何があった!?」

「そう慌てるなよ。眠りの妖精に頼んで眠らせただけだ……苦労したぞ、妖精除けの香があるから近づきづらかったし、何より本人が聡すぎて一気にやると気付かれるから、少しずつ少しずつ眠らせるのは」

こともなげに言ってのける相方に対し、男は「そうじゃねぇだろ！」と声を上げた。

そして問う。これでいいのかと。妹はずっと自分のために彷徨っているのに、それから逃げ続けていて。

ヒト種に戻りたくないのかと。

「……どうだろうねぇ」

ただ、送り狼は彼にしては実に珍しい曖昧な、そしてこれ以上踏み込んでくれるなよと言いたげに呟いて話を打ち切った。

言葉にして語れぬ妖精だけが分かる事情でもあるのだろうか。永劫に妖精として生きることへ思いを馳せ、あまりの重さに理解が及ばなかった男は口をつぐんだ。

静かに、いつかこの兄妹を最高の形で再会させてやろうと強く心の中で誓いながら…………。

【Tips】人は時に人以外の存在に転ずるが、その多くは不可逆の変異である。

Aims for the Strongest
Build Up Character
The TRPG Player Develop Himself
in Different World
Mr. Henderson
Preach the Gospel

CHARACTER

名前

ヘルガ

Helga

種族

Changeling
...... or?

分類

エネミー

特技

瞬間魔力量 スケールⅦ

技能

- 礼儀作法・上級
- ようせいのまほう

特性

- こわれたしゅくふく
- つぎはぎのにくたい

Aims for the Strongest
Build Up Character
The TRPG Player Develop Himself
in Different World
Mr. Henderson
Preach the Gospel

CHARACTER

名 前

Charlotte

種 族

Sylphide

分 類

コネクション・エネミー

特 技

技 能

- ようせいのまほう
- 大気との対話

特 性

- 大気の祝福
- 女王の■■■
- ■■■

あとがき

まず本書をいつも私を支えてくれた最愛の祖母へ捧げます。色々な柵がなくなった今、好きに旅行でも楽しんでいてくれればと思うばかりです。

次に私の一部を形作るTRPGのメーカー諸氏に無上の感謝を。コロナ云々関係なく、多忙すぎて全く遊べていませんが今も刊行される新しいシステムやサプリメントが「こんな世の中だが、もうちと生きてやるか」という気分にしてくれるおかげで何とか呼吸することに嫌気がささずに済んでいます。

また今回も美麗なイラストで拙作を何倍にも魅力的にしてくれたランサネ氏に喝采を。伝統的なエッセンスを残しながら、本質的には〝おそろしいもの〟と定義している拙作世界の妖精を妖しさと可愛らしさを完璧に同居させながら表現してくださったウルスラとロロット、そしてヘルガの素晴らしいことといったら、私の乏しい表現力では表しきれません。

そして今回も遅い進行に声を荒らげるでもなく、根気よく付き合ってくれた編集氏にお詫びを。某所で下手な事を呟けなくなったなんて思ってませんよ。呟いた数分後に「指は要らないから原稿ください」とか言われて肝を冷やしたりなんてしていませんからね。

最後に二冊目も手に取ってくれた奇特にして熱心な読者諸氏にお礼申し上げます。貴方がたが優しく感想という水を注いでくれたおかげで、私は今もこうやってあとがきを認めることができています。

さて、海外文学かぶれ丸出しの謝辞はこの辺りで置くとして、ありがたいことに二巻を刊行することができました。コロナによる外出自粛のど真ん中であるにも拘わらず、どうにかこうにか努力して一巻を手に取ってくださった皆様のおかげですね。

では今回はあとがきスペースを五ページも頂戴してしまいましたので、前回はあまりできなかった拙作と書籍化への言及でもしてみようかと思います。

言うまでもなく拙著は【小説家になろう】様にて連載している同名WEB小説を書籍化にあたって加筆修正したものですが、内容としては大幅に異なっております。話の本筋は全く変えておりませんが、イベントを追加しつつ齟齬がでないように話を盛っています。

つまりは一応書籍を読んだ後でWEB版を読んでも、多少イベントの差異があったり、スキルなどの習得順が違ったりする程度で地続きになるよう調整してあるのです。なので書籍を手に取った後、続きが気になってWEB版を読んでも話が通じなくなるようなことはございません。

ただ、登場の仕方や台詞回しが変わっているところもあるため、キャラクター一人一人に受ける印象はかわってくることでしょう。これを比べてみるのも面白いかもしれませんね。今回までの話の筋でいうのであれば、特にアグリッピナはキャラが違って見えることでしょう。そもそもエリザの誘拐イベントとかヘルガのイベントは書籍化にあたって追加されたものですから。

つまりは色々ネタにしていましたが、本著そのものが〝ヘンダーソン氏の福音を＋1〟ともいえますね。あるいはサプリメント？

ああ、そうです、ここで言い訳を一つさせていただきますと、数万文字に渡る加筆修正をしつつ本編と齟齬がでないようボリュームアップできるような話の構造になっておりましたが、これは別段狙ってやった訳ではございません。

たまに「書籍化狙って敢えて話に隙間作っといたの？」と聞かれることもございますが、普通に頭を捻ってねじ込んだだけです。複数のセッションをこなしていくＴＲＰＧのキャンペーンを念頭に置いてプロットを練っていることもあり、話が最初からブロック構造になっているので組み替えがし易いのです。これもＴＲＰＧの素敵な点ですね。

大規模キャンペーンの合間に気が向いて単発を放り込み、経験点を稼がせてあげるのと大体似たようなものです。あー、暇だな、何時ものメンツと単発回すかーと既製シナリオを開催できるＴＲＰＧと同じく、「ヘンダーソン氏の福音を」も気が向けば幾らでも継ぎ足せるお得な構造を引き継いだだけなのです。

まぁ、実際は幸運にも三巻が出せたとしたら、どこを継ぎ足せばいいのだろうかと今から額に汗を滲ませているわけですが。一巻二巻とここまでやっておいて、三巻で加筆がなかったら、なんというかですね、ええ。

誰にするでもない〈言いくるめ〉判定はいいとして、拙著はいわゆるＴＲＰＧを下敷きとし、作者の趣味をちりばめた創作となっております。その中で特に愛好する要素や、学生時代より資料を集めた中世前期から盛期の西欧及び東欧をイメージしております。

資料が少ない故に暗黒時代とか呼ばれる頃ですね。パクス・ロマーナの終焉に伴い滅ぶ帝国もあれば残る帝国もあり、また新たな大国も台頭して主従制そのものにも変革がもたらされる。見ていて実に楽しい時代です。

やっぱりこれ、暗黒時代って訳語がよろしくないですね。資料散逸のせいで情報が少ないだけなのに、魔王が大暴れして人類が存亡の危機にありそうな風情を感じますし。

なにはともあれ、好きな時代背景に合わせて幼い頃から愛読した小説や映画、そして学生時代に生活の過半を――色々な物から目を逸らしつつ――つぎ込んだ趣味をごたまぜにして本作はできております。

冒険、怪物、ヒト以外の種族と文化。現実には存在しないからこそ心躍らせ、設定を頭の中で膨らませることが実に楽しかったため拙著は生まれました。全てはこの世界に自分もPCとして飛び込んでみたいと思える素敵な作品群のおかげですね。

ネタバレしない程度に拙作を語るならこんなところでしょうか。深夜に徒然と書いているので話の筋が散らかっていますが、全ては超過労働が悪いのです。

忘れてはならないことが一つありました。ラノベニュースオンラインアワードの四月分総合や新作、そして「好きラノ2020年上期」新作ランキングの七位にランクインなどご過分なご支持をいただきありがとうございます。ここまで熱く支持していただけると、作者としては嬉しいようなむず痒いような、温かくも言語化し辛い心地でございます。

いやぁ、ランサネ氏や編集氏といい、どんどん足を向けて寝られない場所が増えていきますね。これは膝を立てて寝る様にしなくては。

さて、このご支持に応えつつ、三巻につなげられるように努力します。次があるとしたら一行は三重帝国の帝都に入り、初めての都会を目の当たりにしつつ魔導院の深奥や魔法の奥深さに触れることになります。

そして帝都で新たに出会うのは色々とクセの強い面々ですので、イラストとして描き起こして貰えればどれほど幸福かと今から楽しみなほど。はい、ＷＥＢ版で散々残念な描写こそしていますが、大変お気に入りなのですよ、あの御仁。

是非とも彼女、あるいは彼を皆様にご紹介できる幸運を祈りつつあとがきを締めさせていただきたく存じます。

では、拙著を購入しあとがきまで目を通してくださった親愛なる読者諸氏に二巻セッション終了のご褒美として経験点を配布するのでレコ紙を出してください。次回までに成長を考える、これもＴＲＰＧの醍醐味ですから。

あの小汚くも愛おしい小さな部室、そしてコロナのせいで顔は出していないけれどいつでも思いを馳せる新たな部室にＴＲＰＧへの恋しさを抱えつつ、また三巻でお目にかかればとお祈りしております。

また何の心配もなく狭い部室に集まってキャラ紙を囲み、サイコロを転がせる日々が来ることを願って。

祝2巻！
旧ヘルガ（妄想）
Lansane

TRPGプレイヤーが異世界で最強ビルドを目指す 2
～ヘンダーソン氏の福音を～

発　　行　2020年8月25日　初版第一刷発行
　　　　　2024年11月27日　　　第二刷発行

著　　者　Schuld

発 行 者　永田勝治

発 行 所　株式会社オーバーラップ
〒141-0031　東京都品川区西五反田8-1-5

校正・DTP　株式会社鷗来堂

印刷・製本　大日本印刷株式会社

Printed in Japan ISBN 978-4-86554-718-4 C0193